묘지 위의 태양

이태동 에세이

동서문화사

작은 고모님께

FACE OF PEACE. 1950. Drawing, pencil on paper.
Photo courtesy Cercle d'Art, Paris

이 나라에는 수필을 쓰는 사람들이 많다. 그러나 한국 수필의 정전(正典)은 영문학 고유의 전통적 맛을 창조적으로 체험한 이양하와 피천득 같은 수필가들에 의해 이루어졌다. 이태동 또한 영문학자로서 그들의 뒤를 이어 한국 수필의 미학적 전통을 확대해서 이어가고 있는 것이 분명하다.

　에세이는 비평적 에세이와 창조적 에세이가 있다. 비평적 에세이는 텍스트의 주제를 연구하는 학문적인 것이고, 창조적인 에세이는 자기의 생각을 하나의 예술 형태로서 다시 생각하는 미학을 지니고 있다. 이태동의 창조적인 에세이는 비평적인 미학을 함께 하고 있어 침묵 속의 지적인 울림이 흐르고 있다.

　조용한 시간 이태동의 수필을 찾아 읽는 사람들은 그의 에세이에서 다음과 같은 특징을 발견할 수 있을 것이다. 그의 글은 〈밤비 오는 소리〉와 〈색초를 가져온 수녀님〉에서처럼 스치는 바람에 거문고가 울리는 것과도 같이 섬세한 감성을 보이고 있어 근원적인 것과 만나는 현현(顯現)의 기쁨을 느끼게 한다. 또 그는 주제를 형상화하는 스토리텔링에 남다른 능력을 보이고 있다. 그의 에세이가 보여주고 있는 보기 드문 미학적 성취는 그가 사용한 한국어의 선택과 깊은 관계가 있다. 그는 한국어를 아는 사람이다. 그는 영문학자지만, 어휘 선택에 있어 탁월한 안목으로 한국말의 모델을 만들어 가는 노력과 열정을 보이고 있다.

문학평론가·이대 석좌교수 이어령

머리글

소크라테스는 인간이 신에 비해 너무나 무지(無知)하다 생각하고 엄격한 자기성찰을 위해 "너 자신을 알라"는 말을 했다고 한다.

이것은 등잔 밑이 어두운 인간에게 겸손을 명령한 것이기도 하겠지만, 또 다른 한편으로 자신과 신비스러운 생의 실체를 아는 것이 삶의 모든 것을 의미한다는 사실을 나타내는 철학적인 말로 이해 될 수 있다. 어떤 의미에서 인간의 삶은 신비로운 경험을 통해 탐색하는 자아 발견의 과정이기 때문이다.

인간은 운명적으로 자기 자신을 알기 위해서 살아가도록 되어 있다. 그래서 유년 시절 우리는 시냇가로 나가 조용히 흐르는 물 위에 자신의 얼굴을 비춰보기도 하고 거울을 보고 자화상을 그리고 싶은 욕망을 가져보기도 한다. 어른이 되어서도 자신이 살아가고 있는 비밀스러운 삶의 진수(眞髓)와 자기가 태어난 이 세상의 아름다움에 숨어 있는 진리가 무엇인가를 발견하는 것을 가장 큰 기쁨으로 생각한다. 그래서 인간이 느끼는 가장 우아한 즐거움은 사색과정을 통해 자기와 주변 세계와의 성숙한 인식과정에서 얻어진다는 것을 우리는 경험으로 안다.

우리가 살고 있는 세계는 슬프고 어두운 면이 없는 것은 아니다. 그러나 우리가 우리 자신을 알고 진정으로 감사하고 겸손한 마음으로 눈을 뜨면, 여기 이 세상에는 상상 할 수 없으리만큼 무수한 아름다움이 있다. 푸른 새싹이 돋아나고 아네모네와 벚꽃이 대낮처럼 피는 봄날이 있고, 천둥소리와 함께 은빛 소나기기 세차게 쏟아지는 여름의 낭만이 있다. 그리고 "가을밤 비에 젖은 길 위에서 느끼는 세찬 감정"이 있고, 눈 내리는 겨울의 무드가 있다.

그러나 우리가 살아가면서 느끼는 생의 기쁨은 외면적인 자연의 아름다운 풍경과 물리적으로 만나는 곳에서만 있는 것이 아니다. 때 묻지 않은 감수성과 직관적인 통찰력으로 신비로운 자연 풍경과 생의 언저리에 보이지 않게 산재해 있는 도덕적인 진실을 현현(顯現)의 빛으로 발견했을 때, 우리는 침묵 속에서 환희에 가까운 기쁨을 느낄 수 있다.

이것뿐만 아니다. 생의 여정에서 동행(同行)하는 벗들과 나누는 사랑과 우정 또한 아름답다. 그리고 책을 읽고 지식을 쌓아가는 과정에서 하인리히 클라이스트가 느낀 것처럼, "지식의 나무 열매를 두 번 따 먹음으로써만, 잃어버린 낙원을 다시 회복 할 수 있다"는 말이 진실임을 발견할 때 기쁨이 있다.

이렇게 생의 순례 길에서 얻은 아름다운 경험은 순간적으로 사라지지 않고 오랜 세월이 지나서도 기억 속에 물 위의 꽃처럼 순간순간 피어올라 그것으로 씌어진 시와 음악을 듣는 즐거움 또한 기쁨을 준다.

여기에 엮은 50편에 가까운 산문은 다른 무엇보다 성숙된 삶의 시각으로 해변에 흩어져 숨어 있는 사금(砂金)과도 같은 생의 아름다움과 그것이 지닌 진실의 잔무늬를 찾아서 언어의 빛으로 밝힌 글들이다. 그러나 이 글들은 "너 자신을 알라"라는 말과 함께 시작한 내 글 쓰는 작업이 끝을 보았다는 것을 의미하지 않는다. 인간은 의식이 살아 있는 동안은 자기를 알려는 노력을 계속해야만 하는 것이 운명이기 때문이다.

물론 존재 그 자체의 아름다움과 기쁨에 대한 이러한 외침이 허영으로 가득 찬 세속적인 삶을 살아가는 사람들에게는 들리지 않을 것이라는 것을 나는 안다. 그러나 복잡하고 혼돈된 이 시대를 살아가는 사람들 가운데는 깊이 묻혀 있지만 부분적으로 나타나 보이는 참된 삶의 진실과 미의 가치가 무엇인가를 인식하고 있는 사람들이 아직 남아 있는 것으로 확신한다. 기울어진 운동장에서 편견으로 얼룩진 어려운 상황 속에서도 이 책을 출간하기로 결심한 작가 고정일 사장과 이용희 편집인의 헌신적인 노력이 이것을 충분히 말해주고 있다. 끝으로 동서문화사 편집부 여러분들께도 진심으로 감사한 마음을 전하고 싶다.

2018년 겨울
이태동

비둘기들 노니는 저 고요한 지붕은
소나무들 사이에서, 무덤들 사이에서, 철썩인다.
공정한 정오는 여기서 불길로 바다를 짠다.
바다를, 쉼 없이 되살아나는 바다를!
신들의 정적에 오랜 시선을 보냄은
오 사유 다음에 찾아드는 보상이여!

폴 발레리, 〈해변의 묘지〉에서

묘지 위의 태양

차례

머리글

1 묘지 위의 태양

2 산책 일기

3 사색과 경험

4 겨울의 빛

묘지 위의 태양

색초를 가져온 수녀님

　오래 전 일이다. 내 강의를 듣던 루사아라는 수녀가 마지막 졸업 논문을 제출하려고 찾아와, 수녀원에서 만들었다며 크리스마스 색초 한 자루를 놓고 말없이 가버렸다. 마침 그 수녀가 찾아왔을 때 다른 학생과 대화를 나누고 있었기 때문에, 나는 그를 뿌리치고 그녀와 이야기를 길게 나눌 수가 없었다.

　대화를 나누던 학생을 보내고 건물 밖으로 나왔으나 검은 수녀 복을 입은 그녀는 텅 빈 운동장 끝으로 사라지고 있었다. 나는 무슨 큰 죄나 지은 듯한 느낌을 떨칠 수가 없었다. 그러나 곰곰이 생각해 보니, 그녀에게 특별히 할 말도 없었다. 그녀 또한 마찬가지였으리라.

　루시아 수녀가 방문을 열고 들어왔을 때, 나는 눈으로 반갑게 웃으면서 의자에 앉으라고 손짓을 했고, 그녀도 그 순간 웃었다. 만일 그녀가 내게 하고 싶은 말이 있었다면, 아마도 그것은 색초에 불을 붙이면 그 불빛이 얼마나 아름답고 찬란할지 평범하지만 그 속에 숨은 진리에 대한 것이리라. 또 만일 그녀가 내게 더 할 말이 있었다면, 춥고 어두운 밤에 그 색초에 불을 붙이면 그 불빛이 너무 밝고 따뜻할 것이라고 이야기 했으리라.

　어느 날 그녀가 강의가 끝나는 나를 찾아와서 학교를 졸업하면 대학에 들어오기 전에 가르쳤던 D시의 초등학교로 돌아갈 것이라고 말했다. 그녀가 D시로 내려간다는 말을 하는 순간, 나는 왜 중학교나 고등학교로 일자리를 구해서 가지 않느냐고 말하려다 입을 다물었다. 지금 생각하면 내가 왜 그런 생각을 했는지 부끄럽다.

그 뒤 혹시 졸업식에 루시아가 다시 교정을 찾아오면 볼 수 있을 지도 모른다고 생각하고 있었다. 그러나 졸업식 때는 학생들이 검은 가운을 입으니 검은 수녀 복을 입은 그녀의 모습을 찾기가 쉽지 않았다. 아름을 부르며 찾으면 가능하겠지만, 그렇게까지는 하고 싶지 않았다. 내가 만일 루시아 아름을 부르고 그녀가 간직하고 있는 아름다운 이야기를 다른 사람들과 나누면, 그녀를 싸고도는 달무리 같은 아우라의 빛이 모두 사라져 버릴 것이라는 사실을 나는 너무나 잘 알고 있었기 때문이다.

책상 위에 말없이 색초를 놓고 사라진 그녀를 위해 내가 해야 할 일은 다시 그녀를 찾아 그때 왜 긴 이야기를 나눌 수 없었는지 변명하는 것이 아니라, 그녀를 떠나보낸 그 교실에서 다시 맞아하는 학생들에게 어느 해 크리스마스에 아름다운 색초 한 자루를 놓고 간 그 수녀님이 초등학교로 다시 돌아간 깊은 뜻을 전하는 것이라고 생각했다.

어린이들은 아름답다. 아직 때 묻지 않았기 때문이기도 하겠지만, 어른들의 세계가 너무나 어두워서 더욱 아름답게 보인다. 새 학기가 되어 어린이들이 우리 집 앞 골목길을 메우며 학교 가는 모습이 아름다운 촛불의 무리처럼 보이리라. 그리고 그 속에 루시아 수녀가 그날 내 책상 위에 놓고 간 별 기둥 모양의 그 큰 초가 타오르는 환상에 사로잡힌다.

웃는 얼굴이 아름답다

지금은 대학에서 은퇴한 원로 철학자 한 분이 사람의 얼굴을 들여다보면 우습다고 쓴 글을 읽은 적이 있다. 그것은 《걸리버 여행기》를 쓴 조나단 스위프트가 사람의 얼굴을 확대경으로 들여다보며, 피부의 숨구멍을 찾아 먼지 묻은 곳을 들추어보는 것과 같은 눈으로 쓴 글이었다. 사람의 얼굴을 보고 우습다고 생각한 사람은 이들만이 아니다. 남다르게 투명한 의식을 가졌던 영국의 여류 소설가 버지니아 울프는 어느 단편에서 남편이 밥을 먹는 모습을 보고 토끼가 풀을 뜯어먹는 모습에 포개어 놓고 있다.

사실 무심히 스치고 지나면 모르지만, 사람의 얼굴을 자세히 들여다보면 우습고 슬프지 않은 모습이 없다. 무엇엔가 몹시 굶주려서 먹이를 찾으려고 할 때의 허기진 얼굴, 이기적인 목적으로 누구의 환심을 사기 위해 거짓 웃음을 보일 때의 위선적인 얼굴, 질투심에 불타서 충혈된 눈으로 곁눈질을 하는 얼굴들은 모두 우습고 슬프다.

그러나 사람의 얼굴은 보기에 따라 슬프지만 반드시 슬프지만은 않는다. 우리 주변을 돌아보라. 삶의 무게를 짊어지고 시간 속에 걸어가는 인간 대열에서 추하고 우스운 얼굴들만 있는 것이 아니다. 그곳에는 우리가 만나보고 싶은 아름다운 얼굴들이 수 없이 많이 있다.

그래서인지 삶의 풍경과 인간의 모습에 대해 남다른 통찰력과 애정을 가졌던 화가들은 인물화(人物畵)를 제일 많이 그렸다. 원시시대의 벽화를 보라. 우리는 그곳에서 다른 무엇보다 훌륭한 사람들의 얼굴을 제일 많이 발견할 것이다. 물론 이것은 원시시대에만 한정된 것이 아니다. 암흑기인 중세를 거쳐 르네상스 시대에도 마찬가지다.

르네상스의 발상지인 피렌체의 웅장하고 화려한 여러 사원이나 박물관을 찾아가 보면, 예수님의 얼굴은 물론 성모 마리아 상과 여러 성자들의 얼굴들이 아름답고 엄숙한 모습으로 화폭을 가득 채우고 있는 것을 발견하게 될 것이다. 르네상스시대 이후 고전주의를 거쳐 낭만주의시대로 들어오면서 화가들은 아름다운 자연 풍경을 많이 그렸지만, 화폭에서 사람의 얼굴을 빠뜨리는 일은 드물었다. 특히 후기 인상파에 속하는 반 고흐의 그림들은 더더욱 그러했다.

아름다운 사람의 모습을 찾아 예술 공간에 영원히 담으려고 한 것은 화가들만이 아니다. 로댕을 비롯한 조각가들은 사람의 흉상(胸像)을 가장 많이 만들었다. 그들은 사람의 얼굴을 조각할 때, 아름답다고 느꼈을 것이다. 다시 말하면, 그들은 조각하기 위해 포착한 얼굴 표정은 사람들의 수많은 표정 가운데서 가장 아름답고 훌륭한 것이었으리라.

그러나 예술가가 아닌 사람이 수많은 사람들의 얼굴 표정 가운데에서 예술가들이 발견한 것과 같이 아름다운 표정을 발견하기란 쉽지만은 않으리라. 하지만 나 역시 사람들의 얼굴이나 표정을 보고 웃는 경우가 많다. 비록 화가나 조각가와 같은 조형 예술가는 아니지만, 요즘 나는 아름다운 얼굴들을 즐겨 찾는다. 한때는 우아하고 아름다운 여인의 얼굴과 코 위에 주근깨가 기미처럼 흩어져 있는 소년 소녀들의 얼굴, 웃으면 한쪽 입술 옆에 보조개가 샘물처럼 파이는 젊은 여인의 아름다운 얼굴 표정을 무척이나 좋아했다. 그러나 일하지 않을 때, 사람들의 얼굴은 어떠할까. 사람이 일을 하지 않더라도 마음을 비우면 아름답게 보인다. 일요일 성당에 가서 영성체를 받고 자리로 돌아오는 사람들의 얼굴은 연민을 느끼게 하는 슬픈 표정이면서도 그렇게 아름다울 수가 없다. 하얀 미사 보를 쓴 수많은 여인들의 모습은 경건하지만 먼지와도 같은 헛된 욕망을 다 벗어버린 것 같아서 한결 더 아름답다.

성당의 맨 앞자리에 앉아서 영성체를 받고 돌아오는 사람들의 조용한 행렬을 바라 볼 때면, 나는 그들에게서 어릴 때 고향 샘터에 물을 길러오던 처녀들이나 젊은 아낙네들의 순박한 모습을 읽을 수 있다. 다른 때는 몰라도 그들이 샘에서 물을 길어 머리에 이고 오는 모습을 보면, 맑은 샘물 이외에는 아무 생각 없는 것 같아서 아름다움을 느꼈을까. 시인 미당 서정주는 그들의 아름다운 모습에 깊은 연정마저 느꼈다며 다음과 같이 노래했다.

그 애가 샘에서 물동이에 물을 길러 머리 위에 이고 오는 것을 나는 항용 모시밭 사잇길에 서서 지켜보고 있었는데요. 동이 갓의 물방울이 그 애의 이마에 들어 그 애 눈썹을 적시고 있을 때는 그 애는 나를 거들떠보지도 않고 그냥 지나가버렸지만, 그 동이의 물을 한 방울도 안 엎지르고 조심해 걸어와서 내 앞을 지날 때는 그 애는 내게 눈을 보내 나와 눈을 맞추고 빙그레 소리 없이 웃었습니다. 아마 그 애는 물동이의 물을 한 방울도 안 엎지르고 길을 수 있을 때만 나하고 눈을 맞추기로 작정했던 것이겠지요.

—서정주, 〈그 애가 물동이의 물을 한 방울도 안 엎지르고 걸어왔을 때〉 중에서

물동이의 물이 한 방울도 엎질러지지 않는 것은 그 애가 머리에 이고 가는 물동이에게만 마음을 다 기울였기 때문이리라. 모시밭에 서서 보고 있는 시인의 눈에 그 애가 제일 아름답게 보여 눈을 맞출 수 있었던 것도 머리에 이고 가는 맑은 샘물과 그 애의 마음이 완전히 하나가 되어 웃을 수 있는 바로 그 순간이었다는 것은 새삼스럽게 밝힐 필요가 없겠다.

항상 힘겹고 고뇌에 차 보였던 어느 철학 교수가 구름 속으로 스쳐가는 햇빛을 보았을 때처럼 이따금씩 강의실에서 파안대소(破顔大笑)하며 학생들과 함께 웃을 때, 그 얼굴이 아름답다. 누구든지 과거에 자기가 저지른 잘못을 깨닫고 무척 겸연쩍어하면서 조용히 웃는 얼굴이 아름답다. 그런가 하면 산길을 걷다가 바위틈에 숨어서 피어 있는 깨끗하고 소박한 풀꽃을 발견하고 조용히 웃는 사람의 얼굴도 아름답다.

죽음으로 가는 대장정(大長征)의 길 위에서 찾을 수 있는 아름다운 얼굴은 이것만이 아니다. 오랜 세월 속에 묻혀서 잊고 있던 벗을 우연히 길에서 해후했을 때의 얼굴들이 아름답다. 배를 타고 먼 바다로 나갔다가 만선(滿船)으로 돌아오면서 항구의 불빛을 보았을 때의 선원들의 얼굴처럼, 색시에서 떠돌다가 귀향해서 그리웠던 산하(山河)를 바라보며 흐뭇해서 웃는 얼굴이 아름답다.

아름다운 얼굴은 어린아이들 가운데서 더 많이 발견할 수 있다. 부끄러울 줄 모르고 앞니 빠진 것을 드러내 보이며 활짝 웃는 어린이의 얼굴이 아름답다. 또 갈매기들이 찬란한 햇빛 속으로 청동빛 종을 치듯 날개를 퍼덕이며 하늘로 솟아오른 것을 보고 바닷가 모래밭에서 되울림의 여운이 길게 펼치도록 소리 내어 웃는 어린아이의 얼굴이 아름답다.

웃는 얼굴은 아름답다. 웃음이 있는 곳에는 거짓이 없고 순수함이 허위적인 욕망에서 벗어나는 자유가 있기 때문이리라. 온갖 욕망과 거짓으로 얼룩져 있는 사람이라도 순수하게 웃을 때만은 자유롭다. 마크 트웨인이 "천국에는 웃음이 없다"라고 말한 것은 웃음이 지상을 천국보다 아름답게 만들 수 있는 가능성이 있다는 의미인지도 모른다. 학식이 높고 자의식이 강한 사람도 순수하게 웃는 얼굴에서 비웃음을 발견하지 못할 것이다.

나는 슬프게 살아가는 인간 대열에서 비웃음을 일으키는 슬픈 얼굴을 찾기보다 맑고 순수한 웃음이 있는 아름다운 얼굴을 찾고 싶다. 웃음이 없는 얼굴에서는 삶의 멋은 물론 아무 의미도 발견할 수 없기 때문이다.

우리를 기쁘게 하는 것들

수도원에 계시는 어느 신부님께서 언젠가 나에게 우리의 인생은 '하느님이 주신 아름다운 선물'이라 말씀하시는 것을 듣고 부끄러움을 느꼈다. 그때까지 나는 어린 시절 교과서에서 읽었던 안톤 슈낙의 〈우리를 슬프게 하는 것들〉이 내 마음속에 너무나 큰 자리를 차지하고 있었기 때문이었다. 저문 강가에 이르러 조용히 되돌아보면, 우리를 기쁘게 하는 것들이 축복받은 행복의 조각같지만 '우리를 슬프게 하는 것들'보다 내 기억 속에 더 많은 자리를 차지하고 있음을 발견하게 된다.

앞니 빠진 어린 아이의 활짝 웃는 얼굴이 나를 마냥 기쁘게 했다. 가을날 수탉이 산촌 마을의 초가지붕 위에서 날개를 치며 길게 우는 소리를 낼 때. 첫새벽에 일어나 먼동이 트는 자줏빛 새벽하늘을 보았을 때. 어린 시절 개울가로 나가 세수를 하려고 할 때 물 위에 비친 내 얼굴을 보았을 때. 아침 창밖으로 꽃들이 피어 있는 정원과 새들이 지붕 위 하늘로 높이 날아올랐다가 아래로 내리꽂히는 모습을 보았을 때, 나는 삶의 신비와 아름다움을 느꼈다.

이른 봄날 퇴락한 향교(鄕校) 건물 앞, 뜰에 군락을 이루고 서 있는 앙상한 나목(裸木) 가지에 복사꽃이 무리지어 붉게 피어 오른 것을 보았을 때.

새롭게 돋아난 잔디 위로 홀씨를 날리는 민들레 우산과 라일락이 짙은 향기를 뿜으며 구름처럼 피어오르는 것을 보았을 때. 무거운 겨울옷을 벗고 가벼운 옷으로 갈아입은 뒤 대문 밖으로 나가 미풍을 안고 걸을 때. 한동안 소식을 끊은 사랑하는 사람을 거리에서 우연히 만나 그의 미소를 다시 보았을 때. 플라타너스가 있는 비 개인 사월의 거리. 쇼팽의 빗방울이듯 잠결에 들려오는 밤비 속살거리는 소리.

해가 긴 봄날 토요일, 학교가 일찍 끝나는 집으로 가는 길. 논둑 기슭에 하얗게 핀 찔레꽃 내음. 마을 동구(洞口) 앞 대장간에서 한낮의 정적을 깨뜨리며 들려오는 쇠망치 소리. 이름 없는 풀꽃들이 패랭이꽃과 옹기종기 무리지어 피어 있는 개울가 방죽길. 숲속의 빈터. 깊은 산속에 핀 푸른 도라지꽃을 발견했을 때. 묘지 옆 잔디에 누워 바라다 본, 가파르게 높은 쑤르른 하늘 위로 흘러가는 솜털 같은 흰 구름이 나를 기쁘게 했다.

무더운 여름날, 강물 속으로 헤엄쳐 들어갔다 추워서 이내 밖으로 나와 햇볕 속에 따뜻한 바위를 안았을 때. 가을날 아침, 밤나무 숲길을 걷다 이슬 젖은 덤불 속에 떨어진 알밤들을 발견했을 때. 절벽을 타고 올라가 알을 낳은 새 둥지를 발견했을 때, 생명의 기쁨을 느꼈다.

겨울날 썰매를 타고 눈 덮인 언덕 아래로 미끄러져 내려갈 때. 하늘을 향해 부챗살 모양으로 가지들을 하늘로 펼치고 서 있는 겨울나무 위로 무수한 새떼들이 날아가는 모습을 바라다 볼 때. 아침에 일어나 창문을 열고, 밤새 내린 첫눈이 세상을 하얗게 덮은 신세계를 보았을 때, 얼마나 즐겁고 경이로웠던가.

오랫동안 객지에만 나가 계셨던 아버지가 집으로 돌아오신 뒤 오랫동안 앓고 있던 나를 등에 업고 어머니와 함께 D시 대학 병원으로 갔을 때. 흰 가운을 입은 누님 같던 간호사가 하늘에 별이 빛나는 밤 성당 종탑 위로 눈이 내린 겨울 풍경을 담은 먼 나라 크리스마스카드를 내게 주었을 때, 그것이 지닌 아름다운 경이로움으로 나는 얼마나 행복하고 기뻤던가.

어른이 되어 수술을 받고 오랫동안 병원 생활을 한 뒤 건강을 되찾고 집으로 돌아와 친숙한 대문을 열고 들어서서 장미꽃이 마당 가득 붉게 피어 있는 것을 보았을 때. 눈 내리는 D시 기차역에 내려 하숙집으로 걸어가는 길에 피아노의 슈베르트 겨울나그네를 연주하는 소리가 어느 라디오 가게에서 하얀 거리로 울려 퍼지며 들려왔을 때. 까맣게 잊었던 옛 친구를 기차역 군중 속에서 만났을 때. 어느 해 초겨울 먼 곳에서 완행열차를 타고 어둠이 깔리는 간이역에 내려, 플랫폼 전신주 아래 옛사랑의 그 사람이 외투 깃을 세우고 기다리고 서 있는 모습을 보았을 때, 얼마나 기쁘고 행복했던가. 부케를 든 신부의 모습. 푸치니의 오페라 라보엠 가운데 '어떤 개인 날'을 듣고 샤갈의 그림 '소풍'과 '여자 곡마사(曲馬師)'를 처음 보았을 때. 프로스트의 《꽃 파는 처녀들의 그늘 아래서》와 파스테르나크의 《의사 지바고》를 읽고 났을 때. 정원 가꾸기의 즐거움. 잔디 깎을 때의 흙풀냄새. 국화꽃 향기. 가을 뜨락의 샐비어 꽃의 열병식. 축제일의 불꽃놀이. 바닷가 여관에서 처음으로 하룻밤을 보낼 때 요람처럼 멀었다가는 다시 가깝게 들려오던 파도 소리는 또 얼마나 좋았던가. 아카시아 숲이 있는 산기슭의 하얀 집으로 이사를 온 뒤 클래식 음악과 함께 밤늦게까지 책을 읽고 있었을 때. 늦가을 해질 무렵 라일락 나뭇잎이 황금색으로 물들어가는 것을 처음 보았을 때.

젊은 시절 나를 기쁘게 했던 것들이 어찌 이것들뿐이랴. 노동을 해서 얻은 돈으로 읽고 싶었던 책들을 한 아름 사서 않고 서점 문을 열고 나왔을 때 눈부셨던 한낮의 햇빛. 석양 무렵, 유서 깊은 듀크 대학 도서관을 나섰을 때 갑자기 고딕 건물 종탑의 은빛 종들이 요란스럽게 흔들리며 하늘을 향해 아우성치는 소리. 곰팡내 나는 수십만 권의 책들이 꽂혀 있는 대학 도서관 서가를 지나는 순간, 가난했지만 학문을 하겠다는 욕망으로 불타올랐을 때. 첫 강의시간에 보았던 순진무구한 어린 학생들의 빛나는 눈동자들. 잉크 냄새 풍기는 저서를 처음 보았을 때. 첫 원고료를 받았을 때. 산정(山頂)에 올라 아득히 펼쳐진 풍경을 내려다보았을 때. 까닭 없이 사람을 괴롭히는 자와 맞서서 피투성이가 되었지만 끝내 이겼을 때. 노을이 질 무렵, 먼 어딘가에서 갑자기 들려오는 나팔 소리. 그리그의 기다림의 그리움 솔베이지의 노래를 마지막으로 갈채 속에 끝난 음악회에 다녀오는 포플러가 서 있던 길, 맑고 푸른 하늘에 흰 연기를 구름 떠처럼 남기고 사라지는 은빛 제트기. 몹시 푸르른 날 광장의 분수에서 솟구쳐 오르는 빛나는 물줄기, 푸른 하늘로 날아오르는 비둘기 떼의 날갯짓 소리. 어두운 겨울 광장의 온가지 색색 불이 켜져 반짝이는 크리스마스 트리. 방학이 시작되기 전 마지막 수업—이 모든 것들의 순간순간들은 나에게는 잊을 수 없는 행복의 시간들이었다.

밤비 오는 소리

대부분의 사람들은 듣지 못하지만, 우리가 살고 있는 이 우주에는 침묵으로 말을 하거나 내면으로 스며드는 아름다운 노래가 있다. 그래서 베토벤과 브람스 같은 천재적인 음악가들은 자연의 비밀스런 소리에 남다른 귀를 가지고 오늘날 우리들이 듣는 훌륭한 음악을 작곡했다.

그러나 보통 사람들이 자연으로부터 쉽게 들을 수 있는 소리 역시 얼마나 아름답고 경이로운가. 강물 위를 나는 철새 떼의 울음소리, 오월의 푸른 벌판을 달리는 맑은 시냇물 소리가 아니라도 좋다. 초여름 무논에서 들려오는 개구리 울음소리와 깊어가는 가을밤 별빛 아래서 들려오는 풀벌레 소리는 얼마나 유머러스하고 구슬픈가.

어찌 이것뿐이랴. 햇빛 찬란한 봄 언덕 위에서 들려오는 송아지의 울음소리와 한적한 시골집 담장 위에서 대낮의 정적을 깨뜨리며 홰를 치고 우는 수탉의 울음소리는 상실된 '유년의 뜰'을 생각하게 할 만큼 우리의 가슴에 깊고도 긴 여운을 남긴다. 또 한여름 밤, 폭우를 대지 위에 쏟아 부으면서 울리는 천둥소리는 얼마나 시원하면서도 무서운가. 마치 신이 먹구름 뒤에서 공을 굴리듯 대낮처럼 밝은 번갯불과 함께 무섭게 부서지면서 들리는 천둥소리는 사람의 마음에 거미줄처럼 엮인 번뇌의 쇠사슬을 한순간에 끊어버리는 듯한 느낌을 준다.

소나기가 쏟아지는 날이면, 두려워하면서도 천둥소리를 얼마나 듣고 싶어 했던가. 천둥소리는 가까이 들리는 듯하지만, 그것은 어느새 저 멀리 산 너머로 굴러가서 구름 뒤에서 지축을 울리듯이 떨어지며 무섭게 깨어진다. 그러나 그 소리는 구성지면서도 또한 시원하다. 여름의 자연이 연주하는 교향악의 심벌즈 소리와도 같다.

그렇지만 자연 가운데는 우리가 귀 기울이지 않으면 듣지 못하고 묻혀버리거나 사라져버리는 또 다른 아름다운 소리가 있다. 그것 가운데 하나는 밤비 오는 소리다. 그것은 귀 기울이지 않으면 쉽게 들리지 않는 소리다. 밤비 소리가 감미롭게 들리는 것은 쉽게 접할 수 없기 때문인지도 모른다. 비 오는 소리는 보통 한밤중이나 새벽과 같이 정적의 시간이 아니면 그것이 지닌 아름다운 여운을 접할 수 없다. 대낮의 빗소리는 소낙비가 아니면 쉽게 들을 수가 없다. 장대비가 나뭇잎에 떨어지는 소리는 우리들의 마음을 더없이 시원하게 한다. 그러나 그것은 하늘 끝까지 쌓인 소음 때문에 어두운 밤에 들리는 소낙비 소리와는 다르다. 낙숫물 소리도 마찬가지다. 구름이 어둡게 끼어 있는 대낮의 낙숫물 소리는 청승맞고 구슬프지만, 밤에 들리는 빗소리는 현악기에서 조용히 들려오는 낮은음자리 소리만큼이나 우아하다.

봄밤에 흐르는 빗소리를 들어보라. 그것은 이 세상에서 들을 수 있는 그 어느 소리보다 깊고 부드럽다. 가는 빗소리는 가는 대로, 굵은 빗소리는 굵은 대로, 각각 독특한 아름다운 소리를 지니고 있다. 그래서 나는 봄밤에 비가 내리면, 잠이 들었다가도 깨어 창밖에서 빗물 흐르는 소리에 귀 기울이기를 좋아한다. 모든 것이 잠든 고요한 밤에 혼자 깨어 문 밖에서 들리는 빗소리에 귀를 기울이면 문득 기차를 타고 멀리 떠나와서 어느 종착역에 도착한 듯한 느낌을 갖게 된다. 갑자기 지붕 위와 뜨락에 쏟아지는 빗소리는 사원(寺院)의 종탑에서 쏟아지는 은빛 종소리만큼이나 순수해서 두려움과 경이감마저 느끼게 된다. 그래서 나는 밤비 오는 소리를 들을 때면, 그것과 함께 먼 과거로 거슬러 올라가서, 내가 본의 아니게 지은 잘못을 생각하고 그것에 대해 반성하는 마음을 갖는다.

그러나 밤에 쏟아지는 소낙비 소리는 오랫동안 들을 수 없다. 소낙비란 잠깐 동안 무섭게 내리고 마는 것이기 때문이기도 하지만, 후회와 반성의 시름에서 오는 자신에 대한 두려움 속에서 곧 잠이 들고 말기 때문이다.

한밤중이나 새벽녘에 잠을 깨우면서 시원하게 쏟아져 내리는 소낙비 소리도 좋지만, 어둠을 타고 천천히 내리는 빗소리 또한 이에 못지않게 아름다운 음악이다. 조용히 흐르는 밤비 소리는 밤중에 문득 잠에서 깨어난 사람만이 들을 수 있다. 그것은 잠을 깨워놓고는 사라졌다가, 우리가 조용히 귀 기울이면 다시 돌아오는 듯이 들린다. 마음이 어지러운 사람에게는 그 아름다운 선율이 들리지 않지만, 밤에 잠을 자다가 눈을 뜨고 자신의 과거를 돌아보고 반성하거나 후회하는 사람에게는 조용히 흐르는 미사곡처럼 들린다. 어떻게 들으면 그것은 비둘기 깃털만큼이나 부드럽고, 산 그림자를 지우며 어디론가 날아가는 학의 날갯짓만큼이나 긴 여운을 지니고 있어서, 대낮에 상처 입은 마음을 위로하고 달래준다.

이렇게 밤늦게 듣는 빗소리는 그 어떤 소리보다 짙은 향수를 느끼게 한다. 나는 빗소리가 들리는 밤이면 가끔 일어나서 먼 과거로 거슬러 올라가서 기억의 땅을 배회하곤 한다. 그리고 그곳에서 내가 가졌던 가장 행복했던 일들과 가장 슬펐던 일들을 재현해 본다.

향수를 실어다주는 밤비 오는 소리는 누가 들어도 비가(悲歌)임에는 틀림없다. 그러나 그것은 결코 감상의 물결로 흐르지 않고 조곡(組曲)처럼 절제된 음악 속에 우리의 마음을 씻게 하고 마르셀 프루르스트가 말한 '최초의 행복'을 영원히 재현시키려는 욕망을 일으킨다. 그래서 나는 밤비 내리는 소리를 들으면 즉물적으로 슬픔을 느끼지만, 슬픔이라는 그 순수한 마음을 통해서 잃어버렸던 '최초의 행복'을 다시 찾는다. 이때 내가 순간적으로 가졌던 밝고 투명한 마음속에서 발견한 순수한 행복이 시인들이 말하는 유토피아가 아닐까.

그러나 밤비 소리를 듣기란 그렇게 쉽지 않다. 1년을 두고 말해도 밤에 비가 오는 소리를 듣는 경우는 몇 번 되지 않는다. 구름이 산마루에 내려오는 장마 때도 한밤중이나 새벽녘에 잠에서 깨어나지 못하면 밤비 소리를 듣지 못한다. 영겁으로 흐르는 시간이지만, 최초의 원시적인 행복을 생각하게 하고 또 그것을 마음속에서나마 꾸밈없이 재현시켜 볼 수 있게 한 순간이 우리들의 삶 가운데서 몇 번이나 될까.

나는 비가 내리면, 빗물 소리에 귀 기울이고 싶어서 잠을 이루지 못할 때가 많다. 그러나 잠이 들지 않는 상태에서 듣는 빗소리와 잠에서 문득 깨어나서 듣는 빗소리가 다르다는 것을 안다. 잠결에 듣는 빗소리가 다른 어느 소리보다도 아름답게 들리는 것은 잠이 마음에 묻은 헛된 욕망과 시름을 씻어주기 때문인지도 모른다.

묘지 위의 태양

아카시아 숲을 이루는 작은 산을 뒤에 두고 하얗게 회칠을 한 집을 가지고 있는 것이 나에게는 큰 축복이다. 봄이 되면 하얀 꽃을 피우는 아카시아 숲이 짙은 향기를 아낌없이 실어다 주고 구구하고 우는 산비둘기가 가끔 마당에 날아들기 때문만은 아니다. 그곳이 나를 부르고 내가 그곳을 찾기 때문이다.

지난 세월 나는 불면증으로 잠을 이루지 못하고 있다가 겨우 잠이 들어도 새벽이 되면 일어나서 어둠을 뚫고 뒷산에 오르곤 했다. 침상에서 일어나기는 힘들었지만, 산정(山頂)에 올라 아직도 고요히 잠을 자는 서울의 풍경이 새벽빛에 깨어나는 것을 보는 것은 언제나 하나의 경이(驚異)였고 신비였다.

그런 요즘 나는 어두운 새벽보다는 해가 뜰 시간 가까이 산에 오른다. 이것은 내가 어느 날 뜻하지 않게 날이 밝은 후 산에 올랐을 때, 산정 기슭 어느 옆자리에 묘지가 있는 것을 발견하고, 이상하게 마음이 끌려 그곳으로 갔다가 불덩이 같은 아침 해가 멀리서 솟아오르는 것을 나뭇가지 사이로 보았기 때문이다. 그것만이 아니었다. 그곳에서 산 아래로 눈을 돌렸을 때, 도시 속에 장승처럼 서 있는 당인리 발전소 굴뚝에서 하얀 연기가 구름처럼 피어오르고 있는 풍경을 보았다. 이때 나는 마치 거대한 증기선을 타고 움직이고 있는 듯한 느낌으로 황홀할 정도였다. 새벽 산에 올라 어둠을 깨치는 자줏빛 풍경을 보는 것도 좋지만, 이제는 은빛으로 빛나는 한강 줄기와 솟아오르는 태양 그리고 서서히 연기를 뿜어내는 당인리 발전소 굴뚝이 있는 풍경을 바라보는 것이 더 큰 즐거움이 되었다.

묘지 위에서 태양이 떠오르지 않고 지붕 위로 우뚝 솟은 굴뚝에서 연기가 피어오르지 않는다면 그곳이 얼마나 쓸쓸하고 적막할까 하는 두려움 때문에 그것을 확인이라도 하듯이 나는 전과는 달리 첫새벽보다는 늦게 대문을 열고 나와서 터벅터벅 가파른 산길을 오른다. 이렇게 뒷산에 올라 붉게 타오르는 태양과 연기 나는 굴뚝이 있는 풍경을 바라보는 것을 좋아하게 된 것은 햄릿이 땅 밑의 어둠 속에 묻혀 있는 것이 무서워 그렇게 광란적으로 움직였던 것과도 같이 죽음에 대한 두려움 때문이 아니었을까.

죽음에 대한 두려움이 요람에서부터 시작되었기 때문인지 몰라도, 나는 어렸을 때부터 불을 유난히 좋아했다. 그 옛 시절 사기 등잔불이 너무나 신기해서 바라보다가 옆에 놓여 있던 성냥개비를 꺼내 가까이 가져갔다. 성냥개비 끝 유황에 불이 붙어 순식간에 폭발하듯이 타오르다 나뭇개비 쪽을 다 태우고는 꺼졌다. 나는 그 일에 너무 흥미를 느낀 나머지 어른이 방안에 안 계실 때는 작은 성냥 한 갑을 다 태우는 불장난을 스스럼없이 했다. 내가 이렇게 불장난을 많이 했던 것도 아마 죽음에 대한 무의식적인 두려움 때문에 생겨나는 불꽃에 대한 끝없는 매력 때문이 아니었을까.

불꽃에 대한 나의 황홀한 매력은 이것으로 끝나지 않았다. 차가운 겨울 어머니가 부엌에서 삭정이를 태우고 남은 등걸불을 화로에 담아 방으로 가져 오시면 추위 때문이기도 했지만, 그것이 마치 별들을 따다 담은 것처럼 그렇게 아름답게 보일 수가 없었다. 그래서 나는 숯불이 꺼지면 따뜻한 느낌마저 사라진 놋쇠화로를 두 다리 사이에 끼고 앉아서 하얗게 타버린 잿더미 가루를 뒤집고 그 속에 불씨가 남아 있는지를 확인하기도 했다.

불꽃에 대해서 더 큰 매력을 느낀 것은 초동(草童) 머슴과 함께 사랑방 아궁이에 군불을 땔 때였다. 처음 장작에 불을 붙일 때는 어려웠으나, 검은 장작이 우지우직 소리를 내며 불이 붙어 타 오를 때는 황홀경이었다. 그래서 나는 지칠 줄 모르고 억센 장작 나무를 아궁이에 집어 넣고서 아름다운 불꽃을 일으키며 타는 모습을 멍하니 바라보다 날이 캄캄하게 어두워지는 것도 모르곤 했다. 아궁이에 넣은 큰 나무둥치들이 다 타서 아궁이 바닥의 등걸불이 회색빛 숯으로 변해가는 것을 보고 일어서서 고개를 뒤로 돌렸을 때, 어둠이 주변을 둘러싸고 있는 것을 보고 놀랐다.

어찌 이것뿐이랴. 학교 갔다 오는 길에 숲 속의 대장간에서 흰옷 입은 할아버지가 땀을 흘리며 풀무질 하는 것을 볼 때면 넋을 잃고 서서 집으로 돌아 갈 줄 몰랐다. 대장장이가 용광로에서 붉게 달군 낫과 호미를 모루에 올려놓고 망치질을 할 때, 나는 불에 붉게 단 쇠붙이의 아름다움에 황홀경을 느꼈다. 그러나 그것이 식어서 붉은 색을 잃었을 때는 무한히 슬펐다.

불꽃의 아름다움에 대한 나의 황홀한 경험은 유년시절에 끝나지 않았다. 60년대가 끝나는 어느 해 여름, 나는 방학을 맞아 고향으로 가기 위해 서울에서 남쪽으로 가는 중앙선 완행열차를 탄 일이 있었다. 그때 내가 탄 야간열차가 급행을 보내기 위해서인지 어느 간이역(簡易驛)에 멈추어 서더니 도무지 움직일 줄을 몰랐다.

한 여름 밤의 차 안이 너무나 덥고 숨 막혀서 나는 흐르는 땀을 식히기 위해 밖으로 나왔다. 마침 내가 탄 곳이 기관차 바로 뒤여서 내릴 때 열차 밑에서 무쇠바퀴 사이로 흩어지는 증기로 시야가 흐려졌다. 안경에 낀 수증기를 닦고 위를 쳐다보니 화부(火夫)가 기관차 머리에서 타오르는 불꽃 속으로 석탄을 삽질해 부어넣는 것이 보였다. 용광로 같이 타오르는 기관실 보일러에서 흘러나오는 불빛이 화부를 비췄을 때 땀에 젖은 그의 얼굴이 어두운 밤하늘을 배경으로 로댕의 조각 같이 하나의 실루엣을 그렸다.

타오르는 불꽃 속으로 석탄을 삽질해서 쏟아 붓는 화부의 모습이 내 마음에 지울 수 없는 인상을 남겨, 나는 숨 막힐 듯한 더위의 지루한 피로감도 잊어버렸다. 그 순간 내 존재가 뜨겁게 타오르는 불꽃 속으로 검은 석탄을 삽으로 퍼 붓는 어둠 속의 화부와 일체감을 느꼈다.

만일 그 화부가 기관차 보일러에서 쉴 새 없이 타오르는 불꽃을 볼 수 없었다면 그 무더운 여름밤의 어둠 속에서 석탄을 그렇게 쉬지 않고 화로 속으로 퍼 넣을 수 있었을까. 그를 그렇게 움직일 수 있었던 것은 다른 무엇보다 그가 퍼부은 석탄이 작열하게 타며 일으키는 아름다운 불꽃에 자기 자신도 모르게 느끼는 무의식적인 황홀감 때문이었을 것이라고 나는 생각했다. 그리고 어둠 속에서 타오르는 찬란한 불꽃이 없었다면, 그는 그곳에서 버틸 수 없었을 것이고, 많은 사람을 태운 완행열차는 결코 움직일 수 없었을 것이라고……

묘지 위에 타오르는 태양의 황홀함은 불꽃에 대한 기억과 함께 아름다움에 대한 새로운 인식을 끊임없이 가져다주었다. 그래서 나는 어둠 속의 새벽보다는 대낮에 뒷산에 올라 햇빛이 찬란하게 비치는 산길 걷기를 좋아한다. 그리고 가끔 시간 여유가 있으면 어둡기 전에 묘지가 있는 뒷산 언덕에 올라 아름답게 붉게 타는 석양을 바라보기를 좋아한다. 낮은 산이지만, 저녁 산 위에 올라서 보면 불덩어리 같은 저녁 해가 저 멀리 지평선 아래 커다랗게 걸려 잠시 머물러 있다가 떨어질 때, 석양빛이 석류꽃보다도 더 아름답게 하늘을 물들인다. 그러다가 얼마 있지 않으면 자줏빛 어둠이 죽음처럼 주위에 쌓인다. 땅거미가 내리고 어둠이 주위에 몰려오면 슬픔에 싸여 산을 내려온다.

그러나 나는 다음 날 늦은 아침이 되면 어김없이 또 이 아카시아 산을 오른다. 그것은 태양이 묘지 위에서 다시 타오르는 것을 맞이하기 위해서일까, 아니면 묘지 위에 태양이 다시 솟아 오른 것을 확인하기 위함일까. 아마 그 어느 쪽이라기보다 두 가지 기대 모두가 나의 의식과 기억 깊은

곳에서 함께 작용하고 있기 때문이리라. 그것보다 묘지가 있고, 솟아오르
는 태양이 있는 산이 항상 나를 그곳으로 부르기 때문이다. 끝없이 부침
(浮沈)하는 생(生)을 닮은 산이 나를 부르기 때문이다.

어느 우체부의 초상

밤마다 심한 불면증에 시달리지만, 간밤에는 유난히도 잠이 오지 않았다. 그래서 나는 옛날 미국 스탠퍼드 대학이 있는 팔로 알도 거리를 걷다가 어느 헌책방에서 구입해 두었던 화첩을 뒤적이다, 비극적인 일생을 마친 천재 화가 빈센트 반 고흐의 그림들과 마주하게 되었다.

그의 그림은 볼 때마다 새로운 의미로 내게 다가왔다. 사실, 나는 삶이 힘겹다고 느낄 때마다 고흐의 그림을 보고 적지 않은 용기를 얻었다. 물론 그의 유명한 자화상을 비롯하여 〈사이프러스 나무들이 있는 길〉과 〈해바라기〉, 〈별들이 빛나는 밤〉, 그리고 〈밀밭 위의 까마귀〉 등은 내게 퍽 친숙한 작품들이다. 그러나 〈우체부 롤랭의 초상(肖像)〉은 흑백으로 인쇄된 작품이기 때문에 항상 별다른 눈길을 주지 않고 가볍게 지나쳤다.

그런데 어젯밤 따라 롤랭의 초상화가 유난히 깊은 인상을 주며 내게 다가왔다. 그것은 롤랭의 초상이 우리에게 갖가지 소식을 전해주면서도 '침묵의 무게와 부드러움'을 지니고 있는 수염이 긴 건장한 우체부의 모습을 하고 있기 때문만은 아니었다. 검은 제복을 입고 우체부 모자를 쓴 그의 모습이 어린 시절 Y역에서 내 마음에 깊은 인상을 새겨 놓았던 어느 역무원을 연상시켰기 때문이었다.

나는 중학교 시절부터 고향집을 떠나 객지 생활을 했기 때문에 가차와 기찻길, 그리고 역사(驛舍) 풍경을 접할 기회가 많았다. 토요일 오후가 되면 연년생인 누이동생과 더불어 시골집으로 가기 위해 석양을 등지고 D역으로 나가곤 했다. 밀고 밀리면서 차표를 사서 간신히 기차에 올라 Y역에 내릴 때면 무서운 밤길 십리를 걸어가야 한다는 두려움도 잊은 채 그렇게 마음이 부풀고 흐뭇할 수가 없었다.

기차가 시끄럽게 기적을 울리고 증기를 뿜으며 남쪽으로 향해 떠날 때는 산과 들이 움직여 신기하기도 했고, 곧 어머니 아버지가 계신 곳에 도착할 것이라는 기대감 속에 잔잔한 흥분마저 느꼈다. 그리고 내가 탄 완행열차가 석탄 냄새를 뿜으면서 여러 간이역에 잠시 머물다가 떠날 때 차창 밖을 내다보면, 검은 제복을 단정하게 입고 금테를 두른 모자를 쓴 역장과 그 옆에서 한손에는 붉은 기를 쥐고, 다른 한 손으로 녹색 깃발을 흔들던 역무원들이 우리 쪽을 향해 정중하게 거수경례를 했다. 그때 나는 너무나 어렸기 때문에, 그들이 왜 기차를 향해 그렇게도 정중하게 거수경례를 하는지 몰랐다.

그러나 세월이 조금 지난 후, 매주 백 여리 길을 기차를 타고 오르내리면서 그것을 조금씩 깨달았다. 내가 고등학교 학생이었을 때는 차표를 사서 기차를 타고 가는 여객들에 대한 친절이 표시라고 여겼다. 그러나 어른이 되어 오랜만에 기차를 타고 고향을 찾았을 때는, 그들이 플랫폼에서 경례하는 대상이 기차를 타고 가는 사람이 아니라, 무거운 짐과 많은 사람을 태우고 먼 길을 가야만 하는 기차라는 생각이 들었다. 사실, 기차는 무엇인가 절규하는 소리와도 같은 기적을 울리면서, 그 먼 길을 달려왔고, 또 얼마나 먼 길을 더 달려가야 했던가.

비록 지금은 감정이 무디어져 그럴 수가 없지만, 어릴 때는 기차만 보면 그렇게 반갑고 기쁠 수가 없었고, 기차가 지나가 버리면 그렇게 깊은 슬픔에 잠길 수가 없었다. 이러한 마음은 초등학교 시절, 학교 갔다 돌아오는 길에 철길을 지날 때면 걸음을 멈추고 기차 바퀴가 굴러오는 소리를 듣기 위해 차가운 레일 위에 뺨을 대고 귀를 기울였던 마음과 다를 바 없었다.

기차에 대해 느꼈던 이러한 생각은 가난했던 어린 시절, 기차 타기가 어려웠기 때문이었을지도 모른다. 고향집은 기차역에서 십여 리나 떨어져 있는 산골 마을에 있었다. 그래서 월요일 아침 7시에 Y역을 떠나는 기차를 타려면 새벽에 일어나 무거운 짐 보따리를 들고 돌밭인 산길을 달리다시피 내려와야만 했다. 어쩌다가 조금 늦어 철길이 보이는 곳 가까이에서 우리가 타야 할 기차가 붉은 철교를 지나가고 있는 것을 보게 되면, 그렇게 절망적일 수가 없었다. 새벽차를 놓치면, 오후 1시경에야 오는 다음 차를 타기 위해 역으로 가서 지루하고 권태로운 시간을 보내야만 했다.

어느 해 가을, 나는 또 새벽차를 놓쳐 초라한 간이역 안에 있는 의자에 앉아 다음 차를 기다려야만 했다. 그러나 회칠을 한 낡은 역사(驛舍) 건물 밖으로 너무나 찬란하게 쏟아지는 햇빛 때문에, 그곳에 머물러 있을 수가 없었다. 나는 대합실 문을 밀고 나와 플랫폼을 건넜다. 콜타르 침목 냄새와 뒤범벅이 된 국화꽃 향기가 코를 찔렀다. 그래서 나는 자줏빛 국화꽃과 코스모스가 무리지어 피어 있는 철길 부근에 앉아 눈부시게 찬란한 햇빛 속에서 기차가 오고 가는 모습과 끝없이 멀리 뻗어 있는 철길을 바라보며 시간을 보냈다.

이따금씩 지나가는 급행열차는 물론 멀리 보이는 터널을 빠져나와 서행으로 다가오는 화물차도 보았다. 화물열차는 힘에 겨웠던지 대개 천천히 움직였고 가끔 간이역에 멈춰 물을 공급 받아야했기 때문에 열차 앞머리에 있는 기관차에서 흰옷을 입은 화부가 화차에다 석탄을 삽으로 퍼 넣는 것을 보기도 하고, 기관사가 플랫폼에서 녹색 깃발에 흔드는 역무원에게 인사를 하고 긴 열차를 움직이며 사라지는 모습도 보았다. 그래서 나는 그곳에서 계속 앉아서 물끄러미 바라보고 있던 차가 지나가면 다음 차가 오기를 기다렸고, 다음 차가 지나가면 또 다음 차를 기다렸다.

내가 타고 가야 할 기차가 아니라도 좋았다. 어떤 기차라도 시야에 들어오면 무조건 반가웠고, 그 안에 타고 있는 사람들이 그렇게 부러울 수가 없었다. 이렇게 철길 위의 움직임과 함께 시간을 보내다가 이윽고 내가 타고 가야 할 완행열차가 증기를 뿜고 기적을 울리며 들어오면 그것에 올라타고 D시로 나와 이튿날에야 학교에 갔다.

지금 생각하면 어릴 때 그 간이역 철길 부근에서 기차를 기다리며 말할 수 없는 그리움에 젖었던 것도 그렇게 무거운 짐과 많은 사람들을 싣고 비명을 지르고 헐떡이면서도 먼 길을 가는 가치에 대한 존경심 때문이었다. 가지 않고 죽은 듯이 가만히 서 있는 열차에는 아무런 매력을 느끼지 못했고, 권태로움마저 느꼈던 것도 이러한 이유 때문이 아니었을까.

그 후 기차를 타고 고향에 갈 기회가 있었을 때, 차창 밖으로 보이는 검은 제복 입은 역무원이 지나가는 열차에 대해 정중하게 거수경례를 하는 모습에서 기차에 대한 존경심을 읽을 수 있었다.

고흐가 〈우체부 롤랭의 초상〉을 그린 것은 그에게서 느꼈던 뜨거운 인간적인 매력 때문이었다고 한다. 이를테면, 고흐는 우체부 롤랭의 목소리가 그의 귀에 때로는 '감미롭고 슬프기도 한 요람의 노래'처럼, 때로는 '멀리서 들려오는 프랑스 혁명의 나팔소리의 되울림'처럼 들린다고 할 만큼 그를 좋아했다. 그러나 롤랭의 초상화를 여러 번 그렸던 고흐의 마음속에는 우체부로서 그가 다른 사람들에게 갖가지 소식을 전해주기 위해 마치 기관차처럼 열심히 일한 것에 대한 존경심이 숨어 있으리라.

잠이 오지 않아 펼쳤던 고흐의 검은 제복 입은 〈우체부 롤랭의 초상〉 속에서 기관차의 풍경을 발견한 것은 결코 우연이 아니었다. 실제로 롤랭의 턱 아래 자란 삼각형의 흰색 수염이 기관차의 연기처럼 보였고, 거칠지만 자연스럽게 그려진 그의 손은 불타는 화차 속으로 석탄을 퍼 넣기 위해 삽질하는 화부의 손과도 같았다. 그래서 나는 어릴 때 본 그 간이역 플랫폼에 서서 지나가는 기차를 향해 거수경례를 하던 역무원들과 같은 자세로 그의 초상화(肖像畵)에 잠깐이나마 경의를 표했다.

　우체부 롤랭의 초상화에 나타난 피곤함 없이 일하는 인간상을 보고 난 후, 심한 불면증에 시달리는 나 자신에 대해 적지 않은 부끄러움을 느꼈다. 만일 나 역시 롤랭처럼 남을 위해 잡념 없이 일 할 수 있다면, 그와 같은 모습을 하고 통나무 같이 건강한 잠을 잘 수 있다는 생각이 들었기 때문이다.

수집가의 즐거움

어느 해 미국에 얼마 동안 머물 기회가 있었을 때 워싱턴 국립미술관을 찾아 하루를 보낸 적이 있다. 그런데 그 미술관에 소장되어 있는 예술품들은 이방인인 나를 무척 초라하게 만들었다.

그것들이 가져다주는 미학적인 충격 때문에, 나는 피로한 줄도 모르고 오후 늦게까지 서성거렸다. 문이 닫힐 무렵, 5층에 있는 작은 화랑에서 데이비드 스미스(David Smith)라는 유명한 미국 현대 조각가의 유작(遺作)들을 보게 되었는데, 순간 눈앞에 전개된 광경이 너무나 인상적이어서 나는 그곳을 떠날 수가 없었다.

하늘 가까이 있는 듯한 그 다락방 예술 공간에 작고한 작가의 흑백 작업장 사진과 함께 전시된 작품들은 모두 다 못 쓰게 된 쇠붙이 조각들을 땜질하여 엮어 만든 것이었다. 나는 그 작품들에서 무한한 아름다움과 존재의 의미를 발견하고, 폐품이 된 고철(古鐵)로 어떻게 저렇게 의미심장한 미(美)를 창조할 수 있을까 하고 놀랐다.

그날 밤 나는 모텔로 돌아와서 잠자리에 누워 그 못 쓰게 된 쇠붙이 조각으로 작품을 만들었을 것이라고 상상이 되는 작업실과, 내가 어릴 때 보았던 마을 대장간의 풍경들을 비교하면서 오랫동안 깊은 생각에 잠겼다.

요즘 나는 그 폐품처럼 보이는 쇠붙이로 만든 조각품들에서 보았던 미적 질서와, 산책을 나갔다가 수집한 수집품들 사이에 어떤 유사함이 있다는 것을 어렴풋이 느낀다.

언제부터인지 모르지만, 나는 생활에 피로가 쌓이고 원고료라도 손에 들어오는 날이면 무심히 산책 삼아 거리로 나가 중고가구점이나 골동품 가게를 찾는 버릇이 있다. 그 결과 내가 살고 있는 집 거실이나 서재에는 남들이 싫증을 느껴서 팔았으리라고 생각되는 물건들이 여기저기 놓여 있다. 미학적 식견이 있는 분들도 우리 집을 방문하면, 그것들을 보고 아주 값이 비싼 것인 줄 알고 놀라면서 어디서 구입했느냐고 묻는다. 나는 그들이 놀랄 충분한 이유가 있다고 생각한다.

물론 내가 수집한 것들은 먼지가 쌓이고 초라한 가게 진열장의 수많은 잡동사니들 가운데 묻혀 있던 것들이다. 내가 그것을 발견하게 되는 것은 직감과도 같은 느낌 때문이다.

산책을 나갔다가 마음에 드는 수집품 하나라도 발견하게 되면, 그날은 늦게까지 기분이 좋다. 장발장이 사제관에서 훔친 은촛대가 아닌 무쇠로 만든 촛대, 아니면 사진 액자, 혹은 정물 하나라도 좋다. 언젠가는 동료 한 분이 궁금하게 생각하기에 함께 나갔는데 내가 먼지투성이 잡동사니들 속에서 더러워진 백랍(白蠟)으로 된 작은 액자 하나를 집어 얼마 안 되는 값에 구입하는 것을 보더니 하찮은 듯이 웃었다.

그러나 그것을 집으로 가져와서 먼지를 닦아내고 몇 년 전에 찍은 사진을 넣어 서재의 벽에 세워두었더니 목각으로 된 새로 구입한 액자보다 훨씬 더 품위가 있고 우아해 보였다. 그래서 다음에 나의 동료인 그분이 보면 또 한 번 놀랄 것이라고 생각했다.

남들이 싫증을 느껴 헐값에 팔아버린 물건들에 대해 나는 권태감은커녕, 새로운 가치와 아름다움마저 발견하는 것은 무엇 때문일까. 나는 이러한 경우를 두고, "번쩍이는 모든 것이 금은 아니다"라는 말과 아울러 "번쩍이는 것이 금일 수도 있다"는 논리를 경험으로 깨닫는다. 사람들이 어떤 사물을 보고 그것을 가지고 싶어할 때는 그것이 발하는 빛 때문에 순간적으로 눈이 멀 수가 있다. 그러나 그것을 소유하고 익숙해지면, 그 빛은 안으로 들어가서 꺼진 듯이 보이지 않게 된다. 그래서 그들은 그것들에 대해 곧 염증을 느껴 버리고 다른 새로운 것을 구할 욕망으로 불타오른다.

다시 말하면 그들이 소유하고 있다가 팽개쳐버린 물건들 가운데 그들이 진심으로 추구하던 미가 없었던 것은 아니다. 다만 그것이 물질적인 탐욕이나 성급한 미적 감각을 가진 사람들의 눈에는 보이지 않았을 뿐이다. 그것은 오직 사심이 없는 텅 빈 마음으로 작은 것에 대한 아름다움을 느끼면서 산책을 하는 사람들에게만 현현(顯現)의 빛처럼 순간적으로 나타나 보일 뿐이다.

이를테면 갈매기가 날고, 소년 소녀들의 맑은 웃음소리가 들리는 여름 해변의 아름다움도, 공원에서 수없이 피고 지는 꽃들의 아름다움도, 마음을 비우고 그곳을 산책하는 사람들이 아니고서는 볼 수 없다.

그래서 가치가 없다고 생각되는 기이한 물건들을 수집한 독일의 유명한 평론가 발터 벤야민이 지적한 것처럼, 내가 산책을 하면서 수집한 것들은 어린이들이 수집하는 그것들과 유사하거나 일치한다고 생각한다.

"수집은 어린이들이 가장 좋아하는 것으로, 그들에게 물건들은 아직 상품이 아니며 그 유용성에 따라 평가되지 않는다."

이러한 물건들 속에서 그들이 구하는 것이 무엇인지 명확하지 않지만, 그것은 아마 칸트가 말한 이른바 '사심 없는 기쁨'에 대한 인식을 요구하는 어떤 아름다움이다. 그래서 이러한 수집은 어떤 목표를 위한 수단이 아니라, 그 고유한 가치를 지니고 있는 어떤 대상을 하나의 물체로서 되찾는 행위와도 같은 것으로 생각되기도 하고, 과거라는 바다 밑으로 내려가서 그 속에 숨어 있는 산호와 진주를 캐는 것과도 같다.

산책자가 진주를 캐는 사람처럼 (교환가치를 위한) 아무 물질적 욕망 없이 과거의 먼지더미 속에 묻혀 있는 아름다운 촛대나 세월의 때가 묻은 도자기, 토기 한 점이라도 발견한다는 것은 그것을 통해 옛날 그대로의 과거를 소생시키기 위한 것도, 사라진 시대의 부활에 기여하려는 것도 아니다.

그것은 수집가가 '시간이 가져오는 황폐에 굴복하지만, 부패의 과정은 결정(結晶)의 과정'이라는 것을 확신하고, 또 한때 살아 있던 것이 가라앉아 용해되는 깊은 바다 속에서 무엇인가 '바다의 작용에 의한 변화'를 겪고도 환경에 정복당하지 않은 채로 남아서 새로운 모양의 형태를 결정한 뒤 망각이라는 시간의 바다에서 현재의 시간으로 끌어올려지기를 기다리는 값지고 기묘한 어떤 것, 어쩌면 어떤 영원한 근원 현상과 만나 친숙한 관계를 맺는 것이다.

그래서 나는 뭇 사람들의 시선이 지나갔는데도 발견되지 않고 버려져 있는 사물의 편린들이 지닌 영원한 빛을 위해 낡은 사진첩이나 서재에 피난처를 제공해주고, 그 가운데서 데이빗 스미스와 같은 현대 조각가들이 여러 가지 버려진 쇠붙이를 구성해서 새로운 아름다움을 창조하는 듯한 기쁨을 맛본다.

어떤 사람은 왜 이러한 미를 발견하고 창조하는 일이 골동품과 같은 옛날의 물건들을 수집하는 데서 일어나는가 하고 의아해 할 것이다. 그러나 헤겔이 말한 대로 미네르바의 부엉이는 어두워져야만 비상을 시작한다. 그래서 수집가는 소멸 속에서만 이해될 수 있다.

아무튼 조용한 시간, 나의 시선이 머무는 곳에는 삶의 무게로 질식할 것 같을 때, 모든 것을 훌훌 벗는 텅 빈 마음으로 산책을 나간 길에서 직관적인 느낌으로 만나 숱한 내밀한 이야기를 나누던 정물과 그림 그리고 추를 흔들며 둔탁한 종소리를 내는 벽시계, 그 옛날 서양에서 샘물을 길어 올리던 밧줄이 달려 있는 두레박이 놓여 있다. 그래서 그것들은 나의 지난날에 대한 수많은 상념들의 영상들로서 추억의 밀물을 막아주는 방파제가 되고 있다.

내가 밤늦은 시간 이것들을 바라보며 가끔 발터 벤야민이 옛날에 수집한 서책(書冊)들에서 다음과 같이 느꼈던 것과 같은 경험을 하게 되는 것도 이와 유사한 이유 때문이리라.

이것은 상념이라기보다는 영상이며 추억이라 할 수 있다. 그 많은 것들을 발견할 수 있었던 여러 도시들의 추억들, 기가, 나폴리, 뮌헨, 단치히, 모스크바, 피렌체, 바젤, 파리 그리고 뮌헨의 호화스러웠던 로젠탈의 방들이며, 지금은 고인이 된 한스 하우에가 살던 단치히, 스톡홀름, 남베를린 쉬센쿠트의 곰팡내 나는 지하 책방, 또 이 책들이 머물러 있었던 방들, 뮌헨에서의 학창시절 내 초라한 살림집, 베른의 내 방, 브리엔츠 호숫가 아젤트발트에서의 고독 그리고 마지막으로 지금 내 주위에 쌓여 있는 수천 권의 책들 가운데 불과 네댓 권만이 자리잡고 있던 내 소년시절의 방 — 이 모든 추억들이 수집가에겐 더없는 행복이며 한가로운 사람의 지고(至高)한 기쁨이다.

램프 수집의 변(辯)

언제부터 얻은 것인지 모르지만, 나는 램프를 수집하는 버릇이 있다. 그래서 시간이 나면 어느 가게나 찾아가 마음에 드는 램프가 있으면 그것을 구입한다. 그러나 화려한 조명등 가게에 가서 새것을 사는 일은 드물다. 가격도 가격이려니와 새것을 사서 등불을 켜는 것보다, 망가지거나 헤어지지는 않았지만, 누군가의 손때가 묻은 중고품 램프를 구입해서 등불을 켜는 것이 훨씬 좋기 때문이다. 다소 낡고 먼지가 묻었더라도, 그것을 손질하고 잘 닦아서 불을 켜면 새것에서는 볼 수 없는 은은한 빛을 볼 수가 있다. 중고품 램프는 불이 켜 있지 않을 때는 다소 퇴색되고 낡아 보이지만, 불을 켜고 보면, 그것은 전혀 다른 모습이 된다. 그래서 낡은 램프에 불을 켜면, 램프가 한결 새롭게 느껴진다. 이런 현상은 밝은 불이 등피나 갓에 묻은 얼룩 같은 것을 보이지 않게 지울 수 있다는 사실에서 연유한 것이리라.

내가 이렇게 램프를 유난히 좋아하게 된 것은 물론 그것이 어둠을 밝혀주기 때문이다. 어릴 때의 램프는 어둠을 밝혀주는 빛의 원천이라기보다는 언제나 아름다운 신비의 대상(對象)이었다. 유년시절 시골 집 대청마루에서 하얀 조선종이를 발라서 만들어 놓은 등을 보게 되면, 그렇게 아름다워 보일 수가 없었다. 그래서 나는 그때 언제나 등불 곁에만 앉아 있곤 했었다.

이 뿐만이 아니다. 내가 할아버지를 따라 험준한 산 속에 위치한 적천사(積天寺)를 찾았을 때, 법당(法堂) 한 모퉁이에 무리지어 걸려 있던 연등(燃燈)을 보고, 너무나 아름답고 황홀해서 할아버지를 따라 부처님께 무릎을 꿇고 절을 하면서도 시선은 종이등(燈)이 하얗게 걸려 있는 천정으로만 향했다.

또 어릴 때, 십리길을 걸어 학교에 갔다가 늦으면 어머니는 항상 등불을 들고 동구(洞口) 앞 까지 마중을 나오시곤 하셨다. 칠흑같이 어두운 여름밤이면 더더욱 그러하셨다. 그래서 멀리 보이는 등불은 언제나 유년시절에 대한 향수를 느끼게 한다. 나이가 들어서도 멀리서 가까이서 철길 위로 불을 환하게 켠 열차가 주마등(走馬燈) 처럼 달리는 것을 볼 때나 밤차를 타고 고향 길을 갈 때, 차창 밖으로 내다보이는 외딴 마을의 어느 집 창문에 불이 켜져 있는 것이 보일 때면 내 마음은 반가움과 그리움으로 가득 찼다.

부잣집 대문 앞에 켜져 있는 외등(外燈)이 아니라도 좋다. 비 오는 날 어두운 길을 걷다가 기중(忌中)이라고 쓴 등불을 만날 때도 반갑고 경이롭다. 상가(喪家)를 알리는 등불은 길을 밝히는 불빛만이 아니라, 상복(喪服)을 입고 시신(屍身) 곁에서 밤을 새는 〈남아 있는 자들의 슬픔〉을 함께하며, 그들의 마음을 위로하기 위해 찾아오는 사람들의 길을 밝혀주는 것이기 때문이리라. 아니, 그것은 망자가 어두운 저승길을 갈 수 있도록 비춰주는 등불이 되기 때문이리라. 그래서 세월따라 마음의 감성이 녹슬어 갈 때에도 망자(亡者)의 집 앞에 걸려 있는 호젓한 등불을 볼 때마다, 그 집으로 들어가서 흰옷을 입고 관(棺) 앞에서 고개 숙인 사람들과 함께 곡(哭)을 하고 싶은 마음이 바람처럼 스쳐가곤 했다.

어릴 적, 내 마음에 화인(火印)처럼 찍어 놓은 등불의 이미지는 제단(祭壇)에서 빛을 발하고 있는 촛불에서도 발견되었다. 자신을 불태우며, 어두운 주위를 밝히는 촛불이 등불과 무엇이 다르랴.

반백이 된 지금, 나는 아직도 빈 시간만 찾아오면 중고품 가게에 들러 남들이 이미 사용하다 버린 램프가 아직은 쓸 만하고 우아한 품격을 지니고 있으면, 주머니를 털어 반갑고 기쁜 마음으로 그것들을 구입한다. 촛대의 경우도 마찬가지다. 그래서 내가 서재에 홀로 있을 때에는, 여러 개의 램프를 연등처럼 밝힌다. 한쪽 벽에는 무쇠로 만든 촛대가 걸려 있고, 책장 주위에는 나무로 된 등잔과 유리로 된 서양 촛대들이 줄지어 서 있다. 책장 옆 때 묻은 진열장 속에는 은촛대는 없지만, 백랍으로 된 촛대가 놓여 있다. 그리고 서재 뒤 골방에는 놋쇠로 된 중고품 램프를 비롯해서 도자기로 된 램프들이, 여러 가지 모양의 촛대들과 함께 작은 숲을 이루고 있다. 비록 내가 방에 놓아둔 램프와 촛대들에 불을 밝히지 않는다 할지라도, 장의자에 기대어 눈을 감으면, 어두운 골방 속의 공간에 놓여 있는 램프들의 숲에 찬란하게 불이 켜져 있는 꿈을 꾼다. 마치 어두운 세상을 밝히려는 연등의 그것처럼.

램프를 수집해서 불을 켜고자 하는 욕구는 죽음으로부터 탈출하고자 하는 태어날 때부터의 욕망인가, 아니면 살아 있는 자는 물론 어둠 속에 갇혀 있는 망자(亡者)의 길을 비춰주고자 하는 슬픈 인간의 부질없는 희망인가. 나는 오늘도 빈 시간이 있으면, 누군가에 의해 버려져 불이 꺼져 있는 램프를 찾아 집을 나서고 싶은 마음을 떨치지 못한다.

시들지 않는 꽃과 여인

우리 집 거실 벽에는 자줏빛 들꽃을 귀밑머리에 꽂고 서 있는 젊은 여인의 모습을 담은 그림 한 점이 걸려 있다. 이 그림은 내가 십 수 년 전 먼지 쌓인 어느 초라한 골동품 가게의 벽 틈에서 찾아 헐값으로 구해 온 것이다. 어느 외국 무명 화가가 그린 그림이었다. 그러나 그 그림 속의 여인은 검은 먼지로 얼룩져 있고 금이 간 유리판 뒤에 숨어 있었기 때문에, 번쩍이는 것에만 주의를 기울이는 늙은 가게 주인은 그것이 지닌 아름다움을 볼 수 없었던 것 같다.

내가 이 그림을 처음 발견하게 된 내력은 마치 누군가와 인연을 맺은 내 얘기와도 같다. 가을 햇빛이 찬란하게 비치는 어느 토요일 오후, 나는 여느 때와 같이 산책을 나갔다가 비탈진 골목길 끝에 있는 골동품 가게에 들렀다. 마침 주인이 가게 문을 닫고 나오고 있었지만, 그를 데리고 다시 가게 안으로 들어갔을 때, 진열해 놓은 잡동사니 틈새에서 그림 속의 그 젊은 여인을 만날 수 있었다. 그 여인은 내게 무엇인가 하고 싶은 말이 있는 것만 같았다.

내가 그 청초하게 젊은 여인의 초상(肖像)을 집으로 가져와 먼지를 닦고 깨진 유리를 갈아 끼우기 위해 액자의 틀을 열었을 때, 내가 언제나 마음속으로 그려왔던 눈부시게 아름다운 젊은 여인의 얼굴이 나타났다. 그림은 단순히 하나의 꽃을 꽂고 있는 어느 젊은 여인의 초상화에 지나지 않았지만, 나는 그 속에서 빛바랜 흑백 사진첩에나 담겨 있는 줄로 알았던 내 젊은 날의 풍경을 제공해 주는 것 같았다. 그것이 향수의 눈물로 가리어진 것 같았지만, 보들레르처럼 "오! 당신은 지나간 옛날엔 나의 누이가 아니면 아내였지요."라고 침묵으로 말하고 있었기 때문이다. 나는 친숙하게만 느껴지는 그림 속의 여인과의 해후(邂逅)를 고맙게 생각하고 그 그림을 나의 시선이 머무는 서재 벽면에다 걸어두었다.

몇 년인가 세월이 흐른 후 어느 날 내가 먼 곳으로 외출을 하고 돌아오니 여학교에 들어간 딸아이가 내 허락도 없이 그 그림을 자기 방에다 옮겨 걸어두고 있었다. 딸아이는 아마도 그 그림에서 자기의 얼굴 모습을 읽을 수 있었기 때문이리라. 그러나 나는 얼마간 시간이 지난 후 무엇인가 소중한 것을 잃어버린 것 같다는 느낌에 딸아이에게 허락을 받아 그 그림을 다시 서재로 가져와서 제자리를 도로 찾게 했다. 책상에서 고개를 드는 순간이면 내 시선은 다시 그 그림에 가서 머무는 때가 많았다.

어느 해 라일락 향기 짙은 봄날이 가고 무더운 여름이 찾아와 정원에 서 있는 마로니에에서 빗물이 떨어지는 것을 보았을 때, 나도 모르게 그 그림에 시선이 갔다. 나는 그림을 어두운 서재에서 정원으로 창이 열려 있는 거실 벽에다 옮겨 걸었다. 녹색 정원에서 찬란하게 빛나는 마로니에 잎과 더불어 라일락 사이로 무리지어 핀 주황색 능소화 꽃이 그림 속 여인의 머리에 꽂힌 자줏빛 꽃만큼이나 아름다웠기에 집 안팎으로 꽃의 축제를 펼치기 위함이었을까. 아니면 그림 속 젊은 여인의 귀밑머리에 꽂힌 그 꽃이 폴 고갱이 타히티 섬에서 그린 원주민 처녀의 그것만큼이나 아름다웠기 때문에 비교하고 싶어서였을까.

내가 그림 속의 젊은 여인에 대해 이렇게 짙은 애정을 갖는 것은 무슨 이유 때문일까. 생명이 있는 모든 아름다운 것이 무너지고 소멸되어 사라지는 것에 대한 저항에서 일까, 분노에서일까. 그 까닭이야 무엇이든 귀밑머리에 자줏빛 꽃을 꽂고 있는 젊은 여인의 초상화가 내 손길에 의해 먼지 속에 묻혀 아름다움을 상실한 채 사장될 위기의 운명으로부터 구원을 받게 된 것은 참으로 고마운 일이었다.

떨어지지 않는 꽃은 현실 속에서는 없다. 그러나 그것은 마음의 눈을 가진 사람의 '무의식적 기억(mémoire involontaire)' 속에서 살아서 존재한다. 윌리엄 워즈워스는 이러한 시적 현실을 그의 유명한 시 〈수선화〉에서 이렇게 노래했다.

산과 계곡 넘어 떠도는 구름처럼
외로이 거닐다 나는 보았네.
호숫가 나무 아래
미풍에 흔들리며 춤을 추는
한 무리의 수선화를.

은하수에 빛나며 반짝이는 별들처럼
물가를 따라
끝없이 줄지어 피어 있는 수선화.
나는 보았네. 무수한 수선화들이
흥겹게 머리 흔들며 춤추는 것을.

수선화 옆에 물결도 춤추었으나
기쁨의 춤은 수선화를 따르지 못했으니,
이렇게 흥겨운 꽃들과 벗하여
어찌 시인이 유쾌하지 않을 수 있으리!
나는 보고 또 보았다. 그러나 이 광경이

어떤 값진 것 내게 가져왔었는지 미처 몰랐지.

망연히 홀로 생각에 잠겨
장의자에 누워 있을 때면
고독의 축복인 마음속 눈으로
홀연히 떠오르는 수선화.
그러면 내 마음 기쁨에 넘쳐
수선화와 함께 춤을 춘다.

그러나 번쩍이는 새것만을 좋아하는 사람들은 '아우라'의 빛을 발하는 그림 속의 젊은 여인이 귀밑머리에 꽂고 있는 살아 있는 자줏빛 꽃을 발견할 수 없다. 비록 그 꽃이 그들에게 발견된다 하더라도, 그들의 눈이 그것에 닿자마자 그것이 지닌 신비스러운 현현(顯現)의 빛은 사라지기 때문이다.

생각해보면 인간 개체의 삶은 광대무변한 우주적인 움직임 속에서 "한 점, 한 줌"에 지나지 않는다. 그러나 아무리 작은 것이지만 그것이 힘겹게 피운 아름다운 꽃이 영겁의 시간 속에서 잠시 머물다 속절없이 사라지게 되는 운명은 너무나 슬프다. 베르그송과 프루스트가 시간의 강박관념을 제거하기 위해 기억 속에서 '지속(durée)'이라는 개념을 발견한 것도 이러한 이유 때문은 아닐까.

내가 본능에 가까운 노력으로 먼지가 쌓인 잡동사니 속에 묻혀 있는 시들지 않은 자줏빛 꽃의 여인의 초상화를 찾아내어 빛을 보게 한 것도 아마 같은 이유일 것이리라. 내가 이 그림 속의 꽃과 여인에 대해 변함없이 지속적인 애정을 느꼈던 것은 그것이 내가 마음속으로 갈구해 왔던 '지속적 시간'을 구체화한 여신(女神)과도 같은 존재의 표상이기 때문이었을지도 모른다. 인간의 노력은 '한 점'밖에 되지 않고, 부서지고 무너져 사라지지만, 그것은 자연과는 다른 영속적인 그 무엇을 추구하고 있음에 틀림 없다.

내가 십 수 년 전 사람의 발길이 뜸한 낡고 초라한 어느 골동품 가게에서 발견한, 시들지 않는 자줏빛 꽃을 꽂고 서 있는 여인의 모습을 담은 그림에 눈을 주고 항상 새롭고 아름다운 빛을 찾으려고 한 것은 자연주의적인 존재이기를 거부하는 인간적인 몸짓이 아닐까 하고 나는 오늘도 반문한다.

꽃향기는 멀리 가기에 그리움으로 남는다

　영국 시인 T. S. 엘리엇이 '사월은 잔인한 달'이라고 말했지만, 겨우내 얼어붙었던 들판이 초록빛으로 물들고 라일락이 구름처럼 피는 사월의 풍경이 눈부시게 아름답다. 그러나 봄에 피는 꽃들보다 어둠속에 짙은 향기를 뿜으며 지는 꽃들이 더 아름답지 않을까. 들리지는 않지만 꽃이 피는 소리보다 꽃이 지는 소리가 더 듣고 싶다. 추하고 남루한 죽음을 맞는 목련과는 달리 꽃비를 뿌리며 떨어지는 매화와 배꽃, 복사꽃과 벚꽃의 모습이 너무 아름답고, 지는 라일락이 뿌리는 짙은 향기는 국화꽃 향기만큼이나 그윽하고 짙다.

　이렇게 사월의 봄이 찾아 왔는데도 "꽃은 지기 때문에 아름답다"라는 말과 함께 가을날의 슬픔 속에 국화꽃 향기를 느끼듯 라일락 꽃향기를 생각하는 것은 지난 해 갑자기 내 곁을 떠난 정귀호 대법관과 나누었던 우정이 문득 문득 생각나기 때문이다. 그가 가버리고 난 후 나는 그와 함께 찍은 사진의 빛이 바래지는 것이 너무 싫어서, 보이지 않는 곳에 내려놓았다. 그러나 조용한 시간이 찾아오면 그와 함께 했던 옛 시절의 일들이 나도 모르게 무의식적인 기억 속으로 소리 없이 밀려온다.

　그와 나는 고등학교를 함께 다녔다. 그는 일찍부터 신화적인 인물로서

법과대학으로 진학해서 판사생활을 하게 되었고, 나는 나의 길을 허덕이며 걸었다. 우리는 어린 시절 같은 교실에서 공부를 했지만 그때 그 시절에는 그렇게 절친한 사이가 아니었다. 가는 길이 서로 다르기 때문에 나는 그와 자주 만나 정담을 나눌 기회가 별로 없었다.

어른이 되어 우리가 만난 것은 다만 우연한 해후(邂逅)에 의해서였다. 내가 어둡고 힘겨운 20대를 보낼 무렵 D시에서 서울로 가는 급행열차 속에서 우연히 그를 만나 우정 있는 정담을 처음 깊게 나누었다. 그는 당시 법무관이었고 나는 영문학을 공부하러 미국으로 가기 위해 막 군복을 벗으려는 연락 장교였다.

40대를 보내면서 어느 날 덕수궁 돌담길을 지나다가 그가 생각이 나서 부근 갈색 건물에 있던 법원으로 그를 찾아가 차를 나눈 적이 있다. 그 때 우리는 말 수가 적었지만, 서로에게서 어린 시절에는 보지 못했던 옛날과 다른 인간적인 모습에 기뻐했다. 그는 선비와 같이 결곡하지만 온후한 품격으로 문학의 가치를 이해하려는 마음과 함께 글 쓰는 사람의 고뇌와 외로움의 시를 읽어내려는 자세를 내게 변함없이 보여 주었다.

그 후 나는 판사였던 이 친구를 만날 때마다 그에게서 존경에 가까운 우정을 느꼈다. 그것은 판사라는 신분 때문이 아니라, 다른 누구에게서도 발견하지 못하던 우아하고 중후한 그의 지적인 인품 때문이었다. 내가 사람의 품격이 얼마나 아름답고 귀중한 것인가를 알게 된 것은 그를 통해서였다. 또 한 번의 10년을 보낸 후 지금은 고인이 된 재미 의사 친구와 저녁 시간을 함께 보내기 위해 그를 누추한 우리 집에 초대했다. 그가 우리 집 대문 안으로 걸어 들어왔을 때, 그의 머리는 벌써 희끗희끗해져 있고 주름살 속에 세월의 상처가 숨겨져 있었다. 그러나 비둘기 색 양복에 검정 구두를 신은 그의 모습에서 옛날보다 더 원숙한 품위가 보였다.

그는 남달리 명석한 두뇌를 가진 사람이었지만, 오만하거나 교만한 빛이라고는 조금도 보이지 않았다. 그의 말에는 항상 조용한 지혜가 넘쳐흘

렀고 누구를 대하든 상대를 배려하고 존경하는 마음을 보였다. 그는 어느 누구와 대화 할 때도, 자기만의 독단적인 태도는 조금도 보이지 않고 항상 변증법적인 태도를 보였다. 어떤 큰 문제를 두고 생각할 때, 어떤 해답이 나올 것 같으면, 그것과 꼭 같이 진실된 또 다른 답이 있을 것이라 생각하고, 자신의 위치에서가 아니라 상대편의 위치에서 그 문제를 이해하려는 태도를 보이고 상반된 믿음의 가능성 사이에서 자기 자신을 찾으려고 했다. 하지만 그는 두 개의 믿음을 무리하게 결합시키려고만 하지 않았다. 그는 수많은 재판을 했던 경험 때문인지 셰익스피어의 〈베니스의 상인〉에 나오는 포샤처럼 문제 해결을 위해 항상 더 많은 경험을 기다리는 것 같았다.

사람들은 그의 매너가 가끔 상대편에게 너무나 정중하고 형식에 치우친다는 인상을 줄 수 있다고 말했지만, 그것은 결코 기계적으로 되풀이되는 형식에서 나온 것이 아니라, 오랜 경험과 수양을 통해서 얻은 성숙한 몸가짐과 풍부한 이해력에서 자연스럽게 잉태된 의식이었다. 그는 한 치의 자만심도 보이지 않고 상대편의 부족함을 이해하고 수용하며, 그의 좋은 점을 있는 그대로 정중하게 평가해서 받아들이려고 했다. 상대방을 이해하려는 그의 노력은 히프리온(Hyperion)처럼 도덕적이고 종교적인 것에 가까웠다.

드디어 나는 그가 대법관이 되는 것을 멀리서 보는 기쁨을 가졌다. 그 뒤 그는 너무나 바쁘고 몸가짐과 처신에 대해 더욱 조심해야 했기 때문에 플루트를 연주하는 그의 딸아이의 연주회 때를 제외하고는 그를 자주 만날 수 없었다. 그러나 그가 법복을 벗고 나와 변호사로 몇 년 일을 하고 있을 동안, 우리는 가끔 만나 변화하는 세상에 대해 담론을 펼치며 함께 하는 시간이 많았다. 나는 심적으로 외로울 때 그를 찾았고, 그도 나를 만나는 것을 즐거워했다. 우리는 기쁜 일이 있을 때는 함께 했고, 어려운 곳에 가야 할 일이 있을 때는 함께 갔다. 나는 그가 옆에 있으면 언제나 든

든하고 좋았다. 오랫동안 소식이 없으면 서로 궁금해 했다.

그는 나의 산문을 좋아했다. 그가 어느 로펌에서 변호사로 몇 년 일을 하고 있을 때, 대학에서 정년을 맞이한 나를 위로하기 위해 자기도 넉넉지 못하면서 출판을 시작하면, 내게 도움을 주겠다는 말까지 했다. 나는 조용히 거절했지만 그 만큼 그는 내게 깊은 우정을 보였다. 되돌아보면 그가 대법관 이후 변호사 생활을 10년 가까이 하는 동안이 우리 우정의 황금기였다.

그러나 2011년 내가 어느 누구와 자리를 함께 하자고 그에게 연락을 했을 때 소식이 없었다. 느낌이 좋지 않아 부인에게 연락을 했더니, 병원에 다니며 얼마동안 집에서 가족들과 함께 쉬기로 했다고 말했다. 그래서 나는 크게 걱정을 하지 않았다. 그는 언제나 건강한 군자(君子)다운 모습을 잃지 않고 있었고, 내가 감기를 오래 앓고 좀 우울한 상태에 있으면, 그는 설록차를 끓여주고 깊고 부드러운 목소리로 괴테의 《파우스트》에 나오는 유명한 구절을 독일어로 외우면서 용기를 주곤 했기 때문이다.

그리고 두 달이 지난 후 겨울이 가고 봄이 왔을 때, 그는 법원 앞 어떤 음식점으로 나를 초대했다. 내가 많이 아프냐고 물었을 때, 그는 고개를 흔들고 보통 때와 조금도 다르지 않게 나와 대화를 나누었다. 내가 보기에 그의 얼굴이 창백하고 봄이 왔는데도 옷을 좀 두텁게 입고 있었다는 것 이외에는 다른 것을 발견하지 못했다. 그러나 그것이 내가 그를 본 마지막 모습이었다. 2개월이 지난 후 어느 날 아침 내가 책상 앞에서 졸고 있는데 검사로 있는 그의 사위로부터 그가 간밤에 별세했다는 부음이 전해 왔다.

그의 장례식에 갔을 때, 검은 상복을 입은 그의 부인이 나의 팔을 잡고 나와, 죽은 남편이 두 달 전 법원 앞 그 음식점으로 나를 초대했던 것은 내게 마지막 인사를 하기 위한 것이었다는 사실을 말해 주었다.

참된 마음의 벗이었던 귀호가 떠나 간지 벌써 두 해가 지나가고 다시 사월이 찾아왔다. 가끔 외로움을 느끼면 그와 함께 했던 지나간 옛일들이 생각이 나고 그가 무척이나 그리운 것은 그가 뿌리고 간 깊은 우정의 향기 때문이리라. 내가 만일 그의 묘비문을 써야 한다면 "꽃은 지기 때문에 아름답고, 향기는 멀리가기 때문에 그리움으로 남는다"라고 쓸 것이다.

국화꽃 향기

세상에는 삶을 싫어하고 주변사람들을 혐오하는 사람이 없지 않지만, 우리가 살고 있는 이 땅에는 오히려 죽음을 두려워할 만큼이나 아름다운 현상들이 수없이 많다. 하늘이 높고 햇빛 찬란한 가을 뜨락에 핀 자줏빛 국화꽃 향기만큼 아름다운 것이 또 있을까. 짙은 국화꽃 향기는 볼 수도 없고 만질 수도 없지만, 숨결처럼 호흡하며 느낄 수 있기에 더욱 절실한 아름다움으로 다가온다.

꽃향기가 얼마나 신비롭고 아름다운지는 봄날에 구름처럼 피어오르는 라일락과 장미는 그만두더라도 5월에 하얗게 불꽃처럼 타오르는 아카시아 숲과 간이역 부근 콜타르 냄새가 짙은 침목에 깔려 있는, 철길 따라 피어 있는 가을 국화 곁에만 가도 쉽게 알 수 있다. 그러면 꽃은 왜 향기를 발하는가? 식물학자들에게 물으면 벌과 나비가 찾아와서 꽃가루를 옮겨야 하는 목적 때문이라고 말 할 것이다.

그러나 이와 같은 짙은 향기가 꽃에만 있는 것이 아니라 사람들에게도 있다. 사람과 사람 사이에서 보이지 않게 베푸는 사랑과 우정은 차가운 어둠 속에서도 오랫동안 느낄 수 있는 국화꽃만큼이나 향기롭다. 그것은 '오른손이 하는 일을 왼손이 모르게 하는 것'과 같이 순수한 사랑의 몸짓에서 나온다.

사람들은 각박한 세상이라 말하지만, 나는 살아오는 동안 '보이지 않는 은혜'를 적지 않게 입은 축복받은 사람인 것 같다. "인생은 기억이다"라는 마르셀 프루스트의 말처럼 그런 기억은 가끔 산울림처럼 왔다가 사라지기도 하지만, 때로는 국화꽃 향기처럼 긴 여운을 남기며 크나큰 감동의 파문을 일으키고 지나간다.

몇 해 전 가을날 오후, 투명하게 비끼는 햇살 속에 샐비어와 함께 무리지어 피어 있는 창밖의 국화꽃을 보고 있는데, 우체부가 소포가 왔다며 문을 두드렸다. 그가 전해 주고 간 것은 10여 년 전 외교관으로 한국에 와서 가까이 지냈던 벌리슨 씨가 보낸 편지였다. 편지는 그의 부인 키미가 별세했다는 부음과 그녀가 죽기 전에 자신이 지니고 있던 장미꽃 향기가 나는 향수 몇 병을 우리에게 전해 주라는 유언을 남겼다는 내용이 적혀 있었다.

내가 벌리슨 씨 부부를 처음 만난 것은 80년대 어느 해인가 그가 서울 미국문화원 부원장으로 와 있을 때였다. 그가 나의 은사인 벽안의 여교수 패터슨 교수의 사촌이란 것을 알게 되어 우정을 쌓았다. 그래서 그는 우리 집을 방문해 주었고, 우리 또한 그가 머무는 안국동 미국 외교관 저택을 몇 번 방문하게 되었을 때, 그곳에서 그의 일본인 부인 키미를 만나게 되었다.

키미는 외교관의 부인이라고는 생각하기 어려울 정도로 미모와는 거리가 먼 노쇠한 일본 여인이었지만 성품이 넉넉하고 유머러스한 면을 지니고 있었다. 그가 보조개를 만들며 독특한 미소를 짓고 일본식 발음으로 영어를 말하는 것은 매력 아닌 매력이었고, 갈색 버버리 코트를 입고 외출을 할 때면 기모노를 걸친 것 같은 느낌을 주었다.

처음에 우리는 키미가 일본인이라는 사실 때문에 약간의 경계심을 가졌지만, 그는 말할 수 없이 따뜻하게 우리를 대해 주었다. 키미가 우리 곁을 스치고 지나가면, 우리는 장미꽃 향기를 맡을 수 있었다. 어디선가 풍기는 장미꽃 향기가 좋다는 말에, 그는 그의 집을 나서는 우리에게 장미 향기가 나는 향수가 담긴 붉은 색 삼각형 병을 하나 선물로 주었다. 향기가 아무리 좋다고 하더라도 인공적으로 만들어진 진한 향수는 역겨울 수도 있는데, 이 향수는 결코 싫지 않았다.

이렇게 벌리슨씨 부부는 일 년 동안 한국에서 우리들과 남다른 우정을 나누고 시애틀로 돌아가 은퇴 생활을 했고, 그 후 10여 년의 세월이 지났다. 그렇게 세월의 흐름이 우리들의 우정을 망각 속에 묻어버리려고 할 때, 우리는 벌리슨씨로부터 키미가 유언으로 남긴 장미꽃 향기가 나는 향수 네 병을 소포로 받았다. 키미는 죽음의 문턱에서 이방인인 우리들에게 우정의 장미꽃 향수를 뿌리고 갔다.

키미는 무덤으로 갔고 키미를 잃은 벌리슨 씨는 아무 말도 없지만, 그가 남긴 장미꽃 향기는 잊혀지지 않는 먼 기억에서 오는 미풍처럼 우리 곁을 스친다. 어느 누가 '시들기 때문에 꽃은 향기로운 것'이라고 말한 것을 두고 키미의 죽음을 떠올리는 것은 결코 우연이 아니리라.

우리는 비록 말은 하지 않지만, 삶의 많은 부분은 슬픔으로 차 있지 않는가. 키미 역시 인간이기 때문에 살아오면서 많은 슬픔을 경험했을 것이다. 그러나 그는 그의 독특한 미소와 유머러스한 표정으로 그것을 극복하며 숨겨 왔을 것이다. 마지막 순간에도 그는 슬픔 속에서 인간적인 위엄을 찾으며 서울에서 있는 우리들을 기억했을 것이다.

벌리슨씨 또한 키미의 죽음 앞에서 얼마나 슬펐을까. 그러나 그는 슬픔 속에 위엄을 잃지 않고 키미가 유언으로 남긴 장미꽃 향기를 태평양 건너 살고 있는 우리들에게 뿌리고 침묵을 지켰다. 그 후 벌리슨씨로부터도 아무런 소식이 없다. 아마 지금쯤 그도 세상을 떠났을 것이다.

지금은 이 모든 것이 사라진 옛일들이지만, 여름장미가 지고 가을이 찾아와 향기 짙은 국화꽃이 뜨락에 무리지어 피어 있는 것을 보면, 그것이 모두 아름다운 우정이었다는 것을 새삼 기억나게 한다.

낙엽

나는 그해 늦은 가을 어느 날 오후, 한 학기 동안 머물렀던 스탠퍼드 대학에서 멀지 않은 멘로 파크 부근에 위치한 초라한 헌책방에서 파블로 피카소가 78세에 제작한 리놀륨 판화집 한권을 샀다.

비록 복제한 것이지만, 그 책에 실린 아름답고 신비스러운 그림들은 내가 처음 대하는 것이었기 때문인지, 생에 대한 많은 일깨움과 놀라움을 가져다주었다. 이 화집 속의 판화들은 주로 삶에 취하여 춤을 추는 주신(酒神)의 마스크를 쓴 사람들의 추상적인 형상과 풍만하고 아름다운 여인, 그리고 힘센 황소 같은 젊은 투우사에 관한 것이었다.

이 그림들이 나의 마음에 지울 수 없는 충격적인 인상을 준 것은 뜨거운 열정과, 생명력에 넘쳐 푸른 하늘을 바라보며 검은 땅 위에서 나팔을 불며 춤을 추는 사람들의 아름다운 몸짓, 무서운 힘을 가진 황소와 희롱하듯 투우를 하는 모습, 그리고 악기를 연주하는 풍만한 여인의 나체와 젊은 여인의 우아한 얼굴들이 모두 흙빛이라는 점이었다.

짙은 황토색이나 검은색은 밝은 생명력을 나타내는 원색과는 달리 보통 죽음의 빛을 나타내는 색깔이지만, 천재 화가 피카소가 흙빛으로 그린 그 판화는 누가 보아도 죽음이 아니라 생명력으로 가득 차 있었다. 죽음을 앞둔 78세의 피카소가 스페인의 고향 풍경을 회상하며, 왜 왕성한 생명력을 원색이 아닌 흙빛으로 그렸을까. 아마도 그것은 그가 만년에 흙이 죽음을 의미하는 것이 아니라, 생명의 모태이고 생명이 메타모르포제라는 것을 우주적인 차원에서 깨달았기 때문이리라.

나 역시 피카소가 황색과 짙은 갈색, 그리고 검은 색으로 그린 이 심오한 판화를 보고 흙이 지닌 가치와 의미를 새로이 발견했다. 내가 흙이 지닌 이러한 숨은 뜻을 새삼스럽게 찾게 된 것은 샌프란시스코에서 그리 멀리 떨어져 있지 않은 스탠퍼드 대학촌 팔로알토의 거리를 걸으면서 시야에 들어온 아름다운 대상(對象)들로부터 흙과 나무, 그리고 삶에 대한 명상을 위한 새로운 마음의 충전을 받았기 때문이다.

그때 나는 차가 없기도 했지만, 초라한 숙소에서 학교까지 걸어가는 것을 좋아했다. 내가 머물고 있던 아파트에서 조금 걸어 나가 버스를 타면 대학 중심부까지 쉽게 갈 수 있었지만, 나는 군이 40-50분을 걸어서 학교 정문 앞에 있는 팔로알토 역까지 갔다. 거기서 빨갛게 익은 사철나무 열매가 무리지어 열려 있는 산울타리를 바라보며 벤치에 잠시 앉았다가 진홍빛 대학 셔틀 버스가 오면 그것을 타고 대학 도서관 앞까지 갔다.

바쁜데도 이렇게 팔로알토 역까지 걸어간 것은 버스를 타고 가면, 학교 가는 길 주변에 있는 아름다운 풍경을 제대로 감상하지 못하기 때문이었다. 이른 아침 멕시코 사람들이 많이 살고 있는 좁은 골목길을 빠져나와 울창한 숲이 있는 계곡의 나무다리를 건너서 인적이 드문 주택가를 한참 걸어가면, 팔로알토 '다운타운'으로 가는 길림길이 나왔다. 자동차가 별로 다니지 않는 주택가 신작로를 따라 우체국 앞을 지나 팔로알토 역까지 오면 40분이 족히 걸리지만, 그 길을 걷는 기분이 그렇게 좋을 수가 없었다.

그러나 이 길을 걷는 것은 이른 아침보다 정오 가까운 시간이 좋았다. 비록 누추했지만 나의 보금자리인 침소에서 아침나절 책을 읽다가 정오쯤 방문을 열고 아파트 나무 계단을 걸어 내려와 학교 가는 길을 나설라치면, 해가 하늘 높이 떠올라 찬란한 햇빛이 비친 하얀 그 길이 그렇게 한적해 보일 수가 없었다.

나는 길을 걸으면서 이따금씩 조용한 아스팔트 위로 쏜살같이 지나가는 청소년들의 자전거 바퀴가 투명한 햇살에 비쳐 은빛으로 빛나는 것을 볼 수 있었다. 그리고 길 주변의 아치형 지붕을 가진 하얀 집들, 푸른 하늘 위로 거인의 부챗살처럼 수많은 가지를 펼치고 있는 이름 모를 고목나무들, 잿빛으로 퇴색된 나무 십자가가 낮게 서 있는 작은 마을 교회, 그리고 계곡에 있는 갈림길에 장승처럼 서 있는 한 쌍의 키 큰 선인장 등이 반갑게, 그리고 신비스럽게 나의 시야에 들어왔다. 그래서 나는 반백이 되었지만, 배낭 모양의 책가방을 등에 짊어지고 여기저기 높다랗게 서 있는 야자수 위로 푸른 하늘을 올려다보면서 이 아름다운 길을 걸었다.

이 지방 특유의 건축 양식으로 지어진 집들과 다채로운 꽃다발로 장식된 현관, 그리고 풀냄새가 나는 아름다운 정원이 바쁜 내 걸음을 멈추게 하는 경우도 많았다. 한번은 길을 걷다가 귤이 주렁주렁 무겁게 달려 있는 나무 밑 흙 밭에 노랗게 잘 익은 귤이 탱자처럼 떨어져 있는 것을 그림 속의 정물을 보듯 바라보기 위해 며칠 동안이나 그곳에서 발걸음을 멈추었다. 또 길을 걷다가 만난 정원을 손질하는 중년 부인은 몇 번 만난 사람처럼 친절하게 인사를 했다.

또 시간적 여유가 있는 날이면, 학교 가는 길을 걷다가 주택가가 끝나고 '다운타운'이 시작되는 길모퉁이에 있는 다락방 모양의 헌책방에 들렀다. 어느 날 그곳에서 빈센트 고흐의 자화상을 모은 화집과 비트켄슈타인의 자서전을 사서 들고 어둠침침한 그 서점 문을 열고 나왔을 때, 팔로알토 거리에 비치는 정오의 햇빛이 너무나 찬란해 눈을 뜰 수가 없었다.

학교 가는 길 주변의 이렇게 아름다운 풍경들은 언제나 나에게 적지 않은 '행복의 충격'을 가져다주었다. 특히 그 작고 큰 나무들과 그 밑에 떨어진 가을로 물든 낙엽들, 그리고 그 나무들과 가을에 피는 아름다운 꽃들을 뿌리에서 보이지 않게 감싸고 받쳐 주고 있는 검은 빛깔의 기름진 흙밭은 침묵을 지킨 채 말이 없지만, 나는 그것들을 사색의 대상으로 삼고, 그것들이 지닌 신비로운 미를 생각하며 명상에 잠겨 그것들과 끝없이 대화를 나누었다.

그해 11월이 끝나갈 무렵, 나는 역시 학교 가는 그 길의 어느 집 정원에 서 있는 아담한 나무 아래서 원색으로 곱게 물든 기하학적인 별모양의 잎새들이 검은 흙 밭에 조용히 떨어져 아름답게 수놓고 있는 것을 보았다. 그래서 한참 동안 그 작은 뜨락의 가을 풍경을 멍하니 바라보고 있다가 발걸음을 옮겼다. 그리고 다음 길목에 서 있는 높다란 은행나무 숲에서 은행잎들로 거리가 온통 황금빛으로 불타는 것을 보았다. 한번은 그 황금빛 낙엽을 물끄러미 바라보다가 시간이 늦어 학교 가는 발걸음을 재촉해야만 했다.

그러나 그날 나는 여전히 파로알토 역 앞 그 벤치에 땀을 흘리면서 걸어올 때까지, 그 낙엽들이 왜 그렇게 유난히 빛을 발하며 아름답게 보이는가 하는 의문에 사로잡혔다. 나는 그날 밤 이국땅의 빈방에서 고독을 씹으면서 자정이 넘도록 그 문제를 두고 생각에 생각을 거듭하느라 잠을 이루지 못했다. 심한 불면증 속에서 새벽 가까이 되어서야 겨우 나름의 서툰 해답을 찾았다. 즉, 가을에 떨어진 나뭇잎들이 그렇게 찬란한 빛을 발하는 것은 팔로알토 특유의 축복받은 따뜻한 기후와 투명한 햇빛, 그리고 구름 한 점 없는 푸른 하늘 때문이기도 하겠지만, 그것보다는 결코 얼지 않는 땅속에서 모든 것이 유난히 잘 썩어 만들어진 검은 흙 때문이 아닐까 하는 생각이었다. 틀림없이 몇 년을 두고, 아니 수십 년, 수백 년, 영겁의 세월을 두고 그렇게 불타는 듯이 찬란한 빛을 발하는 낙엽들이 땅 위에 떨어져 밀알처럼 썩어 하늘을 향해 자라는 나무들의 터전을 더욱 검게 만들었기 때문이리라.

먼 훗날 다시 그곳을 찾게 되면, 그해 늦가을에 보았던 그 찬란한 낙엽들보다 더욱더 아름다운 나뭇잎새들이 땅 위에 떨어져 밝고 찬란하고 투명한 빛을 발하게 되리라.

우연인지 몰라도 얼마간 시간이 지난 뒤 그 땅 위에 떨어진 그 찬란하고 아름다운 낙엽들이 결코 얼지 않는 팔로알토의 흙 속에서 새까맣게 썩어 갈 무렵, 금세기 최고의 극작가들 가운데 한 사람인 사무엘 베케트, 위대한 지휘자 카라얀, 소련의 과학자 사하로프, 그리고 '평범한 것 가운데 비범한 것'을 찾았던 일석(一石) 이희승 선생이 돌아가셨다는 부음(訃音)을 접했다. 그 슬픈 소식을 접한 그날 아침 창밖으로 몇 점의 구름이 떠 있는 겨울 하늘 아래 거인처럼 팔을 펼치고 서 있는 나목(裸木)의 숲을 바라보며 그들의 죽음과 그해 늦가을 팔로알토 거리를 걷다가 보았던 그 찬란했던 낙엽들이 썩어 이루어진 검은 흙의 비밀을 무심결에 비교하며 깊은 상념에 빠졌다.

비록 그들은 갔지만, 다시 가을이 찾아오면 그들이 묻혀 있는 나무 밑 흙무덤 위에 붉게 물든 또 다른 낙엽들이 꽃잎처럼 수없이 떨어져 아름답게 수놓을 것으로 생각했기 때문이다.

유리 공예 사진 한 장

알베르 카뮈가 많은 문학적 영향을 입었다고 하는 장 그르니에(Jean Grenier)의 산문집 《섬》에는 다음과 같은 내용의 글이 있다.

저마다 일생에는, 특히 그 일생이 동터 오는 여명기에는 모든 것을 결정짓는 한 순간이 있다. 그 순간을 다시 찾아내기는 어렵다. 그것은 다른 수많은 순간들의 퇴적 속에 깊이 묻혀 있다. 다른 순간들은 그 위로 헤아릴 수 없이 지나갔지만 섬뜩할 만큼 자취도 없다. 그것은 유년기나 청년기 전체에 걸쳐 계속되면서 겉보기에는 더할 없이 평범할 뿐인 여러 해의 세월 유난한 광채로 물들이기도 한다.

젊은 시절에 이 글의 구절을 읽었을 때 유난히 신비스러운 매력을 느꼈으나 관념으로만 기억에 묻어 두고 있었다. 그런데 우연히 내 생의 해질 녘에 그것을 삶의 체험으로 실감하는 축복받은 기회를 갖게 되었다.

지난해 겨울이 지나고 봄이 오는 길목에서 나는 갑자기 왼쪽 팔에 심한 통증을 느꼈다. 책상의자에 앉는 자세가 나빴기 때문인지도 모른다. 삶의 유일한 낙인 책도 읽지 못하고, 밤에는 팔이 너무 아파 잠을 이루지 못하고 있을 때, 가깝게 지내는 시인 한 분이 위로의 말과 함께 환상적이리만큼 아름다운 이탈리아 유리 공예 작품을 찍은 사진 몇 장을 음악에 실어 인터넷으로 보내 주었다. 그는 다른 말없이 이 유리 공예 사진이 '유년 시절 서교동 옛집 부근에서 총각들이 뜨겁고 물렁거리는 유리 대롱에 달고 후후 불며 유리병을 만들던' 마술적 풍경이 생각나게 한다고 했다.

그의 짧은 글과 함께 보내온 아름다운 유리 공예 사진은 까맣게 잊어 버렸던 내 어린 시절의 어느 한 순간을 물 위에 뜬 꽃잎처럼 떠오르게 했다. 6·25 전쟁 당시 나 혼자 학교에 다니도록 D시에 남겨 놓고 우리 집은 고향인 먼 산골로 피란을 갔다. 그래서 나는 지금은 돌아가신 홀어머니를 뫼시고 살고 있던 당숙 집에서 자취 반 하숙 반의 생활을 해야만 했다. 그 친척집은 주택가 막다른 골목의 맨 끝에 위치하고 있었다. 신작로에서 멀리 벗어나 있지는 않았지만, 골목 입구에는 항상 소음을 일으키는 유리 공장이 있었고, 담 넘어 집에서는 피아노 치는 소리가 언제나 들려왔다. 지루한 학교생활을 마치고 석양 무렵 귀가하는 발걸음은 무거웠으나, 집으로 들어오는 골목 입구의 유리 공장 앞에 쌓아 놓은 유리 파이프들이 비끼는 저녁 햇살에 눈부시게 빛을 발하는 그 황홀한 아름다움에 마음이 끌려, 피곤함도 잊고 어느 동화책의 주인공이 된 듯한 느낌을 가졌다. 그리고 그 길 부근에 깨져 뒹구는 유리 파이프를 집어서 입에다 물고 나팔처럼 불곤 했다. 그 순간 나는 막다른 골목길 끝 앞집의 담 너머로 흘러나오는 피아노 소리를 듣곤 했다.

당시 나는 여운이 있는 구성진 하모니카 소리를 좋아해서 그것과 닮은 풍금소리에만 익숙했기 때문에, 맑고 우아한 피아노 소리의 아름다움을 쉽게 느낄 수 없었다. 그래서 집에 머물고 있을 때 앞집에서 누군가 피아노를 배우기 위해 건반을 쉴 새 없이 두드리면, 마치 내 신경을 망치로 때리는 것처럼 아프게 들렸다. 그러나 피곤한 학교 일과를 마치고 석양에 아무도 기다리지 않는 나의 누추한 휴식처를 찾아오는 길목에서 듣던 그 피아노 소리가 어느 날 갑자기 너무나 청아하게 들려와 어지럽고 혼탁했던 마음을 깨끗이 씻어주는 것만 같았다. 겨울철에 눈이 많이 왔을 때는 더욱더 그러했다. 건넌방에 6·25 때 이북에서 피란 와 살던 화사한 여인 때문에, 어떤 사내가 며칠 동안 밤마다 찾아와 괴로움에 못 이겨 담 곁에 서 있던 낙엽송 둥치를 잡고 몸부림하다가 돌아가던 눈 오는 날이면 그 피아노 소리는 슬프지만 더욱더 맑고 아름답게 울렸다.

힘겹고 우울했지만 생에 대한 의식이 '동터 오던 여명기'에 투명하고 신비로우며 환상적으로만 보였던 그 부서진 유리관 조각을 입에 물고 맑고 깨끗한 피아노 소리를 듣던 시절의 막다른 골목 풍경은 집안 형편이 더 기울어 내가 그 막다른 골목 집에서 마저 추방되었을 때 끝이 났고, 그 낭만적인 순간은 뒤이어 밀려온 수많은 순간들의 퇴적 속에 흔적도 없이 묻혀버리고 말았다. 다만 그 뒤 나는 석탄과 콜타르 냄새가 범벅된 철길에서 멀지 않은 곳으로 옮겨 가 살던 어느 골방에서 문득 잠이 깨어 기차가 지나가고 멀리서 울려오는 기적 소리를 듣게 되면 그 속에서 피아노 소리를 들으려고 애서 노력했을 뿐이다.

그러나 무수한 세월이 지나 나는 고마운 누군가의 도움으로 그 아름다웠던 순간들이 기억의 수면으로 떠오를 때, 그 어린 시절의 경험들, 아니 그 후의 경험들 역시 없어진 것이 아니라 내 생애의 "전체에 걸쳐 계속되면서 겉보기에는 더할 수 없이 평범할 뿐인 여러 해의 세월을 유별난 광채로 물들"여 왔음을 깨닫게 되었다. 나는 이렇게 저문 강 언덕에 다다르고 나서야 "겉으로 보아 온 세상의 모습은 아름답지만 허물어지게 마련이니 그 아름다움을 절망적으로 사랑하지 않으면 안 된다"는 사실을 직관적으로 알게 되었다. 내가 젊은 시절 이국땅에서 영국시인 셸리(Percy Shelly)가 쓴 장시 〈아도니스〉에서 '생은, 다채로운 색유리로 된 돔처럼,/죽음이 그것을 파편으로 부셔 버릴 때까지/영원한 흰 광휘를 물들인다'라는 시구를 읽고 감동의 눈물을 흘렸던 것도, 어린 시절 그때 그 순간 느꼈던 아름다운 경험이 적지 않은 울림으로 심금에 공명을 일으켰기 때문일 것이다. 또한 생의 슬픔에 대해 눈물 없이 침묵 지킬 수 있었던 것도 아름다운 삶의 아픔을 맑고 우아하게 전음계(全音階)로 표현한 피아노 소리가 마음속 깊이 남겨 놓은 흔적이 보이지 않게 심리적으로 작용했기 때문이 아니었던가.

어린 시절 그 막다른 골목길 입구에서 후후 불었던 그 깨진 채색 유리 파이프 조각과 그곳 담 너머에서 들려오던 피아노 소리는 프리즘처럼 슬프도록 아름답지만 공허한 허무로 끝나는 내 인생 전체를 물들이는 시간 속의 '작은 영원'이었던가. 내가 아픈 팔의 고통 속에서도 그가 보내 준 아탈리아산 유리 공예 사진에 대해 아름답다고 느낄 수 있었던 것은 그때 그 시절의 아름다웠던 기억이 아직도 남이 있는 내 생의 '흰 광휘'를 물들이기 때문일 것이다.

마음의 섬

사람은 누구나 마음속에 가보지 못한 섬을 가지고 있다. 그래서인지 어디론가 가고 싶어 한다. 해마다 여름이 되면 수많은 사람들이 어디로든지 여행을 떠나는 것은 피서를 하기 위함도 있겠지만 그것 못지않게 그들의 마음속에 가지고 있는 섬에 가보고 싶은 욕망 때문이리라.

어릴 때 강변에서 멀리 떨어지지 않은 간이역에서 기차가 홈에 들어올 때 좋아했으나, 기차가 햇빛 속에서 강을 건너 산모퉁이로 돌아갈 때 슬퍼했던 일을 잊을 수가 없다. 또 초등학교 하굣길에 철길을 따라 걸으며 기차가 오기를 기다리면서 레일에 수없이 귀를 기울였던 일도 잊을 수 없다. 기차를 타고 어디론가 멀리 마음속의 섬을 찾아 길을 떠나고 싶었던 무의식적인 욕망 때문이었으리라.

여행은 우리에게 어떤 의미를 가지고 있을까. 무심한 사람들은 여행을 현실 도피라고 생각할 것이고 또 조금 더 생각이 깊은 사람들은 그것을 재창조를 위한 휴식을 갖는 일이라고 생각할 것이다. 그러나 곰곰이 생각해 보면 여행은 우리의 삶과도 같은 신화적인 궤도를 어김없이 밟아가는 과정이기 때문에 자아 발견의 길이라고 말할 수 있겠다.

여행이 훌륭한 자아 발견의 과정이 될 수 있는 것은 집을 떠나서 길을 나서면 자기 자신을 발견할 수 있는 순수한 자유를 느낄 수 있기 때문이다. 거미줄처럼 얽혀 있는 일상적인 것의 억압으로부터 벗어난 자유는 누구나 마음속에 간직하고 있는 섬으로 다가갈 수 있는 길을 열어놓는다. 그래서 뜻있는 여행은 우리를 순수한 인간으로 만들어 시원(始原)의 샘물을 마시게 한다.

투명하게 자신을 돌아보려면, 여러 사람들과 함께하는 여행보다 혼자서 하는 여행이 좋다. 혼자서 여행을 하면, 자기 자신을 내면적으로 들여다볼 수 있는 기회를 가질 수 있다. 혼자 길을 걸어가며 지난날을 회상하고 반성할 때보다 자기 자신을 경건하게 발견할 수 있을 때가 또 어디 있을까. 퇴락한 객사(客舍)에 혼자 누워 지난날의 도덕적인 잘못을 뉘우치는 일은 레몬의 껍질을 씹는 일만큼 쓰라리지만, 거기에는 마른 국화꽃의 향기와도 같은 침전된 생의 진수(眞髓)가 있다.

여행길에서는 내면적으로만 자신을 발견할 수 있는 기회를 갖는 것은 아니다. 유리벽 찻집에 앉아서 물밀듯이 흘러가는 군중들을 바라볼 때나 호프만의 〈사촌집의 구석 장문〉에서 장날의 풍경을 내려다보듯 고립된 위치에 앉아 사람들이 지나가는 것을 볼 때에도 그들 가운데 투영된 자신의 모습을 객관적으로 읽을 수 있다.

혼자서 산책을 하듯 여행을 하게 되면 그 어느 때보다 자신의 마음을 평정한 상태로 유지할 수 있어서 '살아 있는 그림'과도 같은 세상을 많이 보고 경험할 수 있게 된다. 성난 사람은 볼 수도 없고 들을 수도 없기 때문이다. 경험의 영역을 지각하지 못하고 지나쳐 버리는 사람은 회상으로 얻을 수 있는 생의 위안을 그만큼 상실하게 된다.

그러나 여행길에서 마음의 섬을 발견할 수 있는 것은 아마도 영원의 세계와 만나는 현현(顯現)의 순간이리라. 현현의 순간은 빈 마음으로 아름다운 사물을 보았을 때 행복한 깨달음의 충격으로 온다. 아름다운 도시의 낯선 거리를 이리저리 거닐면서, 테라스 위에 걸어놓은 꽃이나 등불 혹은 은빛 십자가가 있는 교회의 검은 지붕을 바라보았을 때 순간적인 깨달음으로 황홀감을 느낀다. 이 순간은 내가 나를 잊고 누구를 뜨겁게 사랑할 때와도 같은 것이다. 이것은 또한 법열(法悅)의 순간에 느끼는 종교적인 무아경(無我境)과도 같은 것이다. 어찌 이것뿐이랴! 마음이 텅 빈 공간처럼 자유로우면, 뜨겁게 내려 쪼이는 태양 아래 분수대의 물기둥이 정지한 듯 뿜어오르는 것을 보았을 때, 혹 이름 모르는 광장을 서성이다가 정오를 알리는 사이렌 소리나 대포 소리를 들을 때도 우리는 현현의 순간을 느끼게 된다.

그림자 없는 자유로운 마음을 가지고 길을 가다보면 현현의 순간은 언제든지 찾아올 수 있다. 배를 타고 마음의 섬으로 가다가 우연히 시선이 마주친 우울한 여인이 내가 사랑하는 누이와 아내 같다는 느낌으로 다가올 때 이름 모를 사랑을 느낀다. 기차 속에서 우연히 만나 동행하며 부끄러움 속에 몇 마디 말을 나누었던 여인이 귀착지의 어느 길모퉁이로 사라지며 보이는 작별의 미소 속에서도 아픔과 함께 오는 현현의 순간은 있다.

순수한 자기와의 만남은 아름다운 낯선 사람과 아무런 목적 없이 만날 때 느끼는 행복의 순간에만 있는 것이 아니다. 공포와 두려움의 순간에서도 자신을 만나는 것이 아닐까. 이를테면, 밤 바닷가에서 요람처럼 흔들리는 파도 소리를 들을 때, 혹은 여관방에서 깊은 잠에서 깨어나 소나기의 천둥소리에 무서워할 때에도 현현의 순간을 느낄 수 있다. 이것은 깊고 웅장한 사원 종각 아래서 햇빛처럼 쏟아져 내려오는 파문이 긴 종소리를 듣는 것과도 같다.

카뮈는 이와 유사한 무서움을 그의 비망록에서 다음과 같이 적고 있다.

여행을 가치 있게 만드는 것은 공포다. 우리의 나라와 언어를 그처럼 멀리 둔 순간에는—그러할 때 프랑스 신문 한 장은 더할 나위 없이 귀중한 것이 된다. 그리고 카페에서 팔꿈치로 낯모르는 사람들을 건드려보고 싶은 저녁의 무렵—막연한 공포심이 우리를 사로잡으며, 구습에 안도해 보았으면 하는 본능적인 욕구가 있다. 이러한 것은 여행의 가장 확실한 수확이다. 이때 우리는 열에 뜨지만 그 대신 기공(氣孔)이 많아진다. 아주 작은 충격으로도 우리 존재 밑바닥까지 동요를 일으킨다. 빛은 폭포처럼 쏟아져 합류하게 된다. 영원은 그곳에 있느니, 여행은 쾌락을 위해서 하는 거라고 말할 수 없는 까닭이 여기에 있다…… 무엇보다도 위대하고 엄격한 학문과도 같은 여행은 우리를 우리 자신에게 이끌어 간다.

현현의 순간은 뉘 집 담 모퉁이를 돌다가 무리지어 핀 여름 꽃의 향내 속에서도 온다. 여름 밤공기와 함께 묻어오는 꽃향기는 시간의 벽을 뚫고 잃어버린 수많은 아름다운 과거의 풍경을 현재로 가져와서 황홀감 속에 빛을 발하게 한다. 회상은 결코 우연히 일어나지 않는다. 그것은 꽃향기가 감각의 문을 열어 현현의 바다로 우리를 유혹하기 때문이다. 여름의 둔감한 상태 속에서 꽃 냄새와 회상의 눈물이 함께 어우러진 순간에 느끼는 황홀감과 깨달음은 보들레르가 말하는 시적인 '교감'과도 같은 것이다. 보들레르는 교감을 통해 여인의 머리카락이나 젖가슴의 향내 속에서 '한 궁륭 모양을 한 하늘의 푸른빛'과 '황홀한 불꽃과 돛대로 가득 찬 항구'와 같은 시구를 발견하지 않았던가.
이렇게 집을 떠나 길 위에서 순수한 자신을 발견하는 순간은 어떻게 생각하면 영원한 존재로 이어지는 신비스러운 통로인 마음의 섬을 성숙하게 포옹하는 것과도 같은 것이다. 아니 그것은 성숙한 단계의 삶을 의미하는 죽음과도 같은 것이다. 이러한 영원의 세계와의 만남은 생의 종착역에 다다를 때 얻을 수 있을 것 같은 경험, 그것과도 같을 수 있으리라.
그래서 우리는 의식의 눈을 뜨고부터 마음에 있는 섬을 찾아 언제나 멀리멀리 여행하고 싶어 했는지도 모른다. 그러나 여기서 말하는 황홀한 현현의 순간은 죽음의 순간 그 자체가 아니라, 어디까지나 비극의 순간 그것과도 같이 자아 발견을 위한 인식적인 깨달음의 순간이리라. 생에 대한 진정한 이해는 비극적인 절정의 순간을 만날 때 비로소 가능하지 않은가. 풍요로운 경험의 편력은 곧 풍요로운 정신의 편력을 의미한다. "여행의 양(量)이 곧 인생의 양이다"라고 그 누가 말한 것은 이러한 사실을 두고 이야기함이 아닐까.

그러나 현현의 순간이 없는 여행이라도 좋다. 불타는 태양 아래 유유히 흐르는 강물을 따라 터벅터벅 걷다가 석양에 아름다운 경치가 있는 곳에 와서 머물다가 무덤이 있는 것을 바라보는 것에서 삶의 의미를 읽을 수 있으면 그것으로도 여행에서 큰 수확을 얻었다고 생각할 수 있겠다. 왜냐하면 그와 같은 풍경을 경험한 사람은 여행을 하지 않고 닫힌 공간 속에 머물고 있는 사람들보다 생을 몇 갑절이나 풍부하게 살고 있기 때문이다.

해마다 8월이 되면, 사람들은 산과 바다로 여행을 떠난다. 그러나 생에 있어서 여행이 지니는 진정한 의미를 알고 길을 떠나는 것과 그것을 모르고 떠나는 것에는 큰 차이가 있다. 먼 길 여행은 인간의 그리움이 담긴 꽃과 고향을 사랑하는 것과도 같은 것이다. 아니 여행은 건너지 않은 바다와도 같은 생 그 자체를 사랑으로 느끼고 끌어안는 것과도 같은 것이다.

이상향은 어디에도 없는 것인가

어린 시절 날씨 좋은 날 은빛 제트기가 하얀 비행운을 남기고 하늘 높이 날아 멀리 사라지는 것을 보면 너무나 경이롭고 신비로웠다. 그때는 어렸기 때문인지 나는 하늘 높이 날아가는 비행기를 보면서 그것을 낮달처럼 현실과는 거리가 먼 세상에 속한 것으로만 생각했다.

그러나 초등학생이 되었을 때 하굣길에 비행기가 '윙'하고 구름 위 하늘 높은 곳으로 날아가는 소리가 들리면, 나는 작은 손바닥을 이마에 올려놓고 햇살을 가리며 동경에 가득 찬 눈으로 바라보았고, 그것이 산 너머 구름 속으로 사라져버릴 때는 말할 수 없는 아쉬움으로 슬픔에 젖곤 했다. 그 비행기가 보이지 않게 된 것에 대해 내가 왜 그렇게 절망에 가까운 슬픔을 느꼈을까. 아마 그것은 미지의 나라로 가고 싶은 꿈 때문일지도 모른다.

인간이 무엇인가 그리워하고 또 어디론가 떠나고 싶어 하는 것은 닫혀 있는 현실 세계의 벽 때문일지도 모른다. '다람쥐 쳇바퀴 도는 듯한' 삶에 지치거나 권태를 느끼면, 어딘가 먼 곳으로 훌쩍 여행을 떠나보라. 여행길, 특히 먼 나라 여행길에서 발견하는 경이와 자유로움은 비록 순간적이지만 우리들의 꿈이 실현되는 곳에서 나타나는 그것과 같은 것일지도 모른다는 느낌을 갖게 된다.

산 그림자가 지나가는 것을 보며 산촌에서 유년시절을 보낸 후 도시로 나와 야시장(夜市場) 풍경을 처음 보고 놀랐던 것처럼, 지중해 연안에 있는 르네상스 발상지인 피렌체를 처음 찾았을 때, 그 도시의 아름다움은 내가 마음속으로 그리워하고 갈망했던 이상적인 곳에 도착했다는 것을 알려주는 듯 했다. 피렌체는 완전한 자유와 아름다움을 찾아 정처 없이 발길 가는 대로 헤매듯 다니던 내게는 아일랜드 시인 예이츠가 〈비잔티움〉이라는 시에서 노래한 황금 도시와도 같았다는 느낌마저 주었다. 피렌체를 가로질러 흐르는 아르노 강이 내려다보이는 광장에서 소나기를 피하기 위해 찾은 수도원이 있는 갈색 돌담길은 고색창연한 모래 빛이었고, 석양의 번화가는 사육제(謝肉祭)로 가는 길과 같았다. 아니, 그곳으로 가는 골목길은 저무는 해를 등지고 앉아 기타를 치는 거리 악사의 음악소리와 검은색 채양 아래의 진열장 속에서 현란하게 빛나는 보석들로 말미암아 어릴 때 순간적으로 보고 잃어버렸던 야시장 풍경을 생각나게 했다. 이것뿐만 아니었다. 미켈란젤로의 그림과 조각품, 그리고 원형으로 된 돔을 가진 아름다운 색채의 대사원(大寺院)을 바라보며 바둑판무늬로 박아놓은 돌로 만든 길을 나 혼자 걸었을 때, 그 옛날 낙원에서 추방되었던 내가 다시 낙원으로 돌아왔다는 느낌을 순간적으로 느낄 수 있었다.

그러나 또 다른 한편으로 닫혀 있는 곳의 고착된 상태에서 벗어나기 위해 길을 떠나는 우리가 여행의 의미와 그 진수를 발견하기 위해서는 섬을 찾는 것이 좋을 수 있다. 여행을 떠나는 사람들의 마음과 의식 속에는 분노와 증오, 질시와 반목, 욕망과 좌절이 난마(亂麻)처럼 엉킨 속세에서 벗어나 평화와 안식이 있는 유토피아를 찾아가려는 꿈이 담겨있기 때문이다. 육지에서 멀리 떨어져 있는 섬은 원시적인 아름다움과 그것이 나타내고 있는 '새로운 세계'라는 의미가 우리를 그곳으로 손짓한다. 왜 고갱은 타히티 섬을 찾아 원주민 처녀들의 풍부한 생명력을 원색적인 화폭에 담으려했고, 많은 시인들이 버뮤다의 아름다움을 노래했을까. 셰익스피어가 저유명한 희곡 《태풍》에서 새롭게 창조하려고 했던 세계 역시 무인도가 아니었던가.

내게도 그 섬에 갔던 기억이 있다. 그해 여름, 아름다운 예술의 도시 피렌체에서 미학적인 충격을 받은 후, 그리스 아테네에 인접해 있는 유명한 섬 헤지나와 하이드라, 그리고 프론스를 찾았을 때, 마치 꿈속의 세계로 들어 온 듯한 느낌을 가졌다. 아테네 부두에서 하얀 배를 타고 지중해의 푸른 물을 가르면서 그 섬에 도착했을 때, 섬 마을 입구의 키 작은 교회는 물론 높은 벼랑 위 산기슭에 서 있는 집들은 모두 하얀색이었다. 여객선이 뱃고동을 울리면서 그 섬에 도착하자 조용했던 부둣가 도로가 낯선 사람들로 활기를 띠기 시작했다. 찬란한 햇빛이 쏟아지는 카페 앞의 빈 의자가 하나 둘씩 채워지고 부두를 따라 서 있는 보석상과 기념품 가게들이 붐비기 시작했다.

섬사람들과 먼 나라에서 온 여행객들의 물건을 사고파는 행위는 다른 시장과는 달리 텅 빈 마음으로 생산자와 소비자들이 물물교환을 했던 원시사회의 그것과도 같았다. 가게 주인이나 물건을 사는 사람들은 서로 반가워하고 고마워했다. 나는 부둣가에 놓여 있는 빈 의자에 앉아 평화로운 이 섬의 산과 언덕, 그리고 가을 하늘처럼 맑고 푸른 바닷물을 바라보며 자유로운 삶과 죽음, 그리고 낙원에 대해 잠시 깊은 명상에 빠졌다. 나는 한 시간 남짓 그 섬에 머물다 다른 여행객들과 더불어 다시 배를 타고 그곳을 떠났다. 내가 떠나 온 그 부둣가의 거리는 얼마나 죽은 듯이 조용했을까.

그 섬을 등지고 돌아오는 뱃전에서 전등불이 불타듯이 환하게 켜있는 아테네를 멀리서 바라보며 '트로이 목마(木馬)'를 잠시 생각하고 있을 때, 어두운 바다에서는 은빛 물고기들이 수면 위로 뛰어오르고 있었다. 순간 등불에 비친 바다를 내려다보았을 때, 잃어버린 그리운 얼굴들이 하나 둘

떠올랐다. 물 위에 어린 얼굴들 가운데는 떠나온 부둣가에서 눈으로 친했으나 말이 없어 무정해 보였던 아름다운 섬 처녀도 보였다. 그러나 다음 순간, 그날 대낮의 찬란한 햇빛 속에서 찾았던 그 아름다운 섬들의 모습이 점점 멀어져 가 어둠 속에 묻혀버린다는 사실을 알게 되면서 말할 수 없는 슬픔을 느꼈다. 그때 내가 느꼈던 아쉬움과 절망감은 무엇이라 표현할 수 있을까. 그것은 마치 어린 시절 하늘에서 쏟아지는 햇빛이 너무나 눈부셔 그 작은 손바닥으로 눈 위를 가리고 바라보았던 은빛 제트기가 멀리 구름 속으로 사라지는 것을 보고 느꼈던 슬픔과도 같았다.

　나는 배를 타고 파도에 실려 또 다른 곳을 찾아가야만 했다. 잠시 동안 보고 떠나야만 했던 그 섬은 태어날 때 잃어버린 마음의 고향을 비춰 주는 거울이었을지도 모른다. 원죄(原罪) 때문에 우리는 완전한 행복과 자유가 있는 나라를 찾을 수는 없을지도 모른다. 그러나 그것을 찾아야만 하는 것이 인간의 운명적인 짐이 아닌가. 그래서 사람들은 잃어버린 낙원을 발견하기 위한 내면적인 욕망 때문에 멀리서 가까이서 여행길에 오르는지도 모른다. 먼 나라 여행에서 발견하는 아름다운 도시 피렌체와 아테네 주변 섬들이 비록 순간적이지만 내게 낙원의 빛을 비쳐주었던 것은 어딘가에 낙원이 존재하고 있기 때문일지도 모른다. 찬란한 르네상스 문화의 도시, 피렌체와 아름다운 지중해의 여러 작은 섬들에서 발견한 경이로움과 함께 느끼는 완전한 자유는 순간적인 것이라 할지라도 결코 우연한 것이 아니니라.

오래된 사원의 종탑과 스테인드글라스

사람들은 우리가 살고 있는 세상을 험난한 바다라고들 말한다. 살아가는 동안 넘어야 할 높은 산이 있고 건너야 할 깊은 강이 수없이 많기 때문이다. 그러나 우리가 숨 쉬며 살고 있는 이 땅에는 우리를 기쁘게 하는 아름다운 풍경들도 적지 않다. 그것을 의식하지 못하고 지나쳐 버리거나 비켜 갈 뿐이다.

히아신스와 아네모네가 지고 난 후 대낮처럼 환하게 피는 벚꽃, 햇빛 쏟아지는 오월의 가로수 길, 쏟아지는 여름 소나기, 낙엽 지는 가을, 눈이 나리는 겨울의 정취, 파도가 밀려왔다 밀려가는 해안의 밤 풍경 등은 얼마나 감미롭고 행복한 것들인가. 미국 시인 월리스 스티븐스는 〈일요일 아침〉이란 시에서 그리스도가 희생된 '피와 무덤의 나라' 팔레스타인을 명상 속에서 떠 올리고 난 후, 죽음에 대한 생각에서 벗어나 지상에서 느낄 수 있는 기쁨 속에 '천국만큼이나 소중한 것'을 찾아야 한다고 말하며 다음과 같이 노래했다.

그녀가 죽음에 선심을 베풀 필요가 뭔가.
그것이 소리 없는 그림자 속에서만, 꿈속에서만

나타나는 것이라면 신이란 무엇인가.

그녀는 햇빛의 위안 속에서

싱그러운 과일과 찬란한 푸른 날개와, 아니면

지상의 향기와 아름다움 속에서

천국만큼이나 소중히 여겨야 할 것들을 찾아야 하리라.

신은 그녀 속에 살아 있어야만 한다.

쏟아지는 비의 정열도, 눈이 내리는 무드도

고독의 슬픔도, 숲이 꽃 필 때의

억누를 수 없는 설레는 기분도, 가을 밤

비 내리는 길에서 느끼는 벅찬 감정,

여름의 큰 가지와 겨울의 잔가지를

생각하며 느끼는 온갖 기쁨과 고통,

이 모든 것은 그녀의 영혼을 위한 숙명의 가락이다.

기쁨과 슬픔이 함께 하는 지상의 아름다움은 자연 풍경에만 있는 것이 아니라, 인간이 만든 오래 된 사원에서도 쉽게 찾아 볼 수 있다. 성당에 가면 하느님께 스스로 지은 죄의 용서를 빌며 기도하는 사람들의 모습에서 엄숙하고도 경건한 아름다움을 느낄 수 있다. 꽃들이 놓여 있는 제단을 향해 무릎을 꿇고 있는 사람들이 신부님으로부터 '하느님의 몸'이라고 말하는 영성체를 받고 스스로 지은 죄를 용서해 줄 것을 기도하며 짓는 표정은 슬프지만 아름답다. 주름살이 깊이 파인 얼굴에 거친 손으로 영성체를 받고 하느님께 복종하며 기도하는 자세로 소박한 의자로 돌아와 앉는 하얀 미사포를 쓴 노파들의 얼굴 표정은 경건하지만 슬퍼 보인다. 험하고 거친 파도를 헤치고 살아 온 그들이 지은 죄는 무엇인가. 그들을 볼 때마다 나는 젊은 시절 어느 노파가 바다로 나간 아들이 무사히 귀향하기를 기다리며 기도하는 모습을 그린 워싱턴 어빙의 〈웨스트민스터 사원〉의 풍경을 읽었던 일을 조용히 회상하곤 한다.

성당의 아름다움은 십자가를 향해 무릎을 꿇고 기도하며 속죄하는 사람들의 평화로운 얼굴의 표정에만 있는 것이 아니다. 천장 높은 어두운 실내에 빛을 드리워주는 스테인드글라스의 색채는 또 얼마나 아름다운가. 해질녘 성당의 높은 창 스테인드글라스를 통해 들어오는 석양빛이 눈앞에 찬란하게 비치면 천국이 다른 곳이 아님을 느끼게 된다. 아름다운 스테인드글라스는 단순히 하늘에서 쏟아지는 저녁 햇빛을 받아들이는 창의 역할을 하는 것이 아니라 신이 머문다고 생각하는 영원의 세계를 향해 열려 있는 창을 의미한다는 것을 나는 안다. 아름다운 스테인드글라스의 모든 색채의 근원이 천국을 상징하는 낭만적인 세계에 묻혀 있기 때문이다. 그러나 그것은 천국의 풍경이 아니라 지상의 풍경이다.

성당의 종탑은 또 얼마나 아름다운가. 검은 지붕 위로 높이 서 있는 종루는 천국에 도달하고자 하는 인간의 순수한 욕망을 나타내는 것은 아닐까. 종루에서 치는 종소리는 시간의 흐름을 나타내는 것이지만 그것은 또한 하늘에서 쏟아져 내리는 영혼의 빛을 나타내는 것일지도 모른다. 종루의 실체가 내게 준 아름다움의 충격을 나는 잊을 수 없다. 어느 해인가 오래 전 회색 빛 고딕 건물 숲을 이루고 있는 미국 남부 듀크 대학 교회의 종루에서 여러 개의 종소리가 아름다운 화음을 이루면서 울려 퍼지는 것을 들었던 기억을 나는 잊을 수 없다. 해가 질 무렵 언젠가 내가 대학 도서관 문을 열고 나왔을 때 바라 본 교정 기슭에 서 있는 교회의 종루에서 여러 개의 종이 광란의 춤을 추며 맑은 종소리를 석양의 빛처럼 검은 지붕 위로 울려 퍼지게 하는 것은 너무나 아름다웠다. 순간 나는 그 종소리가 잠든 내 영혼을 무섭게 때려주는 느낌을 받았다. 너무나 감미로운 충격에 발걸음을 옮기지 못하고 멈춰 서야만 했었다.

나는 한 동안을 밝은 햇살처럼 머리 위로 강렬하게 쏟아져 내리는 빛나는 종소리를 들으면서 종루를 바라보고 서 있었다. 그 맑은 종소리가 혼탁했던 내 마음을 깨끗이 씻어주기 때문이었다. 이윽고 석양에 울리던 종소리가 멈추었을 때, 나는 얼마나 큰 슬픔에 잠겼던가. 종루의 아름다움이 기억 속에서 지워지지 않는 행복의 충격으로 남아 있는 것은 나만이 아니다. 마르셀 프루스트는 《잃어버린 시간을 찾아서》라는 작품 속에서 석양에 마차를 타고 지나오며 시야에서 나타났다 사라지는 종루의 아름답고 신비스러운 모습이 사라지는 것을 보고 느꼈던 상실감에 대한 기억을 다음과 같이 묘사하고 있다.

그러자 그 종루를 보고 방금 느꼈던 기쁨이 어쩌나 컸던지, 일종의 도취감에 사로잡힌 나는 더는 다른 생각을 할 수 없게 되었다. 그때 우리는 이미 마르탱빌에서 멀리 떨어져 와 있어서, 종루를 다시 뒤돌아보았지만 이번에는 온통 새까맸다. 해가 벌써 지고 있었던 것이다.

프루스트의 말처럼 천국이 아닌 지상의 아름다움은 자연적인 것이든 인공적인 것이든 기억 속에 지워지지 않고 이렇게 깊은 인상으로 남아 있을 만큼 순수하고 찬란하다. 안타까운 것은 살아가는 시름 때문에 그것을 보지 못하거나 의식하지 못하고 지나쳐버리는 것이리라.

산책 일기

자연과 함께하는 순간들

사월의 봄을 기다리는 길목이지만 며칠 동안 흐리고 눈발이 날려 방안에 갇혀 있었다. 날이 개어 창문을 열고 뜨락으로 내려오니 멀리 남색 하늘이 보여, 산책을 나가 산 위에 올랐다. 찬란한 햇빛이 숲길 위에 나뭇가지 그림자로 우아한 그림을 그리고 있는 것을 발견하고 그 아름다움에 무척 놀랐다. 그래서 나는 왜 옛날 희랍 사람들이 이 세상을 '코스모스', 즉 미(美)라고 불렀던가를 이해할 수 있었다. 산길을 걸으며 놀라움으로 밝아진 듯한 눈으로 주변을 돌아보았을 때, 하늘과 산, 꽃과 나무 그리고 새들,―세상 모든 만물의 여러 가지 형상들이 아름다운 풍경으로 내게 나타나 보였다.

나는 이렇게 자연의 아름다움을 새롭게 발견하는 과정에서 '햇빛이 화가 중의 화가'로서 "모든 것을 아름답게 만들며……"그것이 지닌 무한한 힘으로 우리들의 감각을 자극함은 물론 모든 것을 즐겁게 한다는 에머슨의 말을 기억했다. 그리고 나는 주변에 펼쳐진 자연 풍경을 바라보는 눈이 조형적인 힘으로 빛과의 상호작용을 해서 자연과 나 사이의 아름다운 원근법을 창조한다는 것을 의식적으로 깨닫고, 눈이 '예술가 중의 예술가'라고 표현한 그의 말 또한 진실임을 확인하게 되었다.

자연 가운데는 햇빛이 만드는 아름다운 풍경만이 있는 것은 아니다. 내가 생각에 잠겨 숲길을 걷고 있을 때, 과거에 보았던 다른 많은 아름다운 자연 풍경들이 내 기억의 화랑에 펼쳐져 오곤 한다.—정적 속에 보이지 않는 삶을 느낄 수 있는 일요일 오후, 지붕 위에 떨어지는 빗소리와 유리창에 부딪쳐 흘러내리는 낙숫물 소리, 그리고 호수 위로 날아오르는 새떼들의 날갯짓 소리들이 들리는 것 같았다. 내가 자연에 흩어져 있는 이렇게 아름다운 풍경들을 보고 기억하는 것은 보고 듣는 눈과 귀가 탁월한 지각 수단으로 '미'에 열려 있기 때문이다.

그렇다면 아름다운 자연 풍경이 우리들에게 인식적인 기쁨을 주는 것은 그것이 단순히 어떤 한 부분이 아니라 여러 가지가 요소가 조화와 균형을 이루며 유기적으로 결합된 하나의 통합체로서 의식의 주체인 나와 더불어 그 아름다움을 확대해서 완성시키고 있기 때문이다.

18세기 영국의 철학자 샤프츠베리 백작은 "신이 자연의 아름다운 조화를 통해서 자기 자신을 나타내고" 있기 때문에, 인간은 이러한 조화에 참여함으로서 도덕적인 성격을 형성하고 발전시킬 수 있다고 말했다. 워즈워스는 이를 바탕으로 "구체적인 자연세계에 존재하는 미와 선 그리고 질서에 대해 반응을 보이는" 상상력이 인간에게 가장 기본적이고 특징적이며, 가치 있는 것이라고 말하고, 자연의 아름다움에 열정적인 반응을 보이는 심리 현상을 그리는 것을 '시의 목표'로 삼았다. 하버드대 젝슨 베이트가 저적한 것처럼, 그는 상상력이 "정신의 모든 근원적인 요소들을 결집시킬 수 있는 힘, 즉 감각적 인상을 집중시켜, [신이 만든 원형적인] 형상과 가치에 대한 이전—직관들(pre-insights)과 결합하고, 또 그것을 과거의 경험에서 얻은 인식과도 결합할 수 있는 힘을 갖고 있어," 그것과 함께 하는 미학적 기쁨이 인간을 도덕적으로 변화시킬 수 있다고 생각했기 때문이다.

에머슨이 자연의 아름다운 모습을 단순히 지각하는 것만으로도 즐거움을 느낄 수 있다고 말한 것 역시 위에서 언급한 사실과 유사한 문맥에서 생각할 수 있을 것 같다. 그는 상인과 변호사들이 거리의 소음과 장사 일에서 벗으나 하늘과 숲을 바라보면 다른 사람이 된다고 말했다. 이것은 인간이 하늘과 숲의 정적에서 자신의 실체를 발견하게 되기 때문이다. 이어서 그는 좁은 공간에서 억압된 생활로 눈이 피로한 사람은 밖으로 나와 멀리 지평선을 보면, 눈의 피로에서 벗어날 수 있다고 말하면서 자연의 아름다움이 인간에게 주는 즐거움을 구체적으로 나타냈다.

우리가 사색하는 자세로 자연에 눈을 주면, 그것은 언제나 물질적인 은혜가 아닌 순수한 아름다움으로 우리들에게 정신적인 만족을 가져다준다. 밝아오는 새벽과 해 뜰 때까지의 자줏빛 하늘을 바라보라. 그것이 나타내고 있는 우아하고 경이로운 아름다움은 우리들의 영혼을 침묵 속에서 불러들인다. 밤하늘에 빛나는 별들, 아침 이슬에 젖은 꽃잎들, 대낮의 정적, 여기 저기 하늘에 떠 있는 흰 구름, 노을을 배경으로 불꽃처럼 타오르는 나목들—자연에 흩어져 있는 여러 가지 아름다운 형상들은 그것들을 바라보는 우리들의 마음을 얼마나 깨끗하게 정화시켜 주는가. 해안으로 밀려왔다 밀려가는 출렁이는 파도, 바다 밑 해초의 움직임, 수로(水路)를 따라 춤추며 흘러가는 맑은 물, 들판에 지천으로 피어 있는 풀꽃들, 땅거미가 내리는 가을들판, 겨울나무에 핀 눈꽃, 그리고 거울 같이 차가운 동천(冬天)과 같은 자연 풍경들은 또 얼마나 아름다운가. 속세적인 욕망으로 더럽혀진 마음을 씻어주고 그것들을 바라보는 주체로 하여금 그 속에 담겨 있는 진실과 일치되는 아름다움과 함께하게 한다.

미의 특징을 '전체성, 조화, 광휘(光輝)'라고 정의한 토마스 아퀴나스에 따르면, 인간은 자연의 아름다운 풍경을 보고 즐거움을 느끼는 순간 인식적인 교감을 통해 도덕적으로 변신할 수 있다. 자연의 아름다움은 우주의 내면적인 진리의 표현이기 때문에 지적 대상(對象)의 하나로서 인간의 고매한 욕망을 충족시키는 데 중요한 역할을 한다. 그래서 인간이 자연을 두고 사색을 하는 것은 '지혜의 이미지' 혹은 '미'로 나타나고 있는 우주의 진리와 교감을 통해 도덕적으로 변신하는 능동적인 과정을 의미한다고 말할 수 있겠다.

아카시아 산으로 오르는 우리 집 앞길

오랫동안 이곳저곳으로 옮겨 다니다가 정착한 곳이 아카시아 숲이 있는 성미산 기슭의 하얀 집이다. 그러나 우리 집은 오랜 세월 외벽(外壁)에 회칠을 하지 않아 퇴락해 보인다. 집에 초등학교 후문으로 올라가는 길모퉁이에 위치해 있기 때문에, 몇 년 만에 어렵게 칠을 해도, 호기심이 많고 짓궂은 아이들이 하굣길에 낙서를 하거나 그림을 그려 놓곤 한다. 그래서 이사 가겠다는 유혹을 여러 번 느꼈다.

그러나 이곳을 떠나지 못하는 것은 언덕 위에 있는 초등학교를 지나면 아카시아 산으로 오르는 비탈길에서 많은 사람들을 만날 수 있는 기쁨 때문이다. 아침과 대낮에는 물론, 새벽이나 늦은 밤에도 대문을 열고 나가면 언덕길을 오르내리는 사람들을 만날 수 있다. 이른 새벽에 잠이 깨어 조용히 대문을 열고 나가도 비탈길 언덕을 오르는 두세 명은 반드시 볼 수 있고, 불면증에 시달려 잠을 이루지 못해 밤늦게 나가도 밀회를 하는 연인들이나 그 누군가가 천천히 산을 오르는 모습을 볼 수 있다. 또 등교 시간이면 학교 가는 어린이들이 왁자지껄하게 이 길을 메운다. 이렇게 나는 어떤 때는 젊은이들이, 어떤 때는 중년의 사람들이, 또 어떤 때는 몸이 불편해 보이는 노인들이 이 길을 걸어 산으로 오르는 모습을 본다.

혼자 걷기를 좋아하면서도 대문을 열고 밖으로 나와 산으로 오를라치면, 같이 길을 오르는 사람이 있었으면 하는 생각을 한다. 어쩌면 내가 길 위에 있는 다른 사람들과 무의식중에 느끼는 동질감 속에서 '생의 무게'를 함께 느끼기 때문일지도 모른다. 또 어떻게 생각하면 나만이 힘겨운 산길을 오르는 게 아니라는 것을 그들에게서 확인하기 때문인지도 모른다.

사실, 나는 산을 오르는 이 길 위의 사람들에게서 나의 어제와 오늘, 그리고 내일을 읽는다. 월요일 아침 바쁘게 학교를 향해 언덕길을 오르는 아이들과 토요일 오후 하굣길에 게으름을 피우면서 하얗게 회칠한 벽에 낙서를 하는 모습에서 유년 시절의 나를 본다. 유년 시절 학교 가는 길이 산 높고 물 맑은 전원의 과수원을 지나고 징검다리가 있는 강을 건너는 것이 아니라 좁다른 골목길이었다면 나 역시 닫힌 벽면에 낙서를 하고 누군가의 얼굴을 그렸을 것이다.

어깨를 나란히 하고 산길을 오르는 젊은 남녀의 모습에서도 지나간 나의 옛 모습을 읽는다. 젊은 시절 미국에서 지금의 아내를 처음 만났을 때 도그우드(dogwood) 꽃이 하얗게 핀 울창한 송림 숲길을 함께 걷기도 하고, 은빛 자전거 바퀴를 굴리며 화이트헤드 서클의 모퉁이에 있던 은사님 댁을 향해 검게 포장된 콜타르 냄새 짙은 비탈길을 질주하지 않았던가. '한여름 밤의 꿈'과 같은 그때 그 시절, 달빛으로 빛났던 그 집 앞 정원에서 장미꽃 향기가 그렇게 싱그러울 수가 없었다.

또한 새벽에 문밖으로 나올 때마다 만나는 머리가 하얗게 센 노인들의 느린 걸음걸이에서 나의 미래를 본다. 그래서 나는 노인 곁으로 다가가서 부축해 주고 싶은 충동마저 느낀다. 나이 마흔을 넘길 무렵 하버드 대학 도서관 휴게실 벽면의 형광등이 하얗게 비친 거울을 들여다보다가 발견한 흰 머리카락 하나가 지금은 온 머리에 번져 눈 내린 겨울 산과도 같다.

만일 아카시아 나무가 울창하게 자라는 산길을 오르는 사람들이 무엇인가에 쫓기듯 거리를 오가는 탐욕스러운 사람들과 같은 모습을 하고 있었다면, 그들에게 그렇게 마음이 이끌리지 않았을 것이다. 새벽이나 해질 무렵, 우연히 그들과 함께 산을 오를 때 내가 들을 수 있는 것은 그들이 샘물을 길을 때의 소리처럼 도란도란 나누는 후회와 속죄의 속삭임뿐이다. 그것이 아니면 그들이 나누는 이야기는 산정(山頂)에 올라가면 작은 평지가 있지만, 다시 내려와야 하고 또 다시 산으로 올라가야만 한다는 이야기일 것이다.

요즘도 나는 책으로 둘러싸인 서재에서 닫혀 있는 기분을 느끼거나, 사치스러운 고독의 늪에 침몰할 것 같은 느낌이 들면, 문을 박차고 나가 아카시아 산길을 오른다. 내가 이렇게 산을 오르는 것은 산정에 올라 찬란하게 쏟아지는 햇빛 속에서 내가 사는 하얀 집의 지붕과 내가 걸어온 길을 내려다보기 위함도 있겠지만, 산길을 걷는 사람들을 만나 그들과 함께하는 행렬 속에서 말없이 솟아나는 숲 속의 샘물과 겨울옷을 벗고 향기 짙은 아카시아 꽃을 피우는 산 이야기를 듣고 싶은 무의식적 숨은 욕망 때문일지도 모른다. 아니면, 그것은 생의 끝자락이 지닌 비밀을 그곳에서 확인하고 싶은 마음 때문일지도 모른다.

산책 일기

순례자는 누구나 해거름 저녁 무렵이 되면 시간에 대해 조조해 지지 않을 수 없다. 그럼에도 나는 산책하는 시간에 대해서는 인색하지 않고 여유로움마저 느낀다. 산책에서 얻을 수 있는 즐거움이 깊은 사색에서도 얻기 어려운 삶의 신비와 깨달음을 가져다주기 때문이다.

닫힌 공간에서 넓은 공간으로 나가 길을 걷게 되면, 오랫동안 해결하지 못하고 의식을 지배해왔던 문제에 대한 해답이 신비스럽게도 머릿속에 떠오른다. 이것은 아마도 산책이 나로 하여금 대지(大地)를 덮는 '거대한 눈발' 같은 느낌을 주는 시계의 초침에 대한 강박관념은 물론 세속적인 욕망에 대한 집착으로부터 벗어나게 해서 프루스트가 말한 '무의식적 기억'과 함께 하기 때문일지도 모른다. 자유로운 상태에서 걷는 산책의 즐거움은 우주와 함께 하는 인간의 근원적인 심리현상이기 때문에 그것은 그만큼 깊고 순수하다. 산책자는 길 위에서 발견되는 아름다운 자연 풍경이나 혹은 길 위에서 전개되는 삶의 다양한 모습과 현상들을 '목적 없는 목적'으로 초연한 위치에서 바라보기 때문에 이렇게 큰 자유로움을 경험하게 되는 것 같다.

내 산책길은 두 가지 방향으로 전개되고 있다. 하나는 뒷산 언덕의 아카시아 숲길이다. 날마다 거의 같은 시간에 그곳으로 산책을 나가면, 언제나 새롭고 경이로운 현상과 접하게 된다. 걷는 길은 같지만, 매일 다르다. 비가 오고 눈이 내리면 우울하지만 그것대로 아름답고, 맑게 날이 개이면, 태양은 화가처럼 자연에 아름다운 그림을 그린다.

산책길에서 이렇게 아름다운 자연풍경을 만나게 되면 나는 나도 모르게 침묵 속에서 거대한 사원과도 같은 자연과 제의적(祭儀的)인 교감을 한다. 사월이면 진달래와 함께 벚꽃이 대낮 같이 피었다 지고나면 오월의 아카시아 흰 꽃이 짙은 향기로 언덕을 덮지만, 그것도 잠깐. 봄비가 내리고 봄날이 가면, 꽃들은 길 위에서 하얗게 흩어진다. 그리고 유월이 되면 길 옆의 계곡에서 찔레꽃이 향기를 뿜으며 지천으로 피었다가 진다. 나는 이렇게 꽃들의 찬란한 죽음을 보며 "꽃은 지기 때문에 아름답다"는 말을 기억한다. 그리고 앞서 간 벗들의 삶과 죽음을 생각한다. 산책의 길이 아니면 가질 수 없는 고요한 명상의 순간들이다.

나의 산책은 자연 속으로 난 숲길로만 한정되어 있지 않다. 햇빛 찬란한 가을 날 오후가 되면, 가끔 군중이 넘치는 도시의 거리로 나가 지나가는 사람들의 얼굴들을 본다. 내가 도시의 산책자가 되는 것은 애드거 앨런 포의 작품 〈군중 속의 사람〉의 화자가 유리 창문 뒤에서 지나가는 군중들을 바라다보는 것과 다니엘 호프만이 〈사촌집의 구석 창문〉을 통해 장날의 풍경을 바라보고 싶은 것과 같은 마음 때문이리라.

거리의 산책길에서 무심히 반대편에서 오는 어느 사람에게 눈을 주고 지나고 나면, 외로운 방랑 시인 김병연의 시를 기억하게 된다.

"길을 가다 서로 눈으로 친했으나, 말이 없으니 무정한 것 같아라(街上相逢
視目親, 多情無言似無情)."

하지만 다음 순간 내가 산책하고 있는 길이 조선 시대의 한적한 시골길

이 아니라, 시끄럽고 소란한 도시의 포도(鋪道)란 것을 깨닫고 보들레르의
〈지나가는 여인〉을 생각하게 된다.

주위에서 귀가 멍멍해지게 거리가 노호하고 있다.
상복차림의 가냘프고 키가 큰 여인이 엄숙한 고뇌에 찬 모습으로
꽃무늬 레이스와 치맛자락을
화사한 손으로 치켜 잡고 흔들며 지나갔다.

조상(彫像)과 같은 다리로 민첩하고 품위 있게
나는 미친 사람처럼 몸을 떨며
태풍이 싹트는 남빛 하늘같은 그 여인의 두 눈에서
넋을 빼는 감미로움과 뇌살(惱殺)의 쾌락을 마셨다.

번갯불…… 그 다음엔 어두움! …… 홀연히 사라진 여인
그 시선은 나를 태어나게 해 주었는데,
영원 속에서나 그대를 만나게 될까?

저곳으로, 여기서 아득히 멀리 멀리로! 이미 늦었다! 아마, 영원히 못 만
나리!

그대 사라지는 곳, 나 모르고, 내 가는 곳 그대 알지 못하니,
오, 내가 사랑 할 수 있었을 그대, 오, 그것을 알고 있던 그대였거늘!

김병연과 보들레르의 시편은 모두다 산책자로서 길을 걷다 스치고 지
나간 여인에 대해 순간적으로 느꼈던 숨은 감정을 담고 있다. 김병연은 그
가 지난 온 길 위에서 스치고 지나간 사람에 대해 느꼈던 아쉬운 마음을

노래했고, 보들레르 역시 고독한 인간으로 파리의 길을 걷다 군중 속에서 스치고 지나간 슬픔에 잠긴 미망인이 아우라와 함께 던진 '성적 충격'으로 입은 상처를 서정적인 물감으로 짙게 그리고 있다. 그러나 보들레르의 시에 나타난 여인은 부르주아 자본주의 사회의 군중들에게 떠밀려 흘러가고 있다는 느낌 때문인지, 농경 사회를 살았던 김병연의 시에서 언급한 행인의 이미지와는 달리 슬프고 우울하지만 한결 짙은 감정을 전해주고 있다.

그래서 나는 마르셀 프루스트가 보들레르의 이 소네트를 읽고 상복 차림으로 지나가는 여인을 〈파리의 여인〉의 알베르틴느로 다시 나타나게 만들었다는 발터 벤야민의 말을 잊지 않고 기억하게 된다.

알베르틴느가 다시 내 방에 찾아 왔을 때, 그 여인은 검은 비단 옷을 입고 있었다. 그래서 그 여인은 불같이 뜨겁지만, 창백한 파리의 표상 같았다. 신선한 공기를 마시지 못하고 군중 속에서, 어쩌면 악의 분위기 속에서 살아감으로 해서 병에 걸린 여인, 두 뺨에 립스틱을 바르지 않으면 불안정해 보이는 어떤 눈길로써도 알아 볼 수 없는 모습이었다.

천둥 번개와 해일을 일으키며 분노하는 자연은 무섭다. 그러나 워즈워스가 "떠도는 구름처럼 외로이 거닐다" 갑자기 미풍에 춤을 추는 호숫가의 수선화 무리를 보고 환희의 기쁨을 느꼈을 때처럼, 나는 산책을 나가 아름다운 자연 풍경과 교감하며 그것과 함께 호흡하는 순간 무한한 기쁨을 느낀다.

에드거 앨런 포와 프레더릭 엥겔스는 도시의 거리에 물밀듯이 흘러가는 군중들을 비인간적인 무서움의 대상으로 표현했지만, 개인적으로 그들을 보면 외로운 존재라고 생각한다. 그래서 시끄러운 거리를 걸을 때도 산책자로서 나는 보들레르처럼 밀치고 지나가는 군중들을 대립되고 적대시되는 무리들로 경험하지 않고 도시의 주민으로서 그들에게 사랑을 느낀다. 산책 나간 아스팔트 길 위에서 젊은이들 곁을 지나가게 되면, 그들에게서 청춘의 아름다움을 느끼고, 주름진 얼굴의 늙은 노파들을 보면, 슬픔과 연민을 느끼기보다 그들의 영웅주의를 경험한다.

　나는 기차나 전철을 타고 먼 길을 갈 때도 산책하는 태도를 견지한다. 차 속에서 만화경과도 같은 휴대폰, 기계의 노예가 되기보다 창밖으로 지나가는 아름다운 산과 들, 지붕이 있는 도시의 아름다운 풍경, 아니면 건너편에 앉아 있는 승객들의 눈에 비친 삶의 그림자와 그 슬픔을 읽고 싶어 한다. 인생의 소망을 실현시키는 길은 경험의 깊이와 그 진폭을 넓이는 것에 있기 때문이다.

미학적 거리를 위한 소묘 3

1 돌장승

그해 겨울, 나는 청량리 밖 장안평에 있는 어느 어수룩한 골동품 석물(石物)가게에 쓰러져 누워 있는 돌장승 한 쌍을 사가지고 돌아온 적이 있다. 그것을 실어오는 날은 눈발이 날리고 유난히 추워, 굳게 얼어붙은 땅을 파고 제자리를 찾아 세워놓을 수가 없어서 현관 입구 계단 가까이에 있는 하얀 벽에다 기대어 놓고 보아야만 했다.

처음에 장승은 새로운 느낌으로 신선하게 보였지만, 며칠을 지내고 그것을 너무 가까이 보아서인지 끌질을 한 얼굴의 윤곽마저 없는 것 같아 나는 권태로움을 느끼고, 내 처지에 거금을 그것에 투자한 것을 적지 않게 후회하기까지 했다. 그래서 나는 몇 번 주저한 끝에 그 속에 숨어 있는 돌의 결과 무늬라도 볼 수 있었으면 하는 욕망에서 그것들에 묻은 세월의 먼지와 이끼를 비눗물로 씻어 내렸다. 그 순간 내가 얼마나 절망했던가는 이루 다 말 할 수 없었다.

내가 그와 같은 어리석은 짓을 했던 것은 두말 할 나위도 없이 그 장승을 너무나 눈 가까이에 두고 보았기 때문이다. 아무리 훌륭한 그림이나 조각품이라도 확대경으로 들여다보듯이 너무나 가까이 두고 보면, 붓 자국 얼룩이나 글찔 자국까지 확대되어 보이기 일쑤다. 훌륭한 예술 작품일수록 거리를 두고 바라보지 않으면 안 된다는 것을 다시금 확인했다. 그래서 그해 봄이 찾아왔을 때 나는 현관 문 벽에 세워두었던 그 돌장승을 마당 끝자리에 상당한 거리를 두고 옮겨 놓았다. 하나는 담장밑 대나무 산울타리 곁에 세워두고, 다른 하나는 나의 시야에서 더욱더 멀리 떨어진 마당 모퉁이에 세워두었다.

그리고 난 후, 창문을 열고 그것을 멀리서 바라보았더니 가까이 있을 때는 보이지 않았던 새로운 윤곽이 그 석상의 얼굴에 살아나고, 그것이 지닌 숨은 미와 영겁의 시간을 두고 기다리고 서 있는 장승의 의미를 읽을 수 있었다.

2 옛 원고 다시 읽기

나는 가끔 지나간 옛날 일들이 생각나면 벽장 속에서 빛바랜 사진첩을 꺼내 넘기듯 옛날에 쓴 글을 읽어 보고 회상에 젖을 때가 있다. 그러나 그것들을 자세히 들여다보면 글을 쓸 당시에는 몰랐던 여러 가지 미숙한 점이 있다는 것을 발견하고 놀란다. 이러한 현상이 나타나는 것을 두고 나는 그 동안 세월 속에서 의식적으로 내가 많이 성장했기 때문이라고 생각했다. 그러나 꼭 그런 것만은 아닌 듯싶다. 오랜 시간 동안 고심 끝에 쓴 원고도 쓸 때는 몰랐는데 며칠 후에 다시 읽어 보면 잘못된 것이 눈에 들어오게 되는 이유는 무엇일까. 그것은 아마도 자기 자신은 물론 자기가 쓴 글을 자기중심적인 영역에서 벗어나서 객관적으로 볼 수 있기 때문일 것이다. 다시 말하면, 이것은 시간 간격을 두고 자신을 새롭게 들여다 볼 수 있는 미학적 거리와 같은 공간적 거리를 마련해 주었기 때문이다.

3 〈산유화〉

나는 어린 시절, 시의 아름다움에 눈을 뜨면서 김소월의 시를 무척 좋아했다. 〈진달래〉와 〈초혼〉 등과 같은 서정성 짙은 시들을 읽으면서 감정이 넘쳐 올라 눈물을 흘리기도 했다. 그러나 어른이 되어 소설가 김동리가 소월의 시는 〈산유화〉를 제외하면 전부가 미완성에 그쳤다고 말한 것을 읽지 않았을 때에도 쉽게 감정에 젖어 눈물을 흘리는 것이 얼마나 누추해 보이고, 사물을 제대로 보지 못하게 만든다는 사실을 깨닫게 되었다. 소월의 다른 시를 익히 알면서도 〈산유화〉를 발견하지 못했던 것도 내가 순진하지만 설익은 감정에 눈이 멀었기 때문이었다. 계절따라 산에서 피었다가 지는 꽃의 풍경을 절제된 감정과 미학적 거리를 통해 객관적으로 그린 〈산유화〉의 조용한 아름다움을 발견했을 때, 나는 감정의 절제가 예술 창조 과정에서 얼마나 중요한 것인가를 새롭게 인식하게 되었다.

산에는 꽃 피네
꽃이 피네
갈봄 여름 없이
꽃이 피네

산에
산에
피는 꽃은
저만치 혼자서 피어 있네

산에서 사는 새여
꽃이 좋아

산에서
사노라네

산에는 꽃 지네
꽃이 지네
갈 봄 여름 없이
꽃이 지네

　김동리가 〈산유화〉를 두고 다른 작품들과는 달리 '기적적 완벽성'을 지니고 있다고 말한 것은 이 작품에서 소월이 사용한 '저만치'라는 거리감 때문이라고 했다. 그가 꽃을 가리키며 사용한 '저만치'라는 미학적 거리를 의미하기 때문이다. '저만치'라는 말은 시인과 '산유화'와의 거리를 나타내고 있기 때문에, 그것은 시인과 꽃 사이의 감정적인 몰입이나 탐닉을 차단하고 시인이 독립된 눈으로 대상을 객관적으로 바라보게 하는 결과를 가져온다. 감정을 절제하지 못하고 지나치게 노출시키는 것은 옷을 여미는 것과 같은 자기 통제는 물론 인간적인 위엄을 지키는 데서 오는 아름다운 빛과 균형을 잃게 만들어 남루하게 나타나 보이게 한다.

　소월은 여기서 거리를 두고 '산유화'를 보았기 때문에, '갈 봄 여름 없이' 흐트러짐 없이 조용히 피었다가 지는 산유화만 보는 것이 아니라, 푸르고 자줏빛 나는 산을 배경으로 하고 새들과 함께하는 '산유화'의 아름다운 풍경을 조감하는 격조 높은 자세를 취할 수 있었다. 만일 어느 누가 꽃을 사랑하는 것은 좋으나 자기만의 감정을 이기지 못해 거리감을 유지하지 못하고 그것을 꺾어 움켜쥐게 된다면, 그것은 그 꽃의 아름다움을 파괴하는 것이 된다.

　미학적 거리는 단순히 공간적인 거리가 아니라 미를 창조하고 유지하는 자리인가. 제임스 조이스가 "미는 욕망과 혐오감을 자극하는 선과 악의 관념을 배제한 것으로서 동적인 것이 아니고 정적(static)인 것"이라고 말한 것은 이러한 사실과 결코 무관하지 않을 것이다.

달을 바라보는 두 가지 시각

　미술관을 찾아 그림을 볼 때, 그림의 의미와 그것이 지닌 아름다운 가치를 보다 잘 인지하기 위해서는 그림이 걸려 있는 벽에서 몇 발자국 뒤로 물러서야만 한다. 우리 삶의 편력 과정에서 접하게 되는 사물의 경우도 마찬가지다. 나는 겨울 밤하늘에 떠 있는 보름달을 보며 길 위에서 만나 동행을 하게 되는 사람들이나 혹은 우연히 접하게 되는 자연현상, 아름다운 자연의 이미지들이 처음에 보았을 때와 오랜 시간이 지난 후 거리를 두고 다시 보았을 때와는 큰 차이가 있다는 것을 다시금 경험하게 되었다.

　간밤에는 불면증 때문인지 늦게 자리에 누웠는데도 잠이 오지 않았다. 겨우 잠이 들었다가 눈을 뜨니 문풍지가 있는 영창문이 희미하게 밝아오는 것 같아 벌써 새벽이 찾아왔나 하는 착시현상 때문에 일어났다. 시계를 보니 자정이 좀 지난 시간이었다. 어둠속에서 창문이 환해진 것은 여명 때문이 아니라 달빛 때문이었다. 그래서 안쪽 미닫이문을 옆으로 밀었더니 둥근 보름달이 마당 기슭에 서 있는 나목(裸木) 가지 위에 걸려 있는 것을 유리창을 통해 볼 수 있었다.

　그래서 나는 오랫동안 까맣게 잊어버렸던 달의 아름다움을 다시 발견함과 동시에 오늘이 음력으로 정월 대보름이란 사실을 알게 되었다. 과학의 힘으로 달에 대한 신비가 모두 다 벗겨졌고, 나 또한 달에 대한 신비감에 젖을 나이는 아니지만, 만월(滿月)이 된 보름달은 나로 하여금 밤하늘에 높이 떠서 서쪽으로 흘러가는 둥근 달을 바라보기를 좋아했던 어린 시절의 나를 기억 속에서 회상하게 했다.

지금 나는 도시의 소음 속에서 바쁘게 살아간다는 이유로 고개를 들고 구름과 함께 달이 지나가는 밤하늘을 올려다보는 일은 거의 없었다. 그러나 그때 그 시절 보름이 가까워지면 나는 어두워지는 저녁부터 밝은 달과 함께 하는 순간들이 많았다. 나는 십리 밖 읍내에 있는 초등학교에 갔다오는 길은 한적하고 무섭기도 했지만, 황톳길 고갯마루를 넘어 밤나무 숲을 지나면 넓게 열린 하늘에 둥근 달이 떠오르는 것을 보기를 좋아했다. 그리고 할아버지가 거처하시던 사랑방에서 잠을 자다가 잠이 깨면 한밤중에도 일어나 어머니가 계시는 안방으로 건너가면서 마구간의 워낭소리 들리는 환한 넓은 마당에 서서 밤하늘에 지나가는 둥근달을 보기를 좋아했다.

그때 그 어린 시절 고향 마을이 내 마음에 가장 깊은 인상을 남긴 것은 정월 대보름 동구(洞口) 앞 논 마당에서 '달집'을 태우며 솟아오르는 둥근 달이다. 지금은 전설처럼 모두 없어져버린 풍습이지만, 당시 그것은 하나의 중요한 마을 공동체의 제의(祭儀)였다. 서쪽 하늘을 붉게 물들이던 노을이 지고 저녁 별들이 빛나기 시작하면, 흰옷 입은 마을 사람들이 모여 푸른 소나무 가지들로 '달집'을 짓고 보름달이 동쪽 산에서 솟아오르기를 기다렸다. 둥근 달이 검푸른 동쪽 산 위로 솟아오르면, 들판과 산협(山峽)에 울려 퍼지는 징소리와 함께 '달집'에 불을 붙였다. 그러면 나무 냄새 짙게 나는 생솔가지들로 만든 원시적인 움막같이 지은 푸른 달집에서 검은 연기와 함께 뜨겁게 타오르는 불꽃으로 달을 맞이하듯, 찍찍 소리를 내며 어두운 밤하늘에 아름다운 장관(壯觀)을 이루었다.

'달집'이 불꽃 속에서 사라지고 달이 중천으로 떠올라 밤하늘을 환하게 비추기 시작하면 대부분의 마을 사람들은 집으로 돌아가고, 몇 사람만이 남아 어린이들과 함께 차가운 별빛 아래 등걸불을 바라보며 정담을 나누곤 했다. 드디어 등걸불마저 잿더미 속에 완전히 꺼져버리고 나면 달빛이 강물처럼 겨울 산과 들판 위로 넘쳐흐르고 있는 것을 볼 수 있었다. 그제야 나는 집으로 돌아와 이불 속으로 들어갔다. 하지만 나는 조금 전까지 논 마당에서 '달집'을 태우며 뜨겁게 타오르던 불꽃의 찬란함을 잊을 수가 없었다.

정월 대보름날 옛 사람들이 달맞이를 하기위해 왜 '달집'을 지어 불태우는 의식(儀式)을 행했는가는 민속적이고 또 인류학적으로 설명할 수 있으리라. 그것은 새해의 신성한 첫 보름달을 맞이하기 위해 묵은해의 모든 것들을 불태워 버린다는 의미를 지니고 있다고 생각했다. '달집'에서 타오르는 불길이 그렇게 아름답게 보였던 것은 새롭고 더 큰 생명을 상징하는 보름달을 위해 스스로 자신을 희생시키며 산화하는 모습 때문이 아니었을까.

내가 잠에서 깨어 창밖에 떠 있는 보름달을 보고 '잃어버린 시간' 속에 묻힌 나의 유년 시절에 친숙했던 달님에 대해 회상을 하며 의식의 흐름을 따라가게 된 것은 문학에 나타난 달에 대한 상징주의 전통을 읽었던 기억 때문이다. 선사시대(先史時代)의 고대 문화에서는 달이 신(神)이나 초자연적인 현상에 대한 의인화의 표상이었다. 또 둥근 달은 건강과 힘에 대한 이미지로 사용되었을 뿐만 아니라, 여성적인 것과 성적인 욕망, 즉 생명력에 대한 상징으로 사용했다. D. H. 로렌스는 죽기 직전에 쓴 시에서 달을 인간과 자연과의 관계에 대한 이미지로 사용해서 달빛의 흐름을 생명력의 바다로 노래했다.

내 발 끝에 달을 놓아주오.
초생 달 위에 내 발을 올려줘요, 임금님처럼!

오, 내 발목을 달빛에 젖게 해 주오
시원한 달 신고 빛나는 걸음으로 갈 수 있게요
네 목적지를 향해.

태양은 적대적이고, 지금
태양의 얼굴은 붉은 사자와도 같기 때문에……

　세상의 모든 것이 깊이 잠든 시간, 나는 이렇게 의자에 기대 앉아 창문을 통해 밤하늘에 떠 있는 보름달에 대한 생각을 더듬다 말고 외투를 걸치고 낙엽이 흩어져 있는 정원으로 내려와 몇 십 년 만에 처음으로 보름달이 검푸른 맑은 하늘을 지나가는 것을 나는 바라다보았다. 순간 이상한 기적이 일어나고 있음을 느꼈다. 지금 보고 있는 달님이 옛날 어린 시절 내가 보았던 그 달과는 다르게 더 조용하고 우아하며 품위가 있어 보이지 않는가. 나는 감각이 나이테의 무게로 나무껍질처럼 무감각하다고 생각했지만, 내가 지금 바라보는 이 달이 유년 시절 고향 하늘에서 보았던 그 달보다 더 맑고 아름답다는 것을 발견하고 놀라면서 기뻤다. 이것뿐이 아니었다. 밤하늘에 떠 있는 보름달이 왜 저렇게 아름답게 보이는가에 대한 내 나름대로의 미학을 생각해 낼 수 있는 기쁨 또한 가질 수 있었다.
　보름달이 이렇게 조용한 아름다움을 보일 수 있는 것은 대낮에 태양이 '달집'처럼 뜨겁게 불타고 있었기 때문이라고 생각했다. 보름달과 달빛이 이루고 있는 고요한 강물은 폭풍과도 같은 무서운 격정의 시련이 지나가고 난 후 비 개인 날처럼 맑고 성숙한 아름다움의 물결 같은 것이 아니겠는가. 보름달이 비치는 시원한 침묵이 지배하는 세계는 뜨겁게 불타는 태양이 지나간 후에 찾아오는 고요함과 함께하는 환하고 아름다운 세계이다. 시인들은 달밤이 죽음의 세계를 나타낸다고 노래하지만, 나는 그것이 밤에 피는 하얀 박꽃처럼 죽음 그 자체가 아니라 미(美)의 절정을 나타내고 있는 것이라 말하고 싶다.

달빛이 하얗게 부서지는 뜨락에서 방으로 들어오며, 나는 지금 내가 보고 있는 정월 대보름달이 반세기 전 유년 시절 내가 바라보았던 그 달과 분명히 다른, 한결 더 깨끗하고 우아한 고요함을 지닌 초월적 세계의 아름다움마저 나타내고 있다고 생각했다.

삶의 미학적 공간

언제부터인지 모르지만 나는 불행했던 천재 화가 반 고흐의 그림을 좋아해서 그의 화집을 몇 개씩이나 가지고 있다. 그의 그림은 하나 같이 나에게 깊은 인상을 주지만, 그중에서도 내게 가장 충격적인 인상을 주는 작품은 그의 자화상들이다. 그는 그의 생애가 끝나기 전 마지막 오년 동안 서른일곱 점이나 되는 자화상을 그렸다. 내가 수집한 그림책 속에 담겨진 그의 자화상은 다섯 점에 불과하지만 그것들은 하나 같이 서로 다르다. 이런 사실은 비록 초상화는 순간의 표정에 따라 다르게 그려진다 할지라도 그의 초상화가 거울에서 볼 수 있는 실제 얼굴과 다르다는 것을 말해주고 있다. 나는 그의 사진을 한 번도 보지 못했기 때문에 무엇이라 말 할 수 없지만, 불타는 듯한 인상으로만 그려진 그의 자화상은 사실적인 측면에서의 얼굴과 많이 다를 수 있으리라 생각한다. 물론 그는 거울 앞에 서서 그 속에 비친 자기의 얼굴을 그렸겠지만 말이다.

내가 그의 자화상 바라보기를 유난히 좋아하는 것은 그것과 실제 얼굴 사이에 놓여 있는 미학적 거리 때문이다. 고흐가 자화상에서 창조한 미학적 거리는 단순히 빈 공간으로 이루어 진 것이 아니다. 그것은 그 안에 무엇인가 무섭게 불타고 있는 듯한 신비스런 인상을 가져다준다. 불타는 것은 모두 다 시간이 지나면 재로 변한다. 그러나 그의 화폭에서 불타고 있는 것은 그가 그린 사이프러스 나무처럼 타버리지 않고 항상 거기에 머무르고 있어, 나로 하여금 끝없는 물음과 탐색을 요구한다. 그가 창조한 미학적 공간에서 타는 듯한 불길은 사진기 렌즈나 거울이 나타내는 모습과 다른 신비감을 나타내기 때문에 나의 시선이 언제나 거기에 머문다. 여기서 말하는 신비감은 고흐가 거울에 비친 자신을 보고 자화상을 그릴 때 그가 일정한 거리를 두고 자기 얼굴을 인식하는 결과에서 나타난 현상이다. 또 이것은 하이데거가, 그의 나막신 그림이 인생의 노동과 땀을 나타내고 있다고 말했듯이 자기의 삶에 숨겨져 있는 부분이 예술의 힘을 통해서 밖으로 나타난 아우라를 형상화한 것과도 같다.

이러한 사실은 어느 화가가 그려준 나의 초상화에 던지는 나의 시선의 경우에도 마찬가지이다. 나는 거울을 좀처럼 유심히 들여다 보지 않는다. 거울에 비친 내 얼굴에 탐색할 것이 아무것도 없기 때문이다. 나는 유화로 그려진 나의 초상화에서 사진이나 거울 속에 비친 것과 똑 같은 나의 모습을 발견 할 수 없다는 것을 너무 잘 안다. 그러나 만일 내가 나의 초상화에서 거울에 비친 나와 꼭 같은 모습을 발견할 수 있다면, 그것을 보는 기쁨마저도 사라지고 없을 것이다. 그러면 나는 무엇 때문에 나를 사실적으로 닮지 않은 초상화에 시선을 주는 것을 멈추지 않는 것인가. 그것은 내가 초상화에서 예술이 만든 새로운 미학적 공간을 찾으려고 하기 때문이다. 그 점은 또한 괴테가 '예술 작업이 재창조한 면'을 말한 것인지도 모른다. 내가 고흐의 초상화는 물론 나의 초상화에서 미학적 공간을 찾고 또 그것을 찾는 과정에서 기쁨을 느끼는 것은 그 미학적 공간에서 일어나는 인식 작용이 신비스런 미지의 삶에 대한 인식 작용과 같거나 비유될 수 있고 또 그것과 연결되어 있는 것 같기 때문이다.

우리가 오늘을 살아가는 것도 어떻게 생각하면 채워야 할 미지의 경험 공간이 남아 있기 때문일지도 모른다. 어린이들이 유년 시절에 그렇게 행복한 삶을 누릴 수 있는 것도 그들이 채워야 할 삶의 공간이 신비에 무한히 싸여 있기 때문이다. 그들에게 있어서는 아침에 해가 뜨고 저녁에 해가지는 것은 물론 하늘을 나는 새떼들과 들판에 핀 꽃들이 신비롭기 때문에 아름답게 느껴진다. 살아있는 재두루미와 들꽃이 종이학과 종이꽃보다아름다운 것은 그것들이 생명이라는 영원한 신비의 세계와 연결되어 있음을 나타내기 때문이다. 다시 말해, 재두루미는 종이학과 달리 무한한 공간을 날 수 있고, 들꽃은 처녀들의 머리카락이나 젖가슴의 향내처럼 신성한것과의 '교감'을 위해 넓은 들판에 뿌릴 향기를 지니고 있기 때문이다. 우리의 삶에 있어서도 부끄러움과 두려움이 남아 있을 때만 미학적 기쁨을누릴 수 있다. 인생의 모험도 그것이 신비롭기 때문에 가능하다. 인간은 자기 자신이 신비롭기 때문에 자신을 사랑한다. 물론 자신에 대해 신비로움을 느낄 때는 자신이 아직 인식 작용을 할 수 있는 미학적 공간을 창조할 수 있다는 것을 의미한다.

그러나 냉혹한 시간은 인간이 삶을 경험할 공간을 끝없이 잠식시킨다. 그래서 시인 보들레르는 《악의 꽃》에서 다음과 같이 노래했다.

그리고 시간은 매순간 나를 삼킨다.
거대한 눈발이 뻣뻣한 시체를 덮듯이.

그러면 시간의 흐름이 생에 드리워진 신비의 휘장을 걷어 올리거나 찢어버릴 때, 인간은 죽음과도 같은 막다른 골목에서 시간과 싸울 무기를 완전히 상실하고 말 것인가. 마르셀 프루스트에 의하면 인간은 영원의 시간이 아닌 역사 속의 시간과 필적 할 수 있는 또 하나의 무기를 가지고 있다. 그것은 역사적인 시간과 영원한 시간을 이어주는 추억이다. 추억 혹은 기억은 나이가 들어감에 따라 확대되어 그것대로의 새로운 미학적 공간을 창조한다. 개인에 따라 다르겠지만, 프루스트처럼 무의식적 기억의 에너지를 창조하는 사람은 경험의 공간에서 볼 수 있는 것보다 더욱 신비롭고 광활한 미학적 세계를 펼칠 수 있다. 추억이 만드는 미학적 거리는 경험의 시간에서 찾아 볼 수 없을 만큼 멀고 길기 때문에, 그것을 탐색하는 사람은 육체적인 아픔 없이 또 하나의 신비로운 세계를 발견할 것이다. 우리가 경험의 세계 속에 살면서도 항상 지나간 세월에 대해 우수에 찬 마음으로 향수를 느끼는 것은 기억의 세계가 지닌 원초적인 유토피아의 세계 때문이리라. 끝없는 회상의 공간은 발터 벤야민이 말한 것처럼 일요일의 그것과도 같아서 시간의 영역에서 떨어져 나간 파편과도 같은 영혼들이 그곳에서 베르그송의 말처럼 죽음마저 억압한다. 그래서 보들레르는 추억의 종소리를 듣고 다음과 같이 읊었다.

> 갑자기 종들이 광폭하게 흔들린다.
> 그리고 하늘을 향해 무시무시한 아우성을 퍼붓는다.
> 참기 어려운 통곡의 울음을 터뜨리는
> 정처 없이 방황하는 영혼들처럼.

그러나 '작은 영원'을 나타내는 일요일의 공간과 같은 추억의 공간도 시간 속에서 이루어진 경험이 없으면 텅 빈 공간으로 남을 것이다. 경험의 공간을 열심히 채운 사람은 추억의 공간도 그만큼 풍요로우리라. 이것은 워즈워드가 이른 봄날 수많은 수선화 무리가 대낮의 미풍에 춤을 추는 것을 본 사람이 조용한 시간 우울한 마음으로 장의자에 기대어 누울 때 그것이 "고독의 천국인 마음의 눈" 속에 은하수처럼 흘러가는 것을 보는 것과도 같다. 그래서 보들레르는 아무 일 없이 자신을 시간 속에 뜻 없이 흘려 보내는 것보다 '악의 꽃'이라도 피우는 것이 좋다고 했다. 추억의 공간에서는 '악의 꽃'이 다시 피지 않지만, 경험의 세계에서 피운 '악의 꽃'에 대해 흘리는 회한과 참회의 눈물은 처절하리만큼 아름답다. "보들레르의 임무는 그리스도를 실천하는 것이 아니었고 그 시대에 무엇보다 중요했던 일, 즉 그리스도의 필요성을 주장하는 일이었다..... 우리가 인간인 이상 하는 일은 선악 간 그 어느 한 쪽일 수밖에 없다...역설적으로 말하면 우리는 아무것도 하지 않는 것 보다 악이라도 행하는 것이 좋다.

적어도 우리는 그렇게 함으로써 생존할 수 있기 때문이다. 인간의 영광은 구원받을 수 있는 가능성에 있다는 것도 사실이지만, 동시에 그 영광은 저주받을 수 있는 가능성 속에 있다는 것도 사실이다."

예술가는 경험의 시간 속에서 삶을 더욱 풍요롭게 만들기 위해 사진처럼 판에 박힌 얼굴에 상처를 입히거나 사실적인 선을 지워버림으로써 그것을 낯설게 해서 미지의 세계를 인식하는 미학적 공간을 만든다. 미학적 공간은 보이지 않는 보다 큰 어떤 것과 결합되어 있기 때문에 신비롭다. 인생이 신비로움 속을 탐색하는 여행하는 것이라면, 고흐와 같은 화가들이 그들의 화폭 위에 새로이 창조한 신비로움은 곧 삶의 진폭을 그만큼 더 넓힌 미학적 공간과도 같은 것이다.

인물 사진과 예술가의 초상

시인이나 철학자들이 인간의 일생을 자아 발견의 여정이라고 말하는 것처럼, 사람은 태어날 때부터 운명적으로 자기 자신에 대해서 알고 싶어 한다. 고대 이집트의 나르시스 신화에서 읽을 수 있듯이 인간은 잔잔한 연못의 수면 위에 자기의 얼굴을 비쳐보는 것에서부터 시작해 우리가 지금 사용하고 있는 거울을 발명하기에 이르렀을 것이다. 언어로 그려지거나 혹은 물감으로 그려지거나 간에 초상화의 경우도 마찬가지일 것이다.

인간이 자신의 참모습을 보고 싶어 하는 마음은 자기의 얼굴을 거울에 비쳐보는 일에서 끝나는 것이 아니라, 그것을 정지 상태로 포착해서 간직하고 싶은 욕망에서 화가로 하여금 자기의 초상화를 그리게 하거나 또 화가는 자신의 자화상을 그렸다. 그러나 그림 속에 자신의 얼굴을 담는 일은 대단히 어려운 일이었기 때문에, 사진기가 발명되었고 사람들은 인물 사진 찍기에 열광했다. 그래서 인물 사진을 즐겨 찍던 시대를 살았던 황혼기의 사람들은 지금도 시골 읍내나 골목길 모퉁이에서 사진관 간판을 보게 되면 짙은 향수를 느끼게 된다.

사람들이 거울 보는 일을 무척 즐길 뿐만 아니라 기회가 있을 때마다 인물 사진을 즐겨 찍어두려는 것은 무엇 때문일까. 그들은 습관적으로 매일 아침 거울을 들여다보면서도 사진사만 보면 사진을 찍고 싶어 하는 이유는 무엇일까. 그 마음의 이면에는 자기 얼굴이 거울에 나타난 것보다 더욱 좋은 모습일 것이라는 기대감이 짙게 묻어 있기 때문이다. 이러한 사람들의 심리적 허영심을 충족시켜주기 위해 옛날 사진사들은 골목마다 사진관을 열었다. 그리고 그들은 조야한 낭만적 풍경이 그려져 있는 배경으로 수많은 사람들의 인물 사진을 찍어 필름에 붓질을 했다. 화장술에 능한 사진사들은 실제 얼굴보다 사진에 나타난 얼굴을 더 아름답게 만들어 수익을 올리는 일에 바빴다. 그러나 사진사가 아무리 능력을 발휘한다고 하더라도 생각이 깊은 사람들이 눈에는 인물 사진이 실제 인물의 얼굴보다 더 좋게 나타나 보이는 경우는 지극히 드물다.

그래서 나는 주변에 있는 사람, 특히 나이 먹어가는 사람이 자기가 찍은 사진이나 또는 누가 찍어 보내 온 사진을 보고 무척 실망하는 것을 보며, 그 사람에게 당신의 실제 얼굴이 사진보다 훨씬 낫다거나 다르다는 점을 이야기 한다. 내가 이렇게 이야기하는 이유는 사진은 사실적인 면은 풍부하지만, 그것에는 생명이 없기 때문에 실제 인물이 지니고 있는 켜켜이 쌓여 있는 인고(忍苦)의 삶이 남긴 자국이나 혹은 교양미의 빛이 보이지 않기 때문이다. 사진기라는 이름의 기계는 빛과 어둠을 이용해서 얼굴의 윤곽과 디테일을 사실적으로 빈틈없이 찍어내지만, 그것은 살아서 숨 쉬는 실제 얼굴이 던지는 빛과 그늘, 즉 사람에게서 느끼는 깊은 인상 같은 것을 나타낼 수 없다. 물론 탁월한 사진작가는 빛의 명암을 이용해서 사진 찍는 사람의 내면의 모습을 담아 낼 수 있다고 주장할지 모르지만, 기계는 어디까지나 기계이기 때문에 오감을 통해 실제 느끼고 보는 얼굴에서 발견하는 사람의 아름다움을 포착하기 어렵다.

그러나 초상화나 혹은 조상(彫像)은 상업적인 사진사들이나 아마추어 카메라맨들이 찍은 일반적인 인물 사진들과는 다르다. 인물 사진은 순간적으로 카메라 셔터를 눌러서 복사판과도 같은 얼굴을 찍어 내지만, 초상화나 혹은 자화상은 화가가 그림의 대상이 되는 자신의 얼굴이나 타인의 얼굴을 단순히 기계적으로 복사하는 데 그치는 것이 아니라, 카메라 렌즈가 도저히 발견할 수 없는 인간 내면의 빛으로 이루어진 개성적인 인상을 화폭에 그려낸다. 이때 화가는 물론 선택적이고 자기가 그리는 대상이 지니고 있는 가장 아름다운 특징이나 모습을 어둠 속에서 빛을 발견하듯 감각적인 재능의 힘으로 찾아 조형적인 미를 갖게 한다. 조각가가 조각상을 만들 때도 마찬가지다. 조각가는 조각의 대상에서 가장 깊고 아름다운 인상을 영감이 있는 순간적인 느낌으로 포착해서 청동으로 움직이지 않게 굳혀 놓은 것이다.

내가 후기 인상파에 속하는 고흐의 사진을 한 번도 보지 못했지만, 그의 초상화가 좋아서 다섯 점이나 수집하게 된 것도 이와 같은 이유 때문이다. 만일 고흐가 그린 초상화가 불타는 것과도 같은 강렬한 인상과 영감을 주지 않고 그의 사진(그가 만일 사진을 찍었다면)에 나타날 수 있는 평면적이고 사실적인 모습만을 담은 것이었다면, 침묵 속에서 내가 그의 초상화에 대해 그렇게 열광적인 반응을 보이지 않았을 것이다. 이것은 살아 있는 재두루미와 들꽃이 종이학과 종이꽃보다 아름답고 신비롭다고 느끼는 경우와 같다. 재두루미는 종이학과는 달리 무한한 공간인 하늘을 날 수 있고, 들꽃은 여인의 머리카락이나 젖가슴의 향내처럼 신성한 생명력의 모태와의 교감을 위해 넓은 들판에 꽃향기를 뿌리기 때문이다.

수필가 김태길 교수는 "사진이라는 물건이 늙음과 헤어짐에 대한 깨달음을 강요하는 잔인한 증언이라는 것을 알게 되면서부터 나는 그것에 점차 흥미를 잃었다"라고 말했다. 나이 들어가는 사람의 경우, 사진에 나타난 주름살이나 일그러진 얼굴의 윤곽, 탄력성을 잃어버린 인물을 보고 자신의 모습에 크게 실망하는 것이 일반적인 현상을 보인다. 그러나 의식 있는 사람의 실제모습에는 카메라가 찍어내는 인물 사진과는 달리 교양 있고 지적인 분위기는 물론 연륜이 쌓아 올린 세월의 무게가 가져오는 우아한 아름다움이 숨 쉬고 있는 경우가 얼마든지 있다. 고뇌를 하며 살아온 사람의 실제 얼굴은 카메라 렌즈에 순간적으로 잡혀 죽은 것 같은 정지 상태에 있는 인물 사진과는 달리 '아우라'는 물론 생명의 밭을 갈아 이룩한 결실적인 삶의 무게가 성숙한 아름다움으로 그림자를 드리우고 있다는 말이다.

인간의 자아탐구의 노력은 그 옛날 우리의 조상들이 고요한 연못의 수면에 자신의 얼굴을 비춰보는 일에서부터 시작되었으리라. 그러나 그것의 목표는 변하지 않는 자기 모습을 찾는 것이 아니라, 어느 '젊은 예술가의 초상'에서 볼 수 있듯이 마음의 밭을 가는 일이라고 믿고 싶다. 나는 오래 전에 내 일기장에 다음과 같이 적었던 일이 기억에 새롭다. "언어나 혹은 물감으로 되어 있든 예술가의 초상화에는 인물사진처럼 복제된 사실적인 분위기는 없지만 빛과 어둠이 어우러진 짙은 그늘 속에 생명력이 보이지 않게 숨 쉬고 있다는 것을 느꼈다."

산정(山頂) 부근

내가 태어나 자란 곳은 산 높고 물 맑은 깊은 산간 마을이었다. 소년 시절 해 뜨는 아침에 개울가로 나가 세수를 하고 고개를 들면 깎아지른 듯한 절벽 모양의 바위로 이루어진 철마산(鐵馬山) 산정(山頂)이 눈앞에 들어왔고, 해질 무렵이면 병풍처럼 둘러싸고 있는 화악산(火岳山) 너머 서쪽 하늘이 황혼으로 불타고 있었다. 북쪽으로 멀리 보이는 자줏빛 뒷산은 높고 험해 해가 지고 나면 절망적으로 어두웠다. 이 높은 산들은 모두 무수한 전설은 지니고 있었기 때문에, 철없는 어린 시절 나는 이 산을 볼 때마다 그 속에 숨겨져 있는 비밀을 찾고 싶었다.

나는 십리 밖 강 건너 과수원 옆에 위치한 초등학교를 걸어서 다녔다. 바람 부는 어느 봄날 학교가 일찍 파한 후 산모퉁이를 돌아 먼지 나는 황톳길을 게으름 피우며 터벅터벅 걸어가다 말고 멀리 바라다 보이는 철마산을 넘기로 하고 화살을 쏘아 올린 듯 빠른 걸음으로 진달래꽃으로 덮혀 있는 산을 향해 치달아 올랐다.

칡넝쿨이 얽혀 있는 덤불숲을 어렵게 헤치고 나오니 찬란한 태양 아래 청석돌 무리가 가파른 산비탈을 이루고 있었고 담쟁이 모양의 덩굴식물이 여기 저기 푸른 손을 뻗치고 있었다. 엉금엉금 기다시피 마른 이끼 낀 그

돌밭을 건너왔을 때, 청초한 연두색으로 물든 고산(高山) 식물들이 군락을 이루고 있는 목초지가 눈앞에 펼쳐지고, 낮은 산에서는 볼 수 없었던 키 작은 싸리나무들이 무리지어 서 있었다. 키 작은 풀숲 아래로 눈을 주었더니 가장자리에 푸른 도라지꽃이 수줍어하며 숨겼던 얼굴을 내보였다. 눈부시게 맑고 푸른 하늘 아래 큰 바위 얼굴을 하고 가파른 절벽으로 우뚝 솟아 있는 산정(山頂)은 철마(鐵馬)를 숨기고 있기 때문인지, 너무나 험난해서 쉽게 접근할 수가 없었다. 그러나 몇 시간이 걸렸는지 모르지만 나는 마침내 산봉우리에 올라서서 산 아래를 내려다보는 기쁨을 누릴 수 있었다. 집에 도착 했을 때는 산 그림자가 지나가고 마을에 저녁연기가 피어오르고 있었다.

신비에 가득 찬 철마산, 그 태산준령(泰山峻嶺) 위에서 내가 발견한 것은 전설의 땅인 미지의 나라가 아니라, 고산식물이 자라고 노루들이 뛰어다니며 노니는 맑고 깨끗한 땅이었다. 산 위에 오른 나는 그 옛날 어느 장수가 타고 다녔던 철마는 발견할 수 없어 실망했지만, 마음과 정신이 한없이 맑고 상쾌했다. 산정(山頂) 부근에서 경이로움에 가득차서 바라보았던 고산식물들이 그렇게 아름답고 청초한 모습을 지닐 수가 있는 것은, 먼 후에 알게 되었지만, 그렇게 높은 곳에서 영겁을 세월 동안 고독을 이기고 의연히 서 있었기 때문이었으리라. 그때 이래 내 기억 먼 곳에 자리 잡고 있는 것은 높은 산 위의 고산식물이 산 아래서 자라는 식물들보다 훨씬 더 곧고 바르며 청아한 모습을 하고 있었다는 것과 그곳을 지배하고 있던 그 무서운 고독을 산이 침묵으로 이기며 안고 있었다는 것이다.

그러나 소년기에 고향의 푸른 하늘 아래 높이 솟은 철마산을 올랐던 경험이 내가 삶에 대한 인식을 넓히고 도덕적 감성을 확대하는 데 적지 않은 도움이 되었다는 것을 성년이 되어 정지용의 시를 읽으면서 절절히 느꼈다. 정지용은 시집《백록담(白鹿潭)》에서 한라산의 아름다움을 고독 속의 견인력으로 승화한 것이라고 묘사했다. 지용은 한라 산정을 풀도 살지 않는 돌산으로 비바람 속에서 영겁의 세월을 안고 있지만 얼음처럼 '낭낭'하다고 말했는가 하면, '한 덩이' 돌처럼 서 있는 산정은 죽은 것이 아니라 그 무서운 고독 속에서도 온갖 아픔과 시름을 이겨내면서 고요한 숨결로 '흰 시울'을 소리 없이 내리게 하고, 산허리에 있는 절벽을 '진달래꽃 그림자'로 붉게 물들인다고 노래했다. 그가 생(生)과 비유할 수 있는 산을 견인력으로 오를 때 눈앞에 열리는 명징한 깨달음의 인식 세계는, 백록담의 맑은 물, 산을 오를수록 꽃의 크기가 점점 작아지는 '뻐꾹채꽃', '암고란 환약 같은 열매', 훨훨 옷을 벗는 백화(白樺), 풍란의 향기, 사람과 가까이 하는 '해발 육천척' 위의 말 망아지와 송아지, 그리고 착하디착한 어미 소의 모습, 이마를 시리게 한 면 산정의 '춘설(春雪)', 눈 속에서 '인동차(忍冬茶)'를 마시며 겨울을 보내는 노인, 산을 찾아간 사람의 변신인 듯한 호랑나비 등의 이미지로 나타난다.

헤밍웨이의 《킬리만자로의 눈》에 등장하는 작중 인물 해리스는 재능 있는 작가였지만 돈 많은 여인과 결혼한 뒤 나태함과 쾌락에 빠져 글을 쓰지 못하고 아프리카 평원으로 가서 사냥하다 괴저(壞疽) 병으로 다리가 썩어 죽을 운명에 놓이자, 표범이 얼어 묻혀 있다는 눈 덮인 킬리만자로 산정에 오르기를 얼마나 갈망하고 꿈꾸었던가? 눈 덮인 산정(山頂)이나 백록담 같이 맑은 물이 있고 청초하고 우아한 고산식물들이 자라는 고원(高原) 지대는 남다른 용기와 견인력을 가지고 오르는 사람들에게만 허용되고, 더러움에 오염된 사람들에게는 금지된 땅이다. 우리의 삶도 마찬가지리라. 낮은 곳에 머물기를 좋아하는 사람들이 높은 산을 단순히 무섭고 신비로운 곳으로만 생각하고 힘들여 오르기를 싫어하거나 거부한다면, 산이 우리에게 보여 주는 그 숭고한 아름다움의 의미를 발견하지 못한다. 산은 땀 흘리며 오르는 사람에게만 그 참 모습을 드러내기 때문이다.

소년 시절 내가 고향에 있는 험준한 철마산 산정(山頂)에서 보았던 경이로운 풍경이 삶의 인식과정에서 발견하는 도덕적 진실을 비쳐주는 훌륭한 거울이 된다는 것을 그때는 몰랐다. 그러나 저문 강가에 서 있는 지금은 그 산이 왜 나를 불렀는지 알 것 같다. 그것은 아마 산이 내게 고난과 시련을 겪고 산정(山頂)에 올라서면 산 아래 있는 들판의 풍경과 다른, 눈이 시리도록 신선한 새로운 세계가 전개된다는 것을 가르쳐 주기 위함이었으리라.

울 밑에 선 봉선화

사람은 누구나 나이가 들면, 과거를 되돌아보며 소멸된 현상에 대해 적지 않은 좌절감을 느낀다. 향수(鄕愁)란 것도 이러한 감정에서 연유해 온 것이리라. 나 역시 비오는 늦은 여름밤, 조용한 시간이 찾아오면, 지금은 사라져버린 유년 시절을 보냈던 고향 땅의 아름다운 풍경을 찾아 먼 기억을 더듬을 때가 많다.

계절마다 비오는 날의 독특한 정취야 있겠지만, 내가 추방된 고향 마을의 장마철 풍경은 유난히 아름다웠다. 여름 소나기가 지나가면, 구름이 산 아래까지 내려왔다 올라가고 빗물을 머금고 분꽃과 함께 울 밑에 서 있던 봉선화 모습이 무척이나 애처롭고 아리따웠다. 그때 봉선화는 사내아이들에게는 애인 같아 보였고 계집아이들에게는 손톱을 붉게 만드는 꽃 물감이었다. 그래서 전원을 처음 찾은 도시인이었던 이상(李箱)도 그의 "비망록을 꺼내어 머루빛 잉크로 산촌(山村)의 시정(詩情)을" 다음과 같이 쓰지 않았던가.

　그저께 新聞을 찢어버린
　때묻은 흰나비

鳳仙花는아름다운愛人의귀처럼생기고
귀에보이는지난날의記事

  봉선화는 이렇게 여름이 되면 장맛비 속에서 고향집 마당이나 울타리 곁에서 피는 꽃이었다. 그러나 봉선화는 분꽃이나 맨드라미같이 산촌에 사는 사람들이 바라다만 보는 꽃이 아니었다. 그 옛날 산촌에 사는 어여쁜 아가씨들은 봉선화를 따서 손톱에 붉은 꽃물을 들였다. 그 꽃으로 하얀 손가락을 아름답게 만들며 그것을 자신의 일부로 만들고 싶었던 숨은 욕망 때문이었던가. 지금 생각하면 봉선화는 그 옛날 시집간 여인들에게 고향집을 상징하는 꽃이었고 그리움의 대상(對象)이었다. 그래서 한국의 전통미(美)를 아끼고 사랑하며 시를 쓰다 지난해 작고한 김상옥은 봉선화에 대해 다음과 같은 작품을 남겼다.

    비 오자 장독간에 봉선화 반만 벌어
    해마다 피는 꽃을 나만 두고 볼 것인가
    세세한 사연을 적어 누님께로 보내자

    누님이 편지 보며 하마 울가 웃으실가
    눈앞에 삼삼이는 고향집을 그리시고
    손톱에 꽃물 들이던 그날 생각하시리

    양지에 마주 앉아 실로 찬찬 매어주던
    하얀 손가락이 연붉은 그 손톱을
    지금은 꿈 속에 보듯 힘줄만이 서노나.

  그러나 향기 짙은 찔레꽃 피는 봄날이 가고 이렇듯 봉선화가 피던 토착적인 여름 풍경은 근대화의 물결을 타고 농촌의 아가씨들이 고향을 등지고 사라짐에 따라 소멸되어 갔다. 도시로 몰려 온 그들은 봉선화 꽃물로 그들의 손톱을 아름답게 만들던 전설을 모두 다 잃어버리고, 매니큐어로 손톱을 붉게 칠을 하고 있다. 여인이 손톱에 매니큐어를 붉게 바른 손을 내미는 것을 볼 때마다, 나는 보기가 무섭고 혐오스럽다.

편리하고 화려한 근대화가 아무리 좋다고 하더라도, 우리의 얼이 담겨 있는 봉선화와 같은 꽃마저 소멸되어 망각의 바다에 던져지게 되는 것은 슬픈 일이 아닐 수 없다. 나는 소담한 장독간도 없고 봉선화마저 구할 수 없다는 이유로 내 작은 뜨락에 베추니아와 사루비아만 잔뜩 심어 놓은 것을 부끄럽게 생각한다. 아무런 전설도 없는 일년초로만 뜰을 가꾼다면, 멀리 고향을 떠나 있는 나의 기억 속에 남아 있는 그 '처량'한 여름 꽃, 봉선화의 아름다운 모습마저 지워져 버릴 것이 아닌가.

금년에는 딸아이라도 데리고 구름이 산 아래까지 내려오고 강물이 흐르는 고향으로 가서 여름을 보내며 손톱을 봉선화 꽃잎으로 물들이게 했으면 한다. 그렇게 하면 그가 더 나이 들어서 손가락의 힘줄이 굳어지게 되더라도, 손톱에 묻어 있던 봉선화의 꽃물이 그의 마음에도 묻어 고향을 잊지 못하리라. 나와 유년 시절을 함께 보내며 여름비 오는 날 툇마루에서 손톱에 꽃물 들이던 누님은 세월 따라 늙어 가지만, 나는 빗물이 떨어지던 기와집 처마 아래서 그 슬픈 소프라노 목소리로 노래 불렀던 '봉선화'를 쉽게 지워버리거나 잊을 수 없다. 조용히 비가 내리는 여름 밤 내가 장의자에 누우면 어린 시절에 보았던 그 봉선화 모습이 물 위에 비친 얼굴처럼 내 '마음의 눈'에 선명한 이미지가 되어 흐르기 때문이다.

옛집

새떼들이 황혼녘에 둥지를 찾는 것처럼 사람들도 자기가 머물다 간 자리를 기억 속에서 지우지 못하는가보다. 그래서인지 나는 나의 유년 시절을 보낸 고향의 옛집을 결코 잊지 못한다.

내가 오랜 세월 동안 객지 생활에 지친 몸으로 언젠가 고향의 옛집을 찾았을 때, 그것이 비바람 속에 너무나 퇴락해진 고가(古家)로 허물어져 가고 있었다. 내가 성장해서 고향집에서 추방되기 전 나의 꿈을 키웠던 처마가 높던 기와지붕을 가진 사랑채와 워낭 소리가 들리던 마당 채는 헐려지고 없었고 험난한 시절 인고의 세월을 보내시던 할머니가 숨을 거두신 안채만이 잡초 더미 속에 옛 모습을 유지하며 한쪽으로 기울어지듯 힘없이 서 있었다. 물레를 돌리시던 할머니가 머물고 계시던 안방을 들어가 보았더니, 그것은 어릴 때 보았던 것과는 달리 너무나 작아 보였다. 더욱이 그 옛집의 사랑채가 없어지고 그 자리에 잡초가 무성하게 자라고 있는 것을 보았을 때 느꼈던 상실감은 말로서 다 표현할 수 없었던 것이다.

그러나 어린 시절을 보낸 그 옛집은 기억 속에서만은 그대로이다. 대낮처럼 밝고 아름다웠던 유년의 뜰을 생각하면, 그 옛집의 풍경이 마음속에 미소를 짓듯 추억으로 높은 물결을 일으킨다.

고향집은 낙동강 지류에 있는 어느 간이역에서 내려 십리 길을 걸어서 들어가는 '큰 고개' 넘어 산 높고 물 맑은 고적한 작은 마을에 자리 잡고 있다. 대숲을 머리에 이고 봄이면 담장 위로 복사꽃이 붉게 피었던 기와집 세 채와 초가 두 채로 이루어진 마당 넓은 그 옛집은 어린 시절 나에게는 생활의 공간이라기보다 내 의식세계를 지배하는 화려한 무대였다. 실로, 옛집은 마치 백지와도 같은 마음속에 그려지기 시작한 그림과도 같이 나의 삶과 하나가 되어 내 정서 속에 깊이 드리워진 그림자가 되었다.

어린 소년 시절, 나는 할아버지가 거처하시던 사랑방에서 많은 시간을 보냈다. 사랑방에 대한 기억은 무수한 세월이 지나도 '어둠 속의 판화'처럼 지워지지 않고 있다. 봄이면 남쪽 땅에서 날아 온 제비가 둥지를 짓던 처마 밑 사랑방에서 미닫이문을 열면 높고 푸른 산이 눈앞에 다가왔고, 여름 장마철이면 비를 싣고 오는 회색 구름이 산 아래까지 내려왔다. 겨울이면 바라다 보이는 높은 산이 흰 눈으로 차가웠다. 하늘로 향해 뻗어나간 처마의 유연한 곡선, 검은 물결이 일렁이는 듯한 대청마루, 영창문 창틀 위에 걸려 있던 추사(秋史)의 현판(懸板) 글씨, 그리고 벽장문 위에 씌어 있던 송시열의 초서(抄書)등은 나의 정서와 의식에 보이지 않게 짙은 인장(印章)을 찍지 않았던가. 사랑방 윗목에는 무거운 책장이 놓여 있었다. 겨울 밤 영창문을 통해 산불이 타오르는 광경을 황홀해 하며 바라보았던 나는 그 책장 속에서 처음으로 프랑스 시인 보들레르의 산문집과 마르크스의 《자본론》을 할아버지 형제들이 읽으시던 수많은 다른 일본 서적들 속에서 발견하고 미지의 세계에 대한 동경과 호기심에 깊은 꿈을 꾸었다.

사랑방 문을 열고 밖으로 나왔을 때 보았던 경이롭고 아름다운 마당 풍경 또한 잊을 수 없다. 봄이면 정원에는 진달래와 살구꽃이 붉게 피었다. 나는 마른 나무에서 어떻게 그렇게 붉은 꽃이 피어날 수 있고, 늦은 봄 돌담 곁에, 벌들이 붕붕대는 사이로 활짝 핀 자줏빛 모란과 백장미꽃에서 짙은 향기가 나무 냄새와 함께 바람에 실려 오는 것을 보고 그것 뒤에 무엇이 있는가를 의아하게 생각했다. 밤이면 낮에 보았던 그 붉은 꽃들과 그 향기에 대한 기억 때문에 어둠 속에서 괴로워했다. 여름이면 사랑채 옆에서 안마당으로 들어가는 모퉁이에 우람하게 자라고 있던 오동나무 잎들이 바람에 흔들리며 시원한 그림자를 드리웠다. 이것뿐이 아니었다. 한적한 여름날 늦은 오후의 마당에는 해를 등지고 지붕의 그림자가 나타났다. 그래서 왠지 모르지만 나는 섬돌을 걸어 내려가 그림자를 발로 지우려고 했다. 또 나는 여름 장마철에 빗물이 처마 끝에 쏟아지면, 낙숫물 소리에 귀를 기울였고, 하늘이 높고 쪽빛으로 푸르던 가을 날, 새벽에 문득 잠이 깨면 대청마루로 나와 검은 지붕 위로 차갑게 반짝이는 별들 속에 지나가는 달과 함께 두려움도 잊고 밤하늘을 유심히 바라보고 또 보았다.

그러나 사랑채 앞마당에는 꽃밭만 있는 것이 아니었다. 그곳에는 퇴비를 만들기 위해 건초 더미가 봉분처럼 높이 쌓여 있었다. 이른 아침 머슴들이 곡괭이와 쇠갈퀴로 그것을 뒤집을 때, 김이 무럭무럭 났다. 냄새는 폐부 속으로 깊이 파고들었지만 역하지 않았다. 풀이 익으며 부식하는 부드러운 냄새였다. 오동나무 두 그루가 서 있는 대문 밖에서 집으로 들어오는 좁은 길 언저리에는 봄, 여름 없이 민들레 홀씨가 바람에 날렸다. 그리고 대문으로 들어오는 길과 텃밭을 갈라놓는 울타리에는 나팔꽃과도 같은 덩굴손들이 벽을 타고 올라가는 담쟁이처럼 덮여 있었다. 아침에 학교 가기 위해 밖을 나올 때 마다 산울타리를 타고 뻗어가는 덩굴에 푸른 나팔꽃이 활짝 피어 있었다. 또 집 앞으로 흐르는 맑은 실개천으로 나가면 은빛 피라미 떼들이 바쁘게 물살을 가르고 있었다. 기억 속의 아름다운 고향의 집 앞 풍경은 여기서 끝나지 않았다. 검은 바위와 하얀 돌, 그리고 모래 사이로 흐르는 시내로 가는 논길 옆 들판은 코를 찌르게 냄새가 나는 삼나무 숲과 소금을 뿌린 듯한 메밀꽃들이 무리지어 하얗게 피어 있었다.

하지만 안마당에는 추수를 하고 밀과 보리를 타작하기 위한 공간 때문인지 꽃밭이 없었다. 그러나 어머니가 시집올 때 타고 왔다는 먼지 묻은 가마가 한쪽 모퉁이에 있는 축돌 옆에 놓여 있었고, 그 뒤란에는 눈물과 같은 이슬을 머금은 봉선화가 불꽃처럼 타오르는 맨드라미와 함께 피어 있었다. 장독간 돌담장 부근에는 등나무가 무성하게 자라서 봄날이 오면 등불 모양의 아름다운 보랏빛 꽃을 수 없이 피우고 있었다. 그래서 유년 시절을 보내던 오월의 옛집 풍경을 떠올리면 소나기처럼 향기를 쏟아내는 그 등나무 꽃그늘과 낮은 굴뚝에서 뿜어 나오는 저녁연기 냄새를 결코 잊을 수 없다.

그러나 고향 옛집은 이렇게 밝고 아름다운 풍경으로만 이루어져 있던 목가적인 곳은 아니었다. 거기에는 노동을 하고 노동의 소중함을 말해주는 장소도 있었다. 아래채에는 외딴 방을 비롯해서 누에를 치기도 하고 곳간으로 사용했던 작은 방들이 몇 개 있었고, 안채 맞은편에는 노동의 기쁨을 전해주듯 내 호기심을 자극했던 낫과 삽, 모루 등과 같은 농기구를 넣어두는 작은 창고와 디딜방앗간, 그리고 외양간이 있는 초가(草家)가 있었다. 그래서 어린 시절 사랑방에 계시는 할아버지에게로 가지 않고 안채에서 어머니 곁에서 잠이 들었다가도 밤에 잠이 깨면 워낭 소리를 듣고 소가 외양간에 있다는 것을 확인하고서야 이유 없이 안도감을 느꼈다.

그렇지만 고향 옛집에서도 죽음의 그림자가 드리워져 있는 듯한 느낌 때문에 무서움을 느낄 때도 있었다. 땅거미가 끼는 석양 무렵에는 대숲으로 잠자리를 찾아 가기 위해 먹구름처럼 날아와 팽나무 가지에 날갯짓을 하며 까맣게 앉아 있던 갈가마귀 떼들은 나에게 죽음의 그림자만큼이나 무서웠다. 또 나와 함께 당산나무 옆에 있는 양철 지붕을 한 상여(喪輿) 집 속을 훔쳐보기 좋아했던 둘째 동생이 열병으로 목숨을 잃고 돌산에 묻히는 것을 나는 보아야 했다. 또 그 이듬해 여름에는 그렇게 위엄 있던 할머니가 암으로 돌아가시게 되어 아버지가 두건에 상복을 입고 서울에서 양복 차림으로 내려오신 삼촌과 함께 할머니의 관(棺) 옆에서 밤을 새우시는 것을 보았다. 온 마을 사람들의 깊은 애도(哀悼) 속에 꽃상여 뒤를 따라 가는 상복을 입은 어머니 앞에서 만가(輓歌)를 부르는 상두꾼 소리를 들으면서 황톳길을 걸어 산으로 올라, 나는 할머니가 흙에 묻히시는 것을 보았다. 십리를 걸어 학교 갔다 돌아오는 길목에 우리 집에서 붙잡혀 총살을 당하고 묻혀 있다는 빨치산 처녀의 돌무덤을 지날 때는 대낮에도 무서웠다.

나는 이렇게 그 옛집에서 보고 경험했던 아름다운 삶이 죽음과 혼합되어 있다는 것이 자연의 진행 과정이란 것을 나이가 들어 성숙해 감에 따라 알게 되었지만, 그 시절에는 그렇게 아프게 느끼지 못했다. 다만 그 시절 여름마다 그 옛집 정원에 피었던 붉은 복사꽃들은 내가 어른이 되어서도 지워지지 않고 생생하게 남아 있지만, 그 꽃잎에 그늘이 져 떨어지고 있는 것을 보았던 기억을 지금도 잊을 수 없다.

그러나 유년 시절 내가 태어난 그 고향에 머물고 있을 때는, 한 번도 가보지 않은 먼 곳에 있는 휘황찬란한 도시를 얼마나 동경했던가. 그 결과 나는 낙원이었던 옛집에서 추방되어 도시로 떠나왔고, 지금 먼지 나는 도시의 포도(鋪道)를 거닐 때 가끔 어린 시절을 보냈던 고향 옛집에 대한 뼈아픈 향수를 느낀다. 그 찬란한 아름다움만이 아니라, 그 어두운 그림자도 그립다. 죽음과 삶이 교차하는 것이 자연의 변화 과정이고 운명적인 길이라 하더라도, 생명의 요람인 고향땅의 옛집이 세월과 더불어 허물어져 사라지는 것은 너무 가슴 아픈 일이다. 고향 옛집의 상실은 나로 하여금 마음의 뿌리를 잃고 바람에 뒹구는 낙엽처럼 영원한 방랑자로 만들기 때문이다.

인간정신의 숲을 찾아서

여행을 하는 사람은 자유롭다. 칡넝쿨처럼 얽힌 갈등 속에서 살아가는 사람들도 도망자가 아니면 여행길에서는 자유롭다. 나 역시 여행길에 오르면 모든 것을 잊고 순간적으로나마 자유로워져 산책하는 사람처럼 새로운 것을 찾아 배회한다.

그래서 해외여행 길에 오르면 내가 즐겨 찾아 서성이는 곳은 조용한 미술관이나 박물관, 그리고 유명한 대학 도서관이다. 먼 나라를 방문할 때마다 어김없이 문화의 광장을 찾는 것은 특별히 시간적 여유가 있어서라기보다는 자유로운 마음의 상태에서 인간이 상상력을 통해 이룩한 위대한 예술 작품들을 보고 잠자는 나의 의식을 깨우칠 새로운 충격을 얻기 위한 무의식적 갈망 때문이다.

그해 여름 미국을 방문했을 때도 나는 워싱턴 국립미술관을 찾는 것을 잊지 않았다. 나의 감수성은 흐르는 세월과 함께 무디어졌지만, 그래도 내가 그 화려하고 웅장한 화랑 여기저기를 배회하며 넓은 공간에 줄지어 서 있거나 걸려 있는 위대한 예술품들을 보았을 때, 느끼는 울림의 충격은 더할 나위 없이 컸다.

그림 속에 담겨 있는 무수한 인간적인 표정은 실제 그것보다 한결 더 깊고 심오해서, 그 그림들 앞에 섰을 때 나는 다시금 인간이란 존재가 무엇인가에 대해 생각하고 또 생각했다.

크고 작은 수많은 화폭에 그려진 인간의 표정이 우울하면 우울해서 좋고, 화사하면 화사해서 좋았다. 또 자연 풍경을 담은 화폭은 자연 그 자체가 전해주는 것보다 다른 차원에서의 아름다움과 신비를 나타내주었다. 모네의 수채화는 수초의 아름다움에 대한 새로운 인상을 나에게 심어주었다.

사색하는 인간의 모습과 시간과 싸우는 인간의 의연한 모습을 대리석이나 청동에 새긴 조각품은 탁월한 조형미를 통해서 인간의 특성과 개성을 우리 눈에 새롭게 조명하고 있었다. 특히, 나는 청동으로 빚은 조각품을 통해 실제 인간의 얼굴에서는 쉽게 읽을 수 없었던 위대한 인간정신과 그 깊은 의미를 찾아볼 수 있었다. 위대한 조각가들이 인간의 표정이나 모습 가운데서 순간적으로 나타나는 진귀한 일순(一瞬)을 포착해서 청동으로 영원히 고정시켜 놓았기 때문이라고 나는 혼자서 생각했다.

그런데 내가 워싱턴 국립미술관에서 발견한 새로운 충격은 그 아름다운 그림들과 조각품들에게서 오는 느낌 때문만은 아니었다. 그 많은 값비싼 미술관 소장품들이 모두 다 기증에 의해서 수집되었다는 사실 또한 큰 충격을 안겨 주었다.

물론 나는 넓은 화랑에 걸려 있는 훌륭한 그림들을 보고 그것들을 그린 화가가 누구인지를 발견하고 놀라움을 금치 못했다. 그들은 드가와 세잔, 고호와 고갱, 그리고 피카소와 샤갈 같은 화가들과 내가 익히 알고 있는 로댕 같은 조각가들이다.

그러나 나는 그들 이름 아래 또 다른 하나의 이름이 새겨져 있는 것을 보고 그것들을 유심히 바라보고 읽었다. 그 이름들은 그 값진 미술품들을 소유했다가 미술관에 기증한 사람들이었다. 그 값비싼 그림과 조각품들을 국립박물관에 기증한 사람의 수가 적었더라면 나는 그들의 이름을 무심히 보고 지났을 것이다.

그러나 그렇게도 진귀한 미술품을 기증한 사람들의 수가 헤아릴 수 없을 만큼 많은 것을 보았을 때 나는 인간에 대한 고마움으로 새로운 충격을 받아야만 했다.

그렇게 값진 세계적인 예술품들을 국립박물관에 보낸 사람들은 특별히 부유하거나 미술품의 가치를 이해하는 능력이 부족했기 때문만은 결코 아니었을 것이다. 아마 그것과는 반대의 경우였을 것이다. 그들은 한때 가졌던 그림과 조각품들을 너무나 아끼고 사랑했기 때문에, 그것들을 영구히 보존하기 위해서 나라에 기증했을 것이다. 그러나 그것만이 이유의 전부는 아니었으리라.

그들은 그들이 소유하고 있었던 미술품을 통해 예술을 창조하는 인간이 얼마나 위대한가를 많은 사람들에게 알리고 싶었을 것이다. 아마 그들은 나와 같은 이방인들도 그곳 미술관에 찾아와 위대한 예술가들이 이룩한 창조적인 업적에 대해 충격을 받고 인간 가치가 무엇인가를 새로이 확인하고 돌아가기를 바라서였을지도 모른다.

나는 다음 날 워싱턴을 떠나 40년 전 내가 공부했던 모교를 찾기 위해 남부의 유서 깊은 대학촌 채플 힐(Chapel Hill)로 내려갔다. 나는 뜨거운 햇빛이 빗기는 오후에 원시림과도 같은 우람한 느티나무가 여기 저기 서 있는 교정의 잔디밭을 지나, '지식의 샘'을 상징하는 '올드 웰(The Old Well)' 샘터를 찾아 목을 축인 후, 조국에 대한 임무를 다 하기 위해 맨발로 남북전쟁에 참가했던 젊은 대학생들의 동상 앞을 지나 육중한 돌기둥으로 그리스 건축 양식을 한 '루이스 윌슨' 도서관의 육중한 문을 열고 들어갔다.

이곳은 젊은 날, 내가 밤낮없이 일을 하면서도 하루도 빠짐없이 찾던 곳이다. 이 커다란 도서관 건물 안으로 들어갔을 때 주변의 모든 것은 옛날과 다름없이 익숙했고, 내부의 공기는 뜨거운 태양 아래 후덥지근한 바깥 대기와는 달리 그렇게 시원하고 깨끗할 수가 없었다. 대리석 기둥의 높은 천장에서부터 드리워진 거대한 촛불 모양의 샹들리에, 육중한 마호가니 책장들, 검붉은 가죽의자들, 그리고 책장 속에 질서정연하게 꽂혀 있는 수많은 고서(古書)들이 남다르게 뜻있는 삶을 살다 간 학자들의 초상들과 함께 나의 시야에 들어왔다.

그러나 내 시선을 강렬하게 끌었던 것은 일층 도서관 입구 계단 위 움푹 파인 벽감(壁龕) 속에 세워 놓은 '인간정신'을 표상하는 여신상(女神像)과 정숙한 대리석 복도 양끝에 세워 놓은 한 쌍의 아름다운 소년과 소녀상이었다. 날개가 달린 이 아름다운 맨발의 여인상은 바윗돌 위에서 앞으로 나가려는 자세를 취하고 있었다. 그래서 나는 그 앞에 서서 그 모습을 자세히 보며 인간과 인간 정신의 의미를 다시금 되새기며 깊은 감회에 젖었다. 그리고 복도 한쪽 끝에 세워놓은 조각은 르네상스 시대의 어느 이태리 조각가의 작품으로 맨발의 아름다운 소년이 바윗돌에 앉아 발바닥에 꽂힌 가시를 손으로 뽑고 있는 모습을 하고 있었다.

그 소년은 생을 상징하는 험난한 길을 걷다가 가시에 발이 찔렸지만 조금도 고통스러운 표정을 짓지 않고 미소를 머금고 있었다.

이 소년상(像)과 숭고한 인간정신을 표상하고 있는 아름다운 여인상은 그 옛날 내가 이곳에서 공부하고 있었을 때도 보았지만, 그때는 그것이 지닌 의미가 지금처럼 내 마음에 와 닿지 않았다.

그런데 이것 못지않게 놀라웠던 것은 그 우아하고 아름다운 여신상과 소년 소녀상 역시 대학에서 구입한 것이 아니라 기증을 받았다는 사실이었다. 그 조각품들 앞에 바윗돌처럼 서 있을 때, 그것을 기증한 사람의 이름이 녹슬지 않고 빛나는 황금빛 금속판에 깊이 새겨져 있는 것을 보았다. 그래서 나는 그곳에서 워싱턴 국립미술관에서 받았던 것과 똑 같은 충격을 또 한 번 받았다.

그러나 또 한 번의 충격이 기다리고 있었다. 나가는 길에 열람실에 들어갔더니 속세의 온갖 유혹을 물리치고 대학에서 인간이 원시시대부터 지금까지 어떻게 문명을 발전시켜 왔는가를 젊은 학생들에게 가르치며 연구하며 외길 인생을 살다 간 위대한 역사학자 한 사람의 동상이 창 곁에 놓여 있었다.

검은빛 청동으로 조각되어 영원히 굳어진 그 노교수의 얼굴에는 여기저기 수많은 주름살이 가 있었지만, 그 주름살은 시간의 힘을 이겨내고 있었고 그 얼굴은 조각한 쇠붙이로 굳어져 있었지만, 그의 표정은 조금도 흐트러짐이 없이 한없이 평화롭고 인자스러웠다. 그래서 나는 검은빛 구리로 굳어진 그 역사학 교수의 얼굴에서 다시금 인간정신이 무엇인가를 읽고 고개를 숙였다.

대학 중앙도서관 벽면에 사방으로 둘러 쌓아놓은 수많은 책들과 그 석조건물 안에 소장 되어 있는 수십만 권의 책들은 사람의 얼굴을 갖고 있지 않았지만, 그것은 '인간정신'을 표상하고 있는 도서관 입구의 그 아름다운 여신상과 같은 뜻을 지니고 있다고 생각했다. 해거름 가까이 숙연한 마음으로 도서관을 나오면서 그 여신상 옆에 걸려 있는 초대 도서관장 루이스 윌슨의 초상화의 표정에서도 같은 뜻을 읽을 수 있었다.

해질녘의 여행이라 화려한 것은 못 되었지만, 인간정신이 이룩한 성스러운 숲을 찾아 삶의 의미를 새롭게 확인하는 시간이었기에, 더 없이 자유롭고 보람 있는 흐뭇한 여행이었다.

순례자의 눈에 비친 종묘(宗廟)

70년대 중반 초여름, 그러니까 30대의 어느 날 해질녘에 나는 도박판과 빛바랜 원색 춘화도(春花圖)들이 널려 있던 세운상가 고가도로를 걷고 있었다. 나는 〈악의 꽃〉의 시인 보들레르가 센 강둑을 걸으면서 헐값으로 내 놓은 해부학 책 속의 사진판 그림에서 죽은 자들의 무리를 대신하는 해골을 발견하고 황폐함을 느꼈던 것만큼이나 지치고 피곤함을 느꼈다. 그래서 구름다리를 내려와 건너편에 있는 종묘를 찾아 돌담 곁 나무 그늘 아래 잠시 머물렀었다.

그때 나는 마치 이방인처럼 종묘(宗廟)가 조선조 임금님들의 위패를 모신 유교적인 신전(神殿)이란 사실은 전혀 모르고 단순히 피곤한 시민들의 휴식 공간으로만 잘못 알고 있었다. 그 당시 종묘는 세계 문화유산으로 지정하여 성역화 된 지금과는 달리 퇴계로에서 을지로를 거쳐 종로 3가로 연결되는 누추한 세운상가 고가도로가 끝나는 곳에 위치하고 있어 장기판을 벌이고 있는 노인들과 퇴적된 쓰레기 더미로 더럽혀진 돌담으로 인해 아름답고 성스러운 빛을 잃고 있었기 때문이다.

그러나 나는 그곳 종묘에 들어서자 뜻밖에도 다른 어느 곳에서도 쉽게 찾을 수 없는 성스러운 아름다움을 발견했다. 땅거미 내리는 어둠 속에 희미하게 보이는 돌로 된 넓은 뜰 뒤에 서 있는 검은 기와지붕과 붉은 주랑으로 이루어진 사당 건물은 장엄하면서도 절제된 아름다움을 보여주고 있었다. 그 순간 종묘의 숭엄한 모습은 "죽은 지 오래되어 무덤의 비밀을 알았다"는 모나리자의 신비스러운 아름다움처럼 내게 깊은 인상을 주었다. 그때 종묘의 아름다운 경내 풍경은 하루 동안의 피로는 물론 돌담 넘어 들끓고 있는 거리의 소음을 잊게 하고 근원적인 생명의 흐름과 다시 만나게 하는 듯한 느낌을 주었다.

그래서 오랜 세월이 지나는 동안 조용한 시간이 되면 나는 가끔 그때 그 시절에 길을 걷다 잠시 머물렀던 종묘의 풍경이 생각나곤 했다. 벗들과 산책 이야기가 나오면 나도 모르게 종묘를 언급했고, 그 절제된 옛 사원의 아름다움이 사진으로 보일 때는 이상하게 짙은 그리움으로 향수마저 느꼈다. 그러나 그 오랜 세월 동안 홍진(紅塵)에 묻혀 바쁘다는 이유로 한 번도 종묘를 찾지 못했지만, 내 의식의 한 구석에 마치 고향처럼 마지막 찾아가고 싶은 곳으로 남아 있어 왔다.

그러다 40년이 지난 오월 어느 날 그곳을 다시 찾는 시간을 가졌다. 뜨거운 햇빛이 쏟아지는 입구는 옛날과 달리 작은 나무숲으로 깨끗이 정비되었고 돌담도 새로 쌓아 두려워했던 것과는 달리 옛 정취를 느낄 수 있었다. 큰 기대를 안고 종묘 영내로 들어서자, 멀지 않는 곳에 내가 그토록 보고 싶어 했던 돌이 깔려 있는 넓은 공간이 펼쳐져 있고, 두개의 검은 기와지붕과 붉은 기둥으로 이루어진 건물이 주변의 자연 경관과 조화를 이루며 장엄하면서도 절제된 아름다움을 보여주고 있었다. 그러나 다시 본 종묘는 그 옛날에 내가 보았던 종묘는 아니었다. 그 숭엄했던 아름다운 빛이 보이지 않았다. 오월의 빛이 찬란하지만, 그날따라 초여름 같이 유난히 뜨거웠던 태양이 종묘 사원에서 발하는 빛을 보이지 않게 태워버리고 있었기 때문일지도 모른다고 생각했다.

그 옛날 종묘를 처음 찾았을 때, 나는 지금과는 달리 그곳에서 렘브란트 그림을 처음 보았을 때처럼, 마음에 지울 수 없는 깊은 인상을 남길 정도로 깊은 인상을 받았다. 그것은 아마 그때 나의 녹슬지 않은 순수한 나의 감수성이 종묘가 석양빛과 땅거미와 함께 신비스러운 조화의 아름다움을 이루고 있는 것을 공감각으로 지각할 수 있었기 때문이었을지도 모른다. 베일에 싸여 있는 유교의 사원, 종묘의 아름다움에서 보았던 그 유현한 빛은 무엇이었을까. 그것은 발터 벤야민이 "아무리 가까이 있지만 멀리 보이는 유일한 현상"으로서 축제일의 장엄함에서 볼 수 있는 것 같이, 보다 큰 근원적인 것과의 만남, 즉 삶 이전의 삶과의 만남을 의미하는 제의(祭儀)적인 교감에서 나타난다고 말한 아우라와도 같았다.

헨리 제임스가 언젠가 젊은 시절 사이가 나빴던 이웃 사람의 어린 외아들이 갑작스러운 병으로 죽었다는 말을 듣고 그 아이의 장례식에 갔다 와서 "감정이 있는 곳에 내가 있다"고 말했던 것처럼, 내가 그 옛날 종묘를 우연히 처음 찾아 들어갔을 때는 감정이 풍부했던 젊은 시절이라 어둠이 내리는 종묘의 뜨락 풍경이 내 마음에 지울 수 없는 깊은 인상을 주어 그것의 잔영이 그 오랜 세월 동안 기억에 남아 있었을 것이다. 그때는 내 감각이 지금처럼 둔감하지 않고 영적인 것과 함께하는 순수한 삶 그 자체를 느낄 수 있는 민감함을 지니고 있었을 뿐만 아니라, 빛과 어둠이 만나는 사원의 경내에 내리는 석양의 땅거미 또한 그곳의 제의적 숭엄미(崇嚴美)를 느끼게 하는 교감의 무드를 마련해 주었기 때문이었을 것이다.

지난 오월, 너무나 밝고 뜨거운 햇볕 아래 힘겹게 찾았던 종묘 문을 절망감 속에 뒤로 두고 나오며, "감정이 있는 곳에 내가 있다"는 말을 실현할 수 있고, 낙엽 지는 가을 해질 무렵에 이곳을 찾을 수 있다면, 잃어버린 옛날의 그 유현한 빛을 다시 볼 수 있으리라고 생각했다. 그러나 나는 프루스트가 "유일한 참된 낙원은 잃어버린 낙원이다"라고 말했던 것을 기억하고 있었다.

어느 합창단의 마지막 리허설

복련이 하얗게 피는 계절, 부활절을 보내고 '영문학 산책' 화요강좌에 나갔더니 함께 고전을 읽는 성악가 한분이 합창단을 이끌고 미국으로 순회공연을 가게 되었다고 말했다. 순간 나는 비극적인 생을 마친 미국 시인 애드거 앨런 포의 어머니가 유랑극단 소프라노 가수였다는 사실에 대한 기억 때문인지, 순회공연이란 말에 저항 할 수 없는 매력을 느꼈다. 그래서 나는 스치는 말로 그에게 길 떠나기 전 마지막 리허설을 한번 보고 싶다고 했다.

그의 합창단은 음악학교를 나온 사람들로만 이루진 것이 아니라 오래전 같은 여고를 졸업한 동창생들로 구성되었기 때문에 연습 장소는 이름 있는 음악 홀이 아니라 모교 김마리아회관인 루이스 홀이었다.

나는 특별한 기대를 하지 않고 그 곳을 찾았으나 어리고 젊은 학생들과 함께 대학 캠퍼스에서 오랜 세월을 보냈기 때문인지, 목련이 피어 있는 그 여학교 교문을 들어서자 이상하게 짙은 향수를 느꼈다.

승강기를 타고 지하로 내려가 마지막 합창 연습을 하는 강당을 찾아 자리에 앉았다. 꽃 그림이 그려져 있는 커튼 막도 없는 열린 무대에서 몇 사람의 관람객과 더불어 마지막 연습무대가 시작되었다. 지휘를 맡은 분이 순회공연을 앞두고 있는 이 합창단을 아마추어라고 말했지만, 프로페셔널 합창단 못지않게 우아하고 아름다운 화음을 만들어 내고 있는 것을 듣고 경이감에 적지 않게 놀랐다.

이 합창단의 마지막 연습 공연은 나로 하여금 그때까지 희미하게만 알고 있었던 미의 실체에 대한 개념을 분명히 깨닫게 하는 기회를 가져다주었다. 나는 이 합창단 마지막 리허설을 보며 미(Beauty)가 '전일성(integritas), 조화(consonantia), 광휘(claritas)' 세 가지로 되어 있다는 토마스 아퀴나스의 말은 물론 "미는 진리이고 진리는 미다"라고 노래한 존 키츠처럼 미가 진리와 같은 영역에 있다고 말한 미국의 유명한, 하얀 깃발의 여류 시인 에밀리 딕킨슨이 추구하고 있는 낭만적인 시 세계를 음악적인 현실을 통해 체험 할 수 있었다.

나는 미를 위해 죽었다
그러나 무덤에 눕자마자
진리를 위해 죽은 자가
옆방에 와서 눕혀졌다.

그는 "왜 죽었느냐?" 조용히 물었다,
"미를 위해서." 나는 대답했다―
"나는 진리를 위해서요―진리와 미는 하나지요―
우리들은 형제요." 그는 말했다.

그래서 우리는 친족으로 밤을 맞이했고
우리는 방과 방 사이에서 얘기했다
이끼가 입술까지 올라와
우리들의 이름을 덮을 때까지.

토마스 아퀴나스가 아름다움을 종합적으로 인지하는 과정에서 미의 조건으로 전일성을 말한 것은 부분으로 이루어진 전체성이 플로티누스가 주장한 '신성한 하나의 존재(Divine One)'와 깊은 관계가 있기 때문이다. 이 것은 하늘을 날아오르는 새떼들이 나타내는 전일성의 아름다움에서도 찾아 볼 수 있다. 다음으로 아퀴나스가 '조화'를 언급한 것은 우리가 인지하는 미의 대상이 '하나'로 존재하지만, 그것은 여러 개의 다양한 부분들이 조화롭게 이루어진 결과, 즉 하나의 복합체라는 사실을 의미한다. 마지막으로 그가 현현(顯現)에서 나타나는 투명한 빛과 같은 의미를 지닌 광휘(光輝)를 미의 최고의 특성으로 말한 것은 그것이 그림자에 지나지 않는 물질과는 달리 사물의 본질이라는 사실을 지적하기 위함이다. 여기서 그가 말하는 빛은 플라톤의 철학에서 어둠을 뚫고 세상을 밝히는 실재(實在), 즉 초월적인 세계에 있는 이상적인 완전한 진리를 나타내는 비유적 이미지다. 존 키츠와 에밀리 디킨슨 모두가 "미는 진리이다"……"미는 진리와 같은 방에 있다"고 말한 것은 그들이 추구하는 미의 세계가 플라톤이 추구하는 완전한 이상 세계와 함께 하고 있다는 것을 의미한다.

제임스 조이스가 《젊은 예술가의 초상》에서 토마스 아퀴나스의 미학을 이야기하며 나쁜 예술 작품은 욕망과 혐오감을 일으키는 반면, 좋은 예술 작품의 아름다움은 정적인 정지 상태에서 기쁨으로 이해되는 것이라고 말한 것도 위에서 언급한 스콜라 철학의 추상적인 형이상학에서 비롯된 것이리라.

그런데 그 여고 동창 음악회 마지막 리허설의 아름다운 화음에서 느끼고 발견한 미는 토마스 아퀴나스와 베네데토 크로체의 인상주의 미학 이론으로만 접근할 수 있는 것은 아니었다. 그것이 내 마음에 일으킨 울림은 현대 미학이론을 이해하는 데도 도움을 주었다. 보들레르는 신이 만든 척박한 자연을 모방하는 것을 거절하고 인간 재능의 힘으로 미를 창조해야 한다고 말했고, 월터 페이터는 미를 창조하는 예술의 힘은 삶에 대한 감정과 의식을 깊게 하기 위한 울림에 달려 있다고 했다.

바람처럼 스쳐가는 우연한 이벤트였지만, 태평양 건너 순회공연을 떠나는 여고 동창회 합창단은 그날 내게 이렇게 미에 대한 큰 깨달음을 가져다 줄만큼 훌륭했다. 일 년 넘게 연습을 했기 때문이라고 하지만, 전문 음악인들로 구성된 어느 합창단 못지않았다. 연령층이 다르고 생활하고 일하는 곳도 서로 다르지만, 하얀 옷을 입은 단원들이 하나가 되어 검은 옷을 입은 지휘자의 손 움직임에 따라 만들어내는 격이 높은 화음은 피어오르는 하얀 목련처럼 아름다웠다. 비록 뒷자리에 앉아 있었지만, 그들이 쉽게 빠질 수 있는 아픔과 슬픔 같은 온갖 눈물의 센티멘털리즘을 극복하고 개인적인 감정을 승화시키며 탁월한 화음으로 하나가 되는 조화를 이루어 존재의 본질에서 오는 빛처럼 찬란한 빛을 발하는 것을 바라보고, 나는 황홀함에 가까운 즐거움을 느꼈다.

목련이 활짝 핀 정신여고 교문을 나서며 코러스 합창단이 만들어 내는 아름다운 화음의 목소리가 신의 소리인가 아니면 인간의 목소리인가 순간적인 착시현상으로 나는 깊은 물음에 빠졌었다.

금강석 광휘(光輝)와 진주의 빛

　창백한 햇빛 속에 봄이 오고 있던 지난해 3월 어느 날 오후였다. 나는 영문학 '화요강좌'를 끝내고 교실을 나와 차를 한 잔 마시기 위해 휴게실을 찾았다. 그때 나는 탁자 위에 사진잡지 한권이 놓여 있는 것을 발견하고, 눈길이 가서 몇 장을 넘겼다. 중년을 훨씬 넘긴 우아하고 섬세한 여인의 손에 다이아몬드 반지가 눈부시게 빛을 발하고 있는 흑백 사진이 눈앞에 다가왔다. 순간 나도 모르게 마음에 끌려 반지 낀 여인의 손을 자꾸만 들여다보게 되었다. 거리를 두고 보면 볼수록 더욱더 아름답다고 느꼈다. 나이가 들어보였지만, 아직 굳어지지 않고 유연해 보이는 손이 투명한 빛을 발하는 다이아몬드 반지와 완벽한 조화를 이루어 아무도 쉽게 볼 수 없는 '숨은 꽃'처럼 그러나 감각적으로 느낄 수 있을 만큼 깊고 우아한 미를 발산하고 있었다.

　만일 그 반지를 끼고 있는 손이 신부(新婦)나 혹은 처녀의 손이었다면 그렇게 깊고 우아한 미를 보여줄 수 없었을 것 같았다. 입술 언저리에 잔주름이 나있는 그 여인의 손에서 찬란하게 빛나는 그 다이아몬드 반지의 아름다움이 계속 잊혀지지 않는 것은 그것이 미성숙한 눈에는 쉽게 드러나 보이지 않는 깊고 원숙한 아름다움을 지니고 있기 때문이리라.

그때 그 사진 속의 반지 낀 여인의 손이 그렇게 황홀함을 느낄 만큼 우아하고 아름답다고 느꼈던 것은 아마 그 시간에 이르기까지 내가 다이아몬드 반지에 특별한 관심이 없었고, 또 스치기는 했지만, 그것을 낀 여인의 손을 유심히 바라본 적이 없었기 때문이다.

그렇다면 이러한 미는 어디서 오는 것일까? 그것은 아마 비극적인 폐허 장면에서 볼 수 있는 견인력 때문이 아닐까 생각했다. 다이아몬드 광휘(光輝)는 마치 어두운 심연의 벽을 꿰뚫을 수 있는 빛처럼 무쇠보다 강인한 견인력에서 온다고 나는 생각했다.

그 보석의 빛이 그렇게 맑고 아름다운 것은 지하 500~900m에서 압축된 상태로 있던 마그마가 급격하게 상승하여 지표 부분에서 굳어진 모암(母岩) 킴벌라이트에서 나온 것이기 때문이라고 한다. 그렇다면 다이아몬드 보석이 상징하는 것은 최고의 성숙미를 나타낸다고 말할 수 있지 않을까.

그런데 중요한 것은 반지를 낀 여인의 손 모양이 그렇게 아름답게 보이는 것은 다이아몬드 반지 때문만이 아니다. 그것을 끼고 있는 손이 마치 고귀한 조각처럼 금강석의 빛과 조화를 이룰 만큼 견인력을 통한 원숙하고 우아한 모습을 보이고 있기 때문이었다. 반지 낀 여인의 손은 시간의 무게로 보이지 않게 굳어져 가고 있었지만 다이아몬드 반지의 빛만큼이나 죽음에 저항하는 과정에서 비극미를 나타낸다는 느낌을 받았다.

물질적인 욕망에만 눈이 멀어 사물의 현상에 대한 통찰력과 인식 능력이 부족한 사람들은 '무질서 가운데 아름다움' 같은 황폐하고 일그러지는 것 가운데 나타난 비극미, 즉 원숙한 아름다움은 물론 '사라지는 것 속의 미(美)'를 찾지 못한다. 삶에 대한 충분한 경험은 물론 진실과 함께 하는 지식과 지혜, 그리고 사물의 본질을 꿰뚫어 볼 수 있는 눈을 갖지 않으면, 풋풋함은 잃었지만 고귀한 조각처럼 보이는 반지를 낀 여인의 자줏빛 하얀 손이 얼마나 우아하고 아름다운지를 모른다. 미숙하고 거친 아이들은 모른다. 요람에서 무덤으로 가는 순례자가 시간의 바다에서 풍부한 경험으로 쌓아 올린 나이테 무늬의 아름다움과 그것에서 발하는 '아우라'가 무엇인지 모른다.

과학 문명시대에 과거의 전통이 비록 신뢰를 잃고 있지만, 굳어져 가는 반지 낀 손이 뒤에 두고 있는 시간의 에너지는 완전히 소멸되어 사라진 것이 아니고 보이지 않는 깊은 곳에 축적되어 있다. 발터 벤야민은 《태풍》에서의 셰익스피어처럼 과거의 바다는 뼈를 산호로 만들고 눈을 진주로 만드는 심연이라고 말했다. 한나 아렌트는 이것을 두고 다음과 같이 말했다.

……현재에 의해 유지되는 이 같은 사고는 그것이 과거로부터 떼어 낼 수 있고 또 주위에서 주워 모을 수 있는 '사고의 편린들'을 대상으로 한다. 바다 밑바닥을 파헤쳐 밝히기 위해서가 아니라 값지고 기묘한 것들, 즉 심연에 있는 산호와 진주를 뜯어 내 그것들을 표면으로 가져오기 위해 바다 밑으로 내려가는 진주 캐는 사람처럼 이런 사고는 과거의 심연을 탐구한다. 하지만 그것은 옛날 그대로의 과거를 소생시키려는 것도, 사라진 시대의 부활을 가져오려는 것도 아니다. 이러한 사고를 이끄는 것은 비록 살아 있는 것은 시간의 황폐에 굴복하지만 부패의 과정은 동시에 결정(結晶)의 과정이라는 확신과 함께, 한때 살아 있던 것이 가라 앉아 용해되는 깊은 바다 속에서는 무언가가 '바다 작용에 의한 변화를 겪고'도 환경에 정복당하지도 않은 채로 남아 있는, 새롭게 결정된 형태와 모양으로 살아남는다는 것을 확신한다.

다이아몬드 반지를 낀 그 여인의 손이 비록 흑백사진 속이었지만, 그렇게 아름답게 보였던 것은 시간의 바다에 묻혀 만들어지는 진주의 견인력과 같은 것으로 보이기 때문이 아니었을까 하고 나는 길을 걸으며 생각했다. 사실, 진주의 빛은 그 우아함 속에 숨어 있기 때문에, 번쩍이는 것만 눈에 보이는 사람들에게는 보이지 않는다.

나는 번쩍이는 것을 좋아하지 않기 때문에, 다이아몬드를 사치품으로만 생각하고, 그것에 대해 한 번도 관심을 가져본 적이 없다. 다이아몬드의 찬란한 광휘(光輝)가 어둠을 뚫고 오는 빛이란 사실을 알게 된 것도 그 반지를 끼고 있는 손이 시간의 무게로 보이지 않게 굳어져 가지만 그것이 진주처럼 견인력의 숨은 빛을 보이고 있기 때문이었다. 다이아몬드의 투명한 빛과 진주의 우아함이 모두 어둠의 시간을 이겨 낸 견인력의 결정체로 이루어진 아름다움이란 것을 인식 할 수 있는 깨달음 때문이었다.

절제의 미학

샌프란시스코에서 그리 멀지 않은 스탠퍼드대학에 머물 때, 나는 그곳의 날씨가 너무나 좋아 팔로알토 대학가를 즐겨 걸었다.

여느 때와 마찬가지로 어느 일요일 오후 산책을 나갔다가 팔로알토 역 부근에 있는 어느 낡은 고미술점 하나를 발견했다. 진열장 안을 들여다보았더니 주변의 밝은 풍경과는 대조적으로 이색적인 부처의 좌상(坐像)이 놓여 있고 옛 사람들이 쓰던 장신구 등이 진열되어 있었다. 나는 야릇한 향수를 느끼면서 가게 안으로 들어가 보았다. 거기서 조형미가 뛰어난 상형문자가 새겨져 있는, 직선으로 깎은 청동 위에 앉아 있는 이집트 여인상 하나를 발견하고, 그것이 지닌 기하학적인 아름다움에 마음이 무척 이끌렸다. 그러나 값이 200달러가 훨씬 넘어 살 엄두를 내지 못하였다.

몇 개월이 지나 팔로알토를 떠날 때쯤 되어 다시 들렀더니 그 여인상은 이미 팔리고 없었다. 나는 천재일우로 발견한 소중한 아름다움을 상실한 듯, 한참이나 아니 지금도 잊지 못하고 아쉬워하고 있다.

이러한 나의 경험은 수년 전 어느 추운 겨울날 우연히 장한평에 나갔다가 한 욕심 많은 골동품가게 주인이 가야시대 항아리를 잠깐 보여주고는 얼른 숨기던 경우와 마찬가지였다. 그 주인에 따르면, 그 항아리는 어려서 죽은 어린이의 시체를 담아 땅 속에 묻었던 것이었다. 하지만 그런 사연은 아랑곳없이 흙빛이 잘 살아 있고 조형미가 뛰어났다.

내가 옛 장인들이 만든 이러한 예술품들에 강렬한 인상을 받고 유난히 마음이 이끌리는 것은 그것들이 지니고 있는 단순하면서도 기하학적이고 원시적인 아름다움 때문이다. 다시 말하면, 내가 원시적인 조형물 가운데 나타난 기하학적인 미를 사랑하는 것은 그 안에서 늪과도 같은 인간의 감상적인 경험을 통제하고 무한한 공간을 축소해서 압축할 수 있는 절제의 미학을 발견할 수 있기 때문이다. 전쟁 속에서 요절한 천재 비평가 흄이 원시적이고 기하학적인 예술에서 외부 세계와의 단절을 의미하는 '공간의 부끄러움'은 물론, 지나친 욕망으로 빚어진 원죄 문제를 속죄하려는 종교적인 의지마저 감지할 수 있었던 것도 결코 우연한 일이 아닌 듯하다.

태고적(太古的)부터 영겁으로 불고 있는 광막한 이집트 사막의 무서운 바람 속에서도 차가운 바윗돌 위에 단정히 정좌하고 있는 그 여인상의 경건한 모습과 어린 나이에 죽은 아이의 몸과 영혼을 담고 수천 년 땅 속에 묻혀, 그 무서운 시간의 무게를 이겨내고도 한 점 흐트러짐 없이 나의 눈앞에 나타났던 그 항아리에서 그렇게 심오한 아름다움을 느낀 것은 구도자의 금욕주의와도 비교할 수 없는 여물고 단단한 절제의 미학이 나의 영혼을 울려주었기 때문이 아닐까. 나이가 들면서 유난히 옛 장인들의 손길이 깃든 고미술품을 사랑하게 된 것은 어떤 예술작품에서보다 강인한 인간 정신을 발견할 수 있기 때문이다.

그리스 시대의 아름다운 비너스상이나 힘센 근육을 자랑하는 로댕의 〈생각하는 사람〉이 아니어도 좋다. 역사를 창조하고 문명을 일으킨 인간의 지혜를 간직한 대학 도서관이라면 어디에서나 흔히 마주치는 학자들의 조상(彫像)이면 충분하다. 그들은 짧은 생애, 제한된 시간 속에서 인간으로서의 책임을 다하며 외길을 걸은 역사의 거인들이다. 그래서 그런지 그들의 흉상을 대하면 기하학적인 미에 가까운, 절제되고 강인한 인간 정신의 아름다움이 배어나온다.

　그래서 나는 훌륭한 조각품을 볼 때마다, 인간이 지닌 가장 아름답고 숭고한 모습들이 굳어져서 죽음의 시간과 싸워 이기고 있는 것을 발견하고 깊은 승리감과 즐거움을 느낀다. 파블로 피카소도 이러한 현상을 발견했기 때문인지 만년에 가서, 비록 구리와 돌은 아니었지만 리놀륨 판화를 그렸다. 죽음을 앞둔 그는 유년시절의 고향을 회상하면서 원색의 메타모르포제(metamorphose)인 뛰어난 갈색과 흑색을 사용해 스페인의 정열적이고 아름다운 풍경을 자연이 아닌 인간 공간에다 독특하게 창조했다. 그래서 나는 예술가가 창조한 아름다움은 신이 창조한 아름다움과 다르다는 것을 알고, 또 더 훌륭하게 느낄 때도 있다. 물론 신은 우리가 이해할 수 없는 아름나움으로 가득 찬 우주를 창소했지만 말이다.

　눈을 뜨면 자연 어디에서든지 무한한 아름다움을 발견할 수 있다. 무성하게 피어오르는 뭉게구름이 있는 하늘에도, 굽이쳐 흐르는 강물에도, 아니 차가운 겨울 하늘을 향해 손을 펼치고 있는 나목 한 그루에도 아름다움이 있다. 그러나 자연에서 볼 수 있는 아름다움은 거대한 우주 공간에 뿌리박고 있기 때문에 인간 세계의 공간으로 가져올 수는 없다. 이를테면, 파도 소리가 들리는 바닷가 모래밭에 흩어져 있는 아무리 아름다운 진주 조개라도 그것을 집으로 가져와서 책상 위나 벽난로 위에 놓고 보면 그 아름다운 빛을 상실하고 만다. 들에 핀 풀꽃 한 송이도 꺾어서 가져오면 그러하고, 가을날 아름답게 물든 단풍잎 하나도 그러하다.

　어떻게 생각하면 인간은 '자연의 미'를 인간적인 공간 속으로 가져올 수 없기 때문에, 그것에 대한 '모방'을 통해서 예술을 시작했고, 불완전한 자연의 미를 완성시키는 것이 예술인지도 모른다. 그래서 살아 있는 유기체로서 자연이 지니고 있는 미는 인간이 백지와도 같은 무(無)의 공간에서 새로이 창조한 예술적인 미와는 다르다.

　예술가가 창조한 화폭이나 조각된 형상들은 실제로 자연처럼 살아서 숨 쉬는 유기체는 아니지만, '에스프리(esprit)'라는 이름의 인간 정신으로 가득 찬 '유기체 아닌 유기체'로 구성되어 있다. 그래서 훌륭한 예술가들이 만든 작품 하나하나에는 표현하고자 하는 대상은 물론 그것을 나타내는 색채나 선에도 숭고한 인간 정신이 숨어 있다. 우리의 시야에 조형물로 뚜렷하게 나타나지 않는 풍경화 한 점이라도 그러하다. 저 유명한 모네의 〈수초〉를 예로 들어보자.

그 인상 깊은 그림을 보는 사람이라면 누구나 화폭에 그려져 있는 수초가 실제의 그것보다 빛이 짙고, 더욱 아름답다고 느낄 것이다. 모네가 여름날 연못에서 자라는 수초를 그렇게 아름답게 그릴 수 있었던 것은 있는 그대로가 아니라, 생명력을 상징하는 물 위에 떠 있는 수초 가운데서 직관적으로 발견한 내면적인 본질을, 그의 상상력은 물론 에스프리와 함께 오는 육감적인 감수성으로 표현할 수 있었기 때문이다. 이런 과정을 거쳐 불완전한 대상은 완전한 예술로 다시 태어난다. 치열한 절제의 미학 속에 농축시킨 선과 색채로 변형시켜 불완전한 대상을 완전한 것으로 만들었기 때문이 아닌가 한다.

또 그가 화폭이라는 탁월한 구도 속에서 발견한 수초의 놀라운 아름다움을 발견했을 때는 그것이 지니고 있는 깊고 푸른빛과 젊고 아름다운 인간이 지니고 있는 풋풋한 생명력과 비교하려는 생각도 없지 않았을 것이다. 고흐가 자연 가운데에서 타고 있는 불꽃을 발견하고 그것을 화폭에 옮겨놓아 탁월한 예술작품을 창조한 것도, 불타는 듯한 〈해바라기〉처럼 자신의 뜨거운 정열과 생명력 속에서 불타버려야만 하는 비극적인 운명을 그 속에서 직관에 가까운 에스프리로 발견했기 때문일 것이다.

또 나는 피카소가 '청색시대'에 그린 명화 〈인생〉과 〈곡예사 가족〉이란 작품을 무척 사랑하는데, 그것들 안에서 황량한 자연이나 불행한 사회 환경과 싸우면서 힘겨워하는 경건한 인간의 우울한 모습 가운데서 인간의 양심과 동정을 불러일으키는 도덕적인 절제의 미학을 발견할 수 있기 때

절제의 미학 151

문이다.

샤갈의 그림이 우리의 마음에 와 닿는 것도 그것이 비록 초현실주의로 환상적인 면을 지니고 있지만, 다른 화폭에서 찾아볼 수 없는 신비스럽고 완전한 평화 속에서 인간의 구원 문제를 종교적인 바탕 위에 원시적인 색채로써 탁월하게 형상화했기 때문이다.

이러한 미학적인 현상은 동양화의 경우에도 마찬가지다. 나는 인간을 자연 가운데서 왜소하게 그리거나 인간을 자연과 일치시키는 동양화에 대해서는 별다른 감동이나 미적인 아름다움을 발견하지 못한다. 그러나 갈매색 푸른 하늘을 등지고 웅장하게 솟아 있는 큰 산의 자태를 힘찬 선으로 그린 산수화와 넓은 절벽 끝이나 혹은 넓은 여백의 공간을 두고 청초하게 자라난 난초 등에서는 지고한 아름다움을 발견한다. 그것들은 모두다 죽음과도 같은 자연주의적인 어려움 속에서도 인간 의지와 지조를 굽히지 않는 엄정하고 우아한 모습들을 격조 높게 형상화했기 때문이다.

그런데 동양 예술 가운데 무엇보다 나에게 크나큰 미학적 충격을 가져다주는 것은 한지 위에다 침묵을 말하는 검은 먹으로 힘차고 단정한 미학으로 고고하게 써내려간 서예다. 자크 데리다의 '글쓰기'에 대한 근원적인 이론을 빌려오지 않더라도, 그것은 항상 곧게만 자라는 대나무를 그린 묵화와 함께 고매한 인간 정신을 탁월하게 표현하고 있다.

글쓰기가 바로 자연을 초월한 인간 영혼의 시원(始原)과 깊은 관계를 맺고 있다는 것을 생각하면, 그것은 어느 그림 못지않게 흰 여백이라는 자연 공간을 인간 정신과 얼로써 가득 채우고 있다고 볼 수 있다. 특히 내가 나이가 들면서 훌륭한 서예에 대해서 남다른 아름다움을 느끼는 것은 그것이 무서운 절제 속에서만 발견할 수 있는 기하학적인 은유의 미학을 지니고 있기 때문이다. 그래서 옛 선비들은 서예를 서도(書道)라고 말했나 보다.

조용히 우리 주변을 돌아다보면 인간적인 절제의 미학이 없는 곳에는 결코 아름다움이 존재할 수 없다는 것을 발견하게 된다. 왜냐하면 거기에는 미에 있어서 가장 중요한 절제를 통한 균형과 조화, 그리고 투명한 빛이 없기 때문이다. 생명력이 자연이나 예술 가운데서 아무리 중요한 요소라도, 그것이 절제를 잃고 나타나면 광란스럽고 추해 보이며, 아름다운 꽃이나 유월의 싱싱한 나뭇가지에서 볼 수 있는 그 아름다움을 결코 지닐수가 없다. 한 송이 꽃이 필 때는 그 뒤에 얼마나 뜨거운 정열이 불타고 있겠는가! 그러나 그 꽃은 그것을 기하학적인 구도와 틀 속에 압축하고 절제시켜, 독특한 빛으로 형상화시키기 때문에 그것이 우리들 눈앞에 그렇게 고와 보이는 것이다.

꽃은 살아 있는 생명이지만 잠깐 피었다가 시들어버리는 반면, 예술가가 화폭에 그린 꽃은 눈으로 볼 수 없는 에스프리를 지니고서 더욱 진한 빛으로 영원히 불타고 있다. 그림 속의 꽃에는 자연과 다른, 결코 꺼지지 않는 인간 영혼이 깃들어 있기 때문이다.

인간 정신이 자연보다 훌륭한 미를 창조하는 데 얼마나 중요한 역할을 하는지는 미국 시인 월리스 스티븐스의 〈항아리의 일화〉에서 잘 설명되고 있다. 그는 이 시에서 항아리 한 점을 벌판의 언덕 위에 올려놓았더니, 그것이 황량한 들판에 탁월한 질서를 형성했다고 들려준다. 항아리는 인간이 만든 하나의 정물에 지나지 않지만 항아리가 그곳에 놓였을 때 황량한 벌판이 언덕을 둘러싸게 만드는 결과를 가져와서 무질서했던 황야의 모든 영역을 지배하는 미학적인 현상을 창조했다고 그는 노래한다. 아무리 거친 자연 공간일지라도 예술가가 창조한 조각품을 한 점이라도 놓으면, 그것이 자연과 독특한 조화를 이루어 아름다운 미적 공간을 창조한다.

그래서 나는 눈으로 볼 수 있거나 없거나 간에, 인간 정신이 깃들어 있고, 절제된 인간의 모습이나 그 그림자가 담겨 있는 곳에서는 어디에서나 견인적인 미를 발견한다. 생을 바라보듯 유리벽이나 유리창을 내다보고 있는 어린이들의 모습을 담은 사진에서도, 또 세월에 마멸되어 가는 주름이 깊은 인간의 숙명적인 모습에서도 나는 어쩔 수 없는 아름다움을 발견한다.

원시적인 이집트 여인상(女人像)이나 뛰어난 조형미를 지닌 원시인들의 토기에서 발견하는 기하학적인 소박한 단순미를 낭만적이고 유기적인 자연의 아름다움보다 더욱 좋아하는 것은 자연인이면서도, 그것을 완성시키려는 인간적인 미학 의지를 지니고 있기 때문이다.

사색과 경험

서재를 정리하면서

나는 날 때부터 정리벽이 부족한 사람이었다. 그래서인지 어려서부터 책을 수집하는 일을 무척 좋아해 왔지만 그것을 목록에 따라 정확히 분류하지 못하고 서가(書架)에 아무렇게나 꽂아두었다. 그래서 글을 쓰다가 어떤 책이 필요해서 찾을 때는 서재의 사방을 뒤지는 버릇을 지니고 있다.

지난밤 어떤 글귀가 떠올라 그것을 확인하려고 서재에서 책을 찾다가 못 찾고 지치기만 했다. 그래서 나는 책들을 순서에 따라 정리하지 못하고 아무렇게나 꽂아두었던 게으른 자신을 슬퍼하며, 무질서하게 꽂아놓은 책들을 서가에서 서재 바닥으로 쓸어내렸다. 그리고 밤이 늦도록 정리하는 일을 시작했다.

책을 정리하는 일은 처음에 생각했던 것보다 훨씬 즐겁고 흥미로웠다. 분류된 목록의 순서에 따라 다시 책을 꽂아놓기 위해 흩어진 책들을 한 권 한 권 먼지 묻은 손에 들고 그 책이름을 들여다 볼 때마다 그것들을 수집할 때에 있었던 먼 과거의 일들이 물 위에 뜬 꽃잎처럼 떠올랐다. 수집가에게 있어서 서가에 꽂혀 있는 책들은 "파도처럼 밀려드는 추억의 밀물을 막는 둑"이라고 누가 말하지만, 흩어진 책들은 그야말로 추의 그 자체였다. 고서(古書)들은 사진첩처럼 낡은 것이었지만 그것들 한 권 한 권은 그것대로의 온갖 추억의 무게를 무겁게 싣고 있었다.

대학 시절 나는 무척이나 가난했다. 그러나 찰스 램의 말처럼 가난 속에서 책을 어렵게 구입하는 기쁨은 있었다. 다시 말해, 나는 젊은 시절 학교에 다닐 때 사고 싶은 책이 있어도 한 번도 마음 놓고 구입한 적이 없다. 지금 서재 바닥 한 모퉁이에 쓰러져 있는 두툼한 원서 한 권을 갖고 싶어서 책방을 찾아 들러서 만져보기를 수없이 거듭했으나 그것을 구입할 능력이 없어, 결국 시집 간 작은고모를 졸라서 구입한 것이다. 지금은 책 표지의 빛이 바랬지만, 그 속에는 내가 그것을 들고 벅찬 마음으로 종로에 있던 그 양서점(洋書店) 문을 나오던, 초라했지만 행복했던 내 모습이 지워지지 않고 짙은 그림자를 드리우고 있는 듯했다. 또 크기와 부피 때문에 눈길이 가는 영영사전 한 권을 손에 들고 보았더니, 내가 첫 원고료를 받아서 기념으로 구입한 것이란 표식이 속표지에 씌어 있었다. 이것만이 아니었다. 책을 구입하는 과정에 있어서의 어려움과 기쁨은 다른 책에도 무수히 묻어 있었다. 하버드 대학의 데이비드 퍼킨스가 편집한 영국《낭만주의 시인 선집》의 자줏빛 나는 책 겉표지를 넘기니 '나의 노동의 대가로 받은 돈으로 구입한 책'이라고 쓴 글씨가 빛바랜 잉크 글씨로 나타났다. 그 책은 내가 미국에서 고학으로 대학원 공부를 할 때, 책값이 너무 비싸서 쉽게 구입할 수가 없어서, 대학 구내식당에서 일을 해주고 받은 돈으로 구입한 것이었다. 그 당시 나는 그 책을 두 권 사서 한 권은 나를 마음으로 도와준, 같은 기숙사에 있었고 지금은 미국 어느 대학에서 18세기 영문학을 가르치고 있는 미국 친구에게 주었다. 그랬더니 그 친구는 학교를 졸업할 무렵 그 책에 대한 답례로 보나미 도브레가 쓴 옥스퍼드 판《18세기 영문학사》한 권을 사서 주었다. 그와 말없이 나누었던 아름다운 우정도 세월 속에 묻혀 까맣게 잊고 있다가, 그 자줏빛 책을 다시 서가에 꽂다가 생각이 났다. 영원한 망각 속에 묻어 버리기에는 너무나 아름다운 벗이었다. 그러나 그는 지금 만나볼 수 없고 다만 기억 속에 살아 있을 뿐이다.

그러나 모든 책들이 그렇게 힘겹게 얻어진 것은 아니었다. 어떤 책들은 내가 대학원 공부를 마치고 돌아올 때 졸업 기념으로 은사께서 사주신 것들도 많다. 책마다 사인은 되어 있지 않지만, 표지와 책제목만 보아도 그때의 일들을 기억할 수가 있었다. 은사님으로부터 받은 또 한 권의 책은 교수님이 은퇴하시고 돌아가시기 전 마지막으로 자택을 방문했을 때 주신 것인데, 선생님께서 여러 해 동안 대학 강단에서 직접 사용하셨던 책이었다. 마흔을 넘기면서 하버드 대학에서 1년 머물다 돌아오는 길에 선생님 댁에 들러 선생님으로부터 물려받은 그 책에 담긴 의미를 처음에는 몰랐다. 그러나 귀국을 해서 짐을 풀어 그 책을 다시 열어보았을 때 미국 문학을 강의할 경우 도움을 주시기 위해 그 책을 나에게 주신 것이란 사실을 쉽게 알 수 있었다. 서가에 꽂기 전에 선생님께서 베풀어주셨던 사랑이 밀물처럼 밀려와서 낡은 책장을 한 장 한 장 넘겨 보았더니, 여백이 있는 곳마다 선생님께서 오랫동안 강의하셨던 내용이 깨알처럼 씌어 있었고, 사이사이 타이프를 친 선생님의 강의안이 풀로 단단히 붙여져 있었다.

그 책은 결코 돈으로 가늠할 수 없는 선생님의 얼이 담긴 귀중한 정신적 유산이었다. 다음 순간 책을 직접 베껴 쓴 고서(古書)가 어느 도서 품평회에서 가장 비싼 값이 나갔다는 말의 참뜻을 이해할 수가 있었다. 선생님의 손때 묻은 그 책을 다시금 펼쳐보았을 때, 책의 생명에 대해 다시 한 번 생각하지 않을 수 없었다. 선생님께서 그렇게도 아끼던 책을 나에게 주신 것은 스스로 자신의 죽음을 예측하시고 책의 생명을 다시 살리기 위함이었을 것이다. 그것이 만일 문학을 알지 못하는 사람의 손에 떨어졌다면, 폐품으로 처리되었을 것이다. 도서관으로 보내졌다고 해도 나의 손 위에서처럼 그 생명이 살아나지는 않았을 것이다.

이러한 경우는 흰색 무명천으로 우아하게 장정을 한 1934년판 제임스 조이스의 《율리시즈》를 눈앞에 흩어져 쌓인 책 더미 속에서 찾아 제자리에 꽂을 때 다시금 생각이 났다. 20세기 영문학사상(英文學史上) 최고의 걸작으로 알려진 이 책은 1979년 보스턴에 머물면서 일요일마다 서울 법대 송상현 교수와 이화여대 이동원 교수, 그리고 작고하신 하버드 옌칭 도서관의 백린 선생과 함께 찾아간 벼룩시장에서 단돈 1불을 주고 구입한 것이다. 이 책은 조이스를 전공하는 학자들에게 바이블만큼이나 소중한 책이고 나에게 있어서도 재산 목록 1호에 들어갈 만한 귀중한 고서이다. 그런데 내가 이 책을 만져볼 때마다 내가 보스턴 부근의 어느 벼룩시장에서 큰 횡재를 했었다는 생각보다 내가 폐품에 가까운 잡동사니더미로부터 이 책의 생명을 구해 주었다는 생각을 한다. "진정 한 수집가에게는 한 권의 고서를 얻는 것이 곧 그 책의 재탄생을 의미한다 해도 과장이 아니다"라는 발터 벤야민의 말은 이러한 사실을 의미하는 것이라고 생각된다.

그러나 내가 이들 책을 계속해서 읽지 않을 때는 그 생명을 완전히 구했다고 말할 수는 없겠다. 이러한 생각은 아프리카로 간 어느 수녀님 한 분이 주고 가신 도스토예프스키의 영문판 《카라마조프의 형제들》을 보았을 때 또 한 번 일어났다. 나는 그 책을 읽지 않은 채 책꽂이에 몇 년을 두고 꽂아놓았기 때문이다. 그러나 아나톨 프랑스가 그의 서재를 돌아본 어느 팔레스타인 사람의 물음에 다음과 같이 한 말을 기억하고서는 어느 정도 위안을 얻었다. "선생님은 이 책을 모두 읽으셨는지요?" "아마 십분의 일도 채 못 읽었을걸요. 당신도 세브르 도자기를 매일 사용하시지는 않을 텐데요." 이러한 대화를 기억하면 책을 다 읽지 못해도 책을 수집하는 작업은 그래도 책의 생명을 구해 준다고 말할 수 있지 않을까. 왜냐하면 책을 다 읽지 않더라도 그것이 있을 자리에 두고 보는 것 또한 그것에 생명을 부여한다고 말할 수 있기 때문이다.

그런데 나는 책을 수집할 때 꼭 반드시 새 책만을 고집하지 않는다. 어떤 책이 절판이 되었을 때 그것을 구입한다는 것이 어렵기도 하겠지만, 다른 사람이 깨끗이 사용한 책을 구하는 것이 훨씬 흥미롭기 때문이다. 어떤 사람이 과거에 그 책을 읽었다고 생각하면, 책을 읽는 데 동반자를 얻었다는 느낌이 들 뿐만 아니라, 정신적인 재산을 그와 함께 나누어 가진다는 의미도 있다. 특히 이미 누가 사용했던 책을 읽으면서, 그 사람이 그 책을 구입할 때의 감정과 그것을 무슨 이유로 헌 책방에 팔았을까 하는 생각을 하는 것도 매우 재미있는 일이다.

또 내가 수집한 책을 더 이상 가질 수 없을 때의 그것의 운명을 생각해 보는 것 또한 흥미로운 일이다. 아마 나는 내가 장서(藏書)를 더 이상 가질 수 없는 운명에 놓이게 되면 대학 도서관에 맡길 것이다. 다음 세대가 내가 수집한 책을 읽을 때, 그 책들에 담긴 추억을 결코 읽을 수 없다고 하더라도 그들이 그만큼 그 책의 생명을 연장시켜 준다고 생각하면 자못 안심이 되기 때문이다. 나의 서재에 꽂힌 책들은 몇 권 되지 않지만, 미국에서 대학원 공부를 하기 이전에 수집한 책들은 한 권도 없다. 어릴 때 수집한 책들은 한국전쟁 때문인지 내가 병원에 입원을 했다가 돌아왔을 때 모두 다 없어졌고, 그 후 대학 시절에 수집한 책들은 미국을 건너가면서 그 누군가에게 맡겨두었으나 돌아와서 그 사람을 만날 수 없는 운명이 되자 그 책들도 다시 보지 못하게 되었다. 지금 그 책들은 완전히 버림을 받아 생명을 잃고 폐품 처리가 되지 않았으면, 다른 잡동사니 속에서 잠을 자거나 죽어 있을 것이다.

어떻게 생각하면 책을 수집하는 일은 책을 쓴 사람들의 가장 위대하고 값진 고통을 함께 하는 것이다. 나는 어떤 책을 다 읽지 못해도 저자가 알지 못할 어떤 사람에게 바친 숭고하고 절실한 마음으로 쓴 서문만이라도 읽을 수 있으면, 그 책값에 대한 충분한 보상을 받았다고 생각한다. 우리나라에는 없지만 20세기 초까지 서양에 있었던 절판이 된 고서 경매시장에서 높은 가격으로 책을 입찰하던 광경을 그려보면 감격해서 눈시울이 뜨거워진다.

새벽녘까지 자지 않고 나는 흐트러진 책들을 말끔히 정리하고 사방을 둘러싼 책들을 바라보며 의자에 기대앉았을 때, 책으로 다시 집을 지어 그 속에 살고 있는 듯한 느낌을 가졌다. 그래서 다시금 꽂혀 있는 책들은 케임브리지 찰스 강 부근의 곰팡내 나는 고서점을 뒤졌던 일, 하버드 대학가 주변에서 중고 책을 사서, 월세 아파트 벽장에 쌓아두면서 흐뭇해했던 일, 팔로알토의 스탠퍼드 대학가에서 책을 구입하고 서점 주인과 친해져 사진을 찍었던 추억들, 채플 힐의 '황소서점'에 황홀하게 진열된 책들을 보다가 강의실에 늦게 들어갔던 일, 그리고 몇 권 안 되는 저서를 쓰거나 번역을 하면서 내 젊음을 그 속에서 모두 불태웠던 추억의 파도를 막아주는 방파제가 되어 있었다.

자기만의 방

내 작은 방은 그동안 내가 살아온 시간의 침전물과 같은 수집품들로 가득 차 있다. 한쪽 벽에는 이름 없는 어느 화가가 졸업 작품으로 제출하기 위해 자줏빛 물감으로 파도치는 바다의 물결 모양을 그린 그림 한 점과 무쇠로 된 촛대 두 개가 나란히 걸려 있고, 다른 쪽 벽에는 내가 읽었거나 읽어야 할 책들이 순서 없이 꽂혀 있다. 그리고 탁자 위 빈 공간과 책상 언저리에는 복제된 조각품 몇 점이 놓여 있다. 이것뿐이 아니다. 서가(書架)의 가장자리에는 태엽을 감지 않았거나 전지가 떨어져 움직이지 않은 앉은 뱅이 시계 두 개가 놓여 있다. 그 중 하나는 버리려고 했으나 다채롭게 회전하는 카지노 원판 모형으로 만든 시계여서 그 자리에 그냥 놓아두었다. 카지노 게임이 나타내는 행운이 시간 속에서 담겨 있다고 생각했기 때문이다.

비록 잠을 자지는 않지만 대부분 시간을 보내기 때문에, 이 공간은 내게 버지니아 울프(Virginia Wolf)가 말한 '자기만의 방'과도 같다. 그래서 외부 세계의 세속적인 일로 어지럽거나 지쳐서 피곤할 때 이 방으로 들어오면 마음이 평화로워 진다. 나를 모르는 사람들은 외부와 접촉도 잘 하지 않고 닫혀 있는 듯한 이 방에 살고 있는 내가 무척 고독할 것이라고 생각한다. 그러나 나는 방안의 고독이 나를 순수한 인간으로 만든다는 것을 경험으로 깨닫는다. 세파의 방파제 역할을 해 주고 있는 이 방에서 시간을 보내면, 칸트가 말한 '목적 없는 목적' 때문인지 고독하기 보다는 뭐라 말 할 수 없는 안락함을 느낀다.

이때 내게 벗이 되어 주는 것은 말할 것도 없이 책이다. 책은 미지의 세계로 나를 인도 할뿐만 아니라 사물을 새롭게 인식하고 깨닫게 하는 기쁨을 가져다준다. 그러나 '자기만의 방'인 내 방에서 만남의 기쁨을 주는 것은 책들만이 아니다. 내가 이 방에서 순수한 시간을 가지게 되면, 여기에 놓여있는 작은 수집품들이 그것들의 위치에서 아름답고 신비스런 빛을 발하면서 침묵 속에서 나와 대화를 하기 시작한다. 벽에 걸려있는 자줏빛 물결무늬 그림은 어두운 바다 밑 물 흐름을 생각하게 하지만, 또한 나로 하여금 상상력 속에서 파도가 밀려왔다 밀려가는 바닷가 모래밭을 맨발로 걷게 하고, 달의 인력으로 출렁이는 조수(潮水)의 움직임 속에서 인간의 비극적인 운명을 읽도록 한다. 또 나는 책상 언저리에 올려놓은 로댕의 '생각하는 사람'을 보고 그가 깊이 생각하는 것이 무엇이든 간에 그것에 심정적으로 깊이 동참한다.

석회암으로 조각한 로마 시대의 고귀한 여인의 초상 또한 말없이 제자리에 놓여 있지만, 그 표정으로 삶의 진실에 대한 많은 것을 이야기해 준다. 이 고전적인 미술품 역시 내가 이 방에 가지고 있는 다른 조각품들처럼 복제품이고 작가 미상이다. 그래서 비록 진품이 나타내는 '아우라'는 없지만, 돌로 된 이 고대 귀부인의 초상은 시간의 벽을 넘어 내게 적지 않은 미학적 충격을 준다.

내가 이 로마 여인의 얼굴을 처음 본 것은 안식년을 맞아 세속적인 욕망에서 벗어난 상태에서 미국 스탠퍼드 대학에 머물고 있을 때였다. 어느 가을날 해질 무렵 조용한 대학가인 팔로알토 거리를 걷다가 고미술 복제품 가게의 진열장에서 오벨리스크 옆에 놓여 있는 석회암으로 된 이 여인의 초상을 보았다. 그 우아한 얼굴이 내게 보여주는 부드러운 아름다움의 깊이가 너무나 커 나는 모든 것을 잊고 순수한 마음으로 돌아가 호주머니를 털어 그것을 구입해 보물처럼 취급하며 서울 집으로 가져왔다. 그런데 경이로운 것은 내가 이것을 처음 본 후 지금까지 미학적인 아무런 변화도 보이지 않는 다는 것이다. 그것은 아마 내가 그것을 처음 보고 함께 하기로 결심한 순간의 동기가 너무나 순수해서 그것이 지닌 미의 실체를 제대로 발견했기 때문일지도 모른다.

이 고귀한 로마 여인 초상은 비너스처럼 미인도 아니고 모나리자처럼 "여러 번 죽어 무덤의 비밀을 배운" 신비로운 여인의 얼굴도 아니다. 꽃피는 처녀의 얼굴은 더더욱 아니다. 결혼한 중년에 가까운 여인의 얼굴 모습을 하고 있다. 그럼에도 나는 그것이 나타내는 미적 감각에 이 여인의 얼굴에서 저항 할 수 없는 매력을 느낀다. 이 고귀한 여인의 입술은 모나리자의 입술처럼 너무나 정교하고, 그 아래 턱 부분은 얇은 천으로 감싸 있으며, 머리는 옆으로 땋아 올려 단정하게 벤드를 두르고 있다. 그러나 그것 때문은 결코 아니다. 나는 방문을 열고 들어 올 때나 나갈 때마다 석회석으로 된 이 고귀한 여인의 초상이 지닌 한결같은 아름다움에 놀라움을 금치 못한다. 만일 아름답고 청초한 처녀의 초상이었다면, 나는 벌써 싫증을 느꼈으리라.

그렇다면 이 고귀한 여인의 아름다운 매력은 어디에서 오는 것일까? 그것은 아마 이 로마 여인의 조각상이 순진하고 때 묻지 않은 소녀나 처녀와 달리 세월 속에서 입은 상처와 함께 삶의 무게를 느끼면서도 그것을 석회암 빛의 원숙한 미로 승화시켰기 때문일지도 모른다.

이렇게 소란스럽고 번잡한 세상을 살아가면서도 새로운 세계를 열어주는 책들에 몰입할 수 있고, 때로는 어느 무명 화가가 조류(潮流)의 흐름을 땀 흘려 그린 짙은 자줏빛 화폭을 통해 해변을 마음껏 산책하기도 하고, 때로는 석회암으로 조각한 고대 로마 여인의 초상에서 승화된 미를 발견하고 그녀와 침묵으로 대화를 하며 삶의 진실을 깨달아 가는 내 방이 세속적인 욕망에서 벗어난 순수한 공간인 '자기만의 방'이다.

사색과 경험

18세기 프랑스 고전문학을 대표하는 《팡세》를 쓴 파스칼은 원래 과학자였다. 그는 불과 12세 때 우주에 신이 창조한 질서가 있다는 사실에 눈을 떠서, 유클리드의 32개 명제(命題)를 혼자서 발견했고, 16세에는 〈원추곡선론〉을 썼으며, 또 19세에는 인류 최초의 계산기를 만들었다. 이어서 그는 물리학에도 재능을 보여, 20세 이전에 깊은 신앙생활과 함께 기압과 액체의 평형에 관한 진공론(眞空論)을 발견했다.

그가 어린 나이에 이렇게 큰 과학적인 결실을 거둔 것은 이성적인 인간으로서 우주 가운데 어떤 불변의 법칙이 있다는 것을 받아들였을 뿐만 아니라, 그 법칙이 지닌 불가사의한 의미를 찾으려는 노력에서 비롯된 것이라고 할 수 있다.

그가 과학자로서 만족하지 않고 《팡세》라는 위대한 문학 작품을 남긴 것은 과학적이고 이성적인 것보다 더욱 큰 어떤 것이 우주 가운데 있다는 것을 믿었기 때문이다. 과학자로서 이러한 믿음을 가지게 된 것은 그의 아버지의 갑작스러운 죽음에 이어 뇌이교(橋)의 마차 사고에서 기적적으로 살아난 후 수녀인 누이 자크린으로부터 신앙생활에 대한 간청에 힘입어 우주에 숨어 있는 절대적인 존재를 직관적으로 발견해서 물질보다는 인간성의 심연으로 파고들었기 때문이다. 그래서 그는 《팡세》에서 다음과 같이 썼다.

지나친 것 두 가지. 이성(理性)을 받아들이지 않는 것과 이성 밖에는 받아들이지 않는 것.

파스칼의 《팡세》에 나오는 여러 가지 훌륭한 말들 가운데 우리에게 가장 널리 알려진 것은 인간은 "생각하는 갈대다"라고 한 말이다.

인간은 자연 가운데서 가장 약한 갈대에 불과하다. 그러나 그것은 생각하는 갈대다. 그것을 짓밟아 숙이는 일에 우주가 무장을 할 것까지는 없다. 한 줄기 김, 한 방울 물로도 그를 죽이기에 충분하다. 그러나 우주가 그를 죽인다 해도, 인간은 그것보다 훨씬 고귀한 것이다. 왜냐하면 인간은 자기가 죽는다는 것을, 우주가 자기보다 우세함을 알고 있으나, 우주는 여기에 대해 아무것도 모르니까. 그러나 우리 인간의 모든 위엄은 사유에 있다. 우리가 일어서야 하는 것은 여기서 부터이지, 우리가 채울 수 없는 공간이나 시간에서부터가 아니다. 그러니까 잘 생각하도록 노력하라. 여기에 "도덕적인 근원이 있다."

중요한 것은 파스칼이 "인간은 생각하는 갈대다"라는 사실을 발견했다는 것이다. 다시 말하면, 파스칼이 인간을 '생각하는 갈대'라고 생각한 것은 결코 우연이 아니다. 그것은 이성적인 인간으로서 겪는 인간적인 시련 때문이리라. 만일 어둠이 전혀 없었더라면, 인간은 자기의 타락을 깨닫는 길이 없었을 것이다. 만일 빛이 없었더라면, 인간은 구원을 바라지 않았을 것이다.

그렇다면 인간에게 가장 소중한 것은 경험이 아니겠는가. 사색을 동반한 경험은 결코 순탄하고 평범한 삶을 사는 사람에게는 찾아올 수 없다.

사색은 쉽게 살아가는 사람에게도 있겠지만, 그것은 깨달음의 경험과 함께하는 사색과 다른 것이다. 허영에 차서 불안해 보지 않은 사람은 절대적인 믿음의 고마움을 모른다. 실제로 인간은 절망과 좌절, 그리고 비참한 허무의 늪 속에 빠져보아야만 우리를 구해 줄 수 있는 절대적인 존재의 힘이 무엇인가를 깨닫게 된다. 인간은 연약하지만, '생각하는 갈대'이기 때문에, 자신의 잘못을 뉘우치고 반성한다. 반성하는 생각과 마음은 절대적인 존재와 진리에 가까이 가는 길이 된다.

그러나 경험을 단순한 경험으로만 받아들이고 그것을 도덕적인 상상력을 위한 바탕이 되게 만들지 못하면, 그것은 의미 없는 것으로 남을 뿐이다. 일본의 가면극 〈노(能劇)〉에 나오는, 샘터에서 두레박으로 물을 긷는 여인의 경우를 두고 생각해 보자.

극중 인물인 그녀는 젊은 처녀 시절부터 늙은 노파가 될 때까지 궁중의 샘에서 물을 길어 올리는 일을 한다. 그런데 그녀는 샘에서 밧줄로 두레박질 하는 것을 단순히 물을 긷는 작업으로 생각하지 않고 우물에 비친 자신의 아름다운 얼굴을 건지려는 노력으로 생각한다. 그녀는 늙어서 자신의 노력이 허망함을 깨닫고 슬퍼한다. 그러나 그녀는 샘터에서 우물을 두레박질 하는 것을 단순히 물 긷는 일로만 생각하지 않고 물속에 잠겨 있는 자신의 얼굴을 건져 올리는 움직임으로 생각했기 때문에, 그것은 끝내 자아 발견의 사색 과정으로 나타났다. 만일 그녀가 우물 아래를 내려다보면서 두레박을 내리지 않았다면, 물 위에 비친 자신의 아름다운 얼굴을 발견할 수 없었을 것이다. 또한 그녀가 아무런 생각 없이 우물에서 물을 푸는 일만을 계속했다면, 두레박질을 하는 일이 수면 위에 비친 자신의 얼굴을 건지려는 노력이라고 생각하지 못했을 것이다. 그녀가 일생을 두고 우물에서 끊임없이 물을 퍼 올렸지만, 그녀의 아름다운 얼굴을 결코 건질 수 없었고, 세월 따라 얼굴에 주름살이 번져가는 것을 발견했을 때, 그녀는 끝없는 허무감을 느낀다. 그러나 그녀가 '생각하는 갈대'로서 허무감을 느낄 때, 역설적으로 자신이 인간임을 확인하게 되어 어떤 절대적인 존재를 생각했을 것이다.

오늘을 사는 현대인들은 많은 문명의 혜택을 입고 있기 때문에 편리한 삶을 누리고 있다. 그러나 편리하게 살기 때문에 얻는 것도 많겠지만, 너무나 많은 경험을 잃어버린다. 십 리 길도 자동차로 가면 순식간에 갈 수 있는 가까운 길이지만, 걸어서 가면 먼 길이다. 그러나 힘겹게 걸어서 가면 그만큼 더 많은 경험을 얻게 되고 또 그것을 바탕으로 사색의 날개를 펼 수 있을 것이다.

의식이 있는 사람은 편리한 삶속에서도 사색의 지평을 확대하지만, 그렇지 못한 사람은 편리한 삶속에서 인간의식을 퇴화시켜 버리기 쉽다. 누구든지 편리함만을 추구해서 기계의 노예가 되면, 그를 '생각하는 갈대'라고 부를 수 없다. '생각하는 갈대'는 능동적인 경험을 바탕으로 사색의 영역을 확대할 수 있을 때만 존재하는 것이다. 20세기 미국시인 로버트 프로스트가 죽음을 의미하는 듯한 밤이 와도 나무를 보기 위해 커튼을 내리지 않겠다는 것도 삶에 대한 그의 절실한 경험의 갈구 때문이었을 것이다.

창 곁에 나무 한 그루 서 있다
밤이 되면 창틀을 내린다
그러나 커튼은 내리지 않는다
너와 나 사이

불변의 진리는 인간에게 영원히 베일에 가려 반은 보이고 나머지 반은 보이지 않는다. 나머지 반에 접근하는 길은 경험이 있는 사색을 통해서이다. 그래서 경험이 없는 인생은 공허하고 사색의 즐거움이 없는 삶은 무의미하다.

삶의 본질은 아름답다

　겨울철 '시간의 빈터'인 일요일 오후가 되면, 가끔 나는 창가에 앉아 건너편 지붕 너머로 펼쳐진 겨울 하늘을 바라보며 앞으로 찾아오게 될 봄날을 기다리는 마음과 함께 지나간 날에 일어났던 슬프고 아름다운 경험들을 조용히 회상하는 시간을 갖는다.

　그중에도 나를 기쁘게 하는 것은 지난 시절 가졌던 화려한 경험이 아니라, 초라하고 작은 경험들이다. 그러나 이것들은 사랑과 애정으로 가득 찬 경험이었기 때문에 마치 사원의 저녁 종소리처럼 내 마음에 잔잔한 파문을 일으킨다. 이를테면, 먼 시간을 거슬러 올라가 내가 초등학교 3학년 때 신장염으로 인해 D시의 도립병원으로 실려 가야만 했을 때, 나를 고향 마을에서부터 Y간이역까지 업어다 주었던 머슴 아저씨의 땀 냄새 나던 따뜻한 넓은 잔등을 박수근 그림에서 아이를 업고 가는 여인의 그것처럼 마음에 떠올리기도 한다. 또 지금은 은퇴한 산부인과 의사지만 6·25 전쟁 때 D시로 피란을 내려와 의과대학을 다니면서 붉은 벽돌로 된 형무소 건물 앞, 가교사(假校舍)까지 등굣길을 함께 걸었던 나무냄새 나던 사촌 누님의 웃는 얼굴이 기억의 수면 위로 떠오른다. 이어서 50년대 바람 부는 어느 날 징병검사를 받으러가는 나를 C군에 있는 흙먼지 나는 Y초등학교 운동장까지 데려다주시며 불안한 표정을 감추지 않으셨던 초췌한 아버지의 얼굴이 떠오르곤 한다. 어려웠던 시절, 새 구두가 깨끗이 발에 조여 오는 느낌이 얼마나 좋은 것인가를 말없이 알려주시던 작은 고모의 숨은 사랑의 손길이 희미하게 회상된다. 어찌 이것뿐이랴! 산골 아이로 태어났던 내가 60년대 미국 남부, '학문의 메카'라고 불리는 노스캐롤라이나 대학(채플 힐) 대학원에 입학했을 때, 책들로 둘러싸인 루이스 중앙 도서관으로 나를 처음 안내하시던 은사 패터슨 교수 부처의 헌신적인 사랑이 나로 하여금 학문에 대한 욕망으로 가슴 부풀게 했던 일들이 해질녘의 산 그림자처럼 마음을 스치고 지나간다.

사람은 누구나 태어나면서부터 시간의 바다를 건너는 수부(水夫)처럼 파도와 같이 밀려오는 무수한 일들을 경험하면서 생을 살아간다. 생은 어떤 사람에게는 너무나 힘겹고, 또 다른 사람에게는 아름답고 즐겁게 느껴진다. 삶의 어려움과 역경에도 종류와 지수의 높낮이가 있듯이 생의 즐거움에도 질적인 차이가 있다. 이것은 살아가는 사람의 능력과 선택에 따라 그것이 서로 다른 현실로 나타나기 때문이다. 같은 시간을 살아가면서 부족함이 없어 보이는 어떤 사람은 본능적인 쾌락을 즐기고 있으면서도 행복하지 못하지만, 또 다른 사람은 스토이시즘으로 절제된 삶을 살지만, 지적·사색의 즐거움을 누린다.

그런데 이들은 모두 다 같이 주어진 생을 살아가지만, 추구하는 목적과 가치 그리고 방식이 다르기 때문에, 그들이 삶에서 얻는 즐거움의 종류와 성격 또한 다르다. 본능적인 쾌락은 순간적으로 끝나지만, 지적·도덕적 경험의 즐거움은 일시적으로 끝나지 않고 기억 속에 남아 조용한 시간이 되면 잔잔한 파문을 일으키며 연꽃처럼 의식의 표면 위로 다시 피어오른다. 그래서 기억에 풍부한 경험을 남기는 사람은 특별히 기억될 경험 없이 세속적인 일에 매몰되어 살아가는 사람과는 달리 삶을 형이상학적으로 보다 심원하고 길게 살아간다고 말 할 수 있다.

그런데 한 가지 분명한 것은 많은 사람들이 삶을 살아가는 방식이 서로 다르다 할지라도 그들 모두다 "인생은 짧고 예술은 길다"라고 말하며 생에 대해 절실한 애착을 갖고 있다는 것이다. 그들이 이렇게 생에 대해서 절대적인 애정과 집착을 갖는다는 것은 비록 우리의 삶이 겉으로 어렵고 힘들며 아프게 느껴지지만, 삶 그 자체는 아름답기 때문이리라. 마르셀 프루스트에 따르면, 생 그 자체, 즉 순수한 삶의 본질은 아름답지만, 현재의 삶이 어렵고 아프게 느껴지는 것은 일상적인 것의 억압 때문이다. 이것은 어떤 경험이 과거에 아무리 고통스럽게 느껴졌을지라도 시간이 지난 후 기억 속에서 회상될 때 아름답게 느껴진다는 사실로 증명되고 있다. 라이너 마리아 릴케 역시 "고대 미술의 대상이 역사에서부터 분리되어 사물 그 자체로만 보여질 때 독특한 빛을 발한다"고 말하지 않았던가. 또 그가 《말테의 수기》에서 일상적인 일들로부터 표백된 진공 상태와 같이 조용하고 정숙한 도서관 열람실에서 시를 읽는 즐거운 경험을 예찬한 것은 이러한 사실을 다른 말로 표현하기 위함이리라.

나는 앉아서 시인의 시집을 읽고 있다. 열람실에는 많은 사람들이 있지만, 전혀 그것을 느끼지 못할 만큼 조용하다. 모두가 독서에 열중하고 있다. 이따금 여기 저기 책장을 넘기는 사람이 꿈속에서 몸을 뒤척이듯 움직일 뿐이다. 독서를 하고 있는 사람들 속에 있다는 것은 참으로 기분 좋은 일이다.

　　　　　　　　　　　　　　　—라이너 마리아 릴케,《말테의 수기》중에서

사색의 의미를 모르는 사람들은 여기서 말하는 과거의 삶과 경험을 회상을 통해서 현재의 삶을 풍요롭게 만드는 문제를 가볍게 생각하거나 비현실적인 일이라고 생각할 지도 모른다. 그러나 실제로 과거의 경험에 대한 기억이 우리의 삶에 있어 의식·무의식적으로 많은 부분을 차지하고 있기 때문에, 기억할 아름다운 경험을 갖지 못한다면, 그 만큼 생의 많은 부분을 잃게 되는 것이다.

내가 요즘 쫓기는 일상적인 삶의 현장에서 한 걸음 물러나 사물을 보기 때문인지 햇빛의 아름다움과 햇빛이 젖은 판자를 말릴 때 나는 나무 냄새의 향기를 새롭게 알게 되는 것 역시 이러한 사실과 관계가 있지 않을까.

우리가 생의 본질 그 자체가 아름답다는 것을 회상을 통해 경험하기 위해서는 두 가지 절대적인 조건이 있다. 하나는 기억에 남을 만한 경험을 갖는 것이고, 다른 하나는 사물을 거리를 두고 바라보는 자세로 '잃어버린 시간'의 경험을 회상을 통해 현재로 가져 올 수 있는, 베르그송이 말한 이른바 '지속성(duration)'을 느낄 수 있는 조용한 시간을 갖는 것이다. 보들레르는 "인간의 소망은 경험을 많이 갖는데 있다"고 말하지 않았던가. 생은 그 자체가 경험으로 구성되어 있다. 중요한 것은 부끄럽고 누추한 경험은 기억되지 않는다는 사실이다. 나쁜 경험은 기억에 스치며 지나간다 하더라도 아무런 기쁨을 가져다주지 않고 불쾌감만 느끼게 한다. 그러나 아름다운 경험은 기억을 통해서도 순수한 기쁨을 지속적으로 느끼게 해준다. 순수한 삶의 순간을 발견하고 그것을 추구하는 즐거움은 생에 있어 가장 성스럽고 소중한 가치가 있다. 왜냐하면 그것은 순수한 삶의 본질과 교감하는 기쁨을 가져다주기 때문이다.

우리가 주어진 짧은 시간의 삶을 살아가는 과정에서 생을 느끼고 경험하는 방식과 종류에는 앞에서도 말한 것처럼 한 가지만 있는 것이 아니라 여러 가지가 있다. 그러나 세속적인 욕망과 같은 일상적인 것에 묻혀 아름다운 '순수한 삶'의 본질을 경험하는 기쁨을 모르고 '살아 있지만 죽은 자'로서 우울 속에서 살아간다는 것은 너무나 큰 손실이고 비극이다.

그리고 시간은 매순간 나를 삼킨다.
거대한 눈발이 뻣뻣한 시체를 덮듯이.

—보들레르, 〈허무의 맛〉

우수(憂愁)

의식의 눈을 갖지 않아도 사람이면 누구나 우울한 표정의 얼굴보다 환하게 웃는 얼굴을 좋아한다. 그러나 우수에 찬 모습에 마음이 이끌리는 아름다움이 없는 것은 아니다. 참된 우수는 갑작스럽게 의식적이 되는 것을 의미하기 때문이다. 하얀 깃발의 순결의 여류 시인 에밀리 딕킨슨은 "나는 고뇌하는 모습을 사랑한다./그것이 진실임을 알기 때문에"라고 노래했다. 키츠 역시 '우수'라는 시에서 '미는 진실'이고, 미의 극점은 죽음이기 때문에 "우수는 미, 죽어야만 하는 미와 함께 한다."고 했다. 햇살이 빗기는 가을날 별리의 상처 때문에 우수에 차 테라스 창가에 앉아 있는 여인이 이상하게도 아름답게 보이고, 그녀에게 연민의 정까지 느끼게 되는 것은 "그것이 진실이기 때문이다."

우리가 유난히 우수에 찬 얼굴에서 막연히 그리움과도 같은 동정을 느끼는 까닭은 무엇일까. 그것은 아마도 눈물을 흘리며 우는 모습은 아픔에 대한 굴복을 의미함과 동시에 타인의 도움을 구하고자하는 외침이겠지만, 우수에 찬 모습은 극복하기 어려운 어두운 그림자와 싸우면서 느끼는 삶의 아픔을 견디려는 침묵 속의 언어를 담고 있기 때문일지도 모른다.

어떻게 생각하면, 밤안개 짙은 거리에 외로이 서 있는 가로 등불이 우수에 차 있지만 아름다운 모습을 보이는 것은 그것이 죽음과도 같은 어둠에 저항하며, 남다른 견인력으로 고독과 싸워 이기고 있기 때문은 아닐까. 가을 풍경이 우수에 가득 차 있는 것도 한 여름에 무성하게 자란 뭇 생명들이 침묵 속에서 죽음과 처절하게 싸우며 사멸하고 있기 때문일 것이다. 아니면 아름다운 생명들이 시간 속에서 불꽃처럼 산화하는 것을 반영하고 있기 때문일지도 모른다. 솔 벨로의 소설 《허조그》에 나오는 주인공인 고독한 퇴직 교수는 어머니의 임종 모습을 다음과 같이 그리고 있다. "아름다운 미인이었던 어머니가 임종의 침상에서 보여 주셨던 슬픈 눈빛과 우수에 찬 표정은 …… 행복과 죽음의 반영"이었다…… "그 인간적인 우울, 그 검은 피부, 인간이 된 운명에 순종하는 굳어진 주름살, 그리고 그 눈부신 얼굴은 어머니의 섬세하고 고운 마음이 슬픔과 죽음으로 가득 찬 위대한 인생에 어떻게 반영되었는가를 보여주었다."

무감각한 사람들은 우수에 찬 얼굴 모습을 무심히 스치고 지나간다. 그러나 의식의 눈을 가진 사람은 슬픈 표정을 가진 사람이 무엇인가 새로운 것을 모색하기 위해 견디기 어려운 내면적 갈등을 겪고 있다는 것을 감지한다. 그러나 더욱 깊은 통찰력을 가진 사람은 우수에 찬 얼굴에서 극복할 수 없는 어떤 대상(對象)과 내면적인 갈등을 하고, 거기에서 오는 역설적인 기쁨마저 느끼는 미학을 발견한다. 에밀리 디킨슨의 〈비끼는 햇살〉은 이러한 삶의 진실을 탁월한 은유로서 표현하고 있다.

겨울날 오후
비끼는 햇살이—
무겁게 누른다
대 사원(寺院)의 풍금 소리 같이.

그것은 거룩한 아픔.

상처는 볼 수는 없지만,
마음속은 아프지
그것의 의미는 거기에 있지—

아무도 그것을 가르칠 순 없다, 아무도.
그것은 비밀스런 절망—
하늘에서 보내 온
장엄한 고통.

그것이 나타나면 풍경은 귀 기울이고—
그림자들도 숨죽인다.
그것이 가버리면, 죽음의 표정에
어리는 거리만큼 아득하다.

우수에 찬 이 시편에서 화자(話者)는 겨울날 오후의 '비끼는 햇살'을 보고 잃어버린 사랑을 노래하고 있다. 잃어버린 사랑을 상징하는 듯한 '비끼는 햇살'은 사원(寺院)의 풍금소리처럼 그녀의 마음을 우울하게 억누른다. 비록 이 시가 종교적인 색채를 지닌 사원의 풍금 소리로 짙은 우수를 나타내고 있지만, 그것은 경건함과 감미로움을 함께 지니고 있다. 풍금소리는 그녀에게 아픔을 주지만 '거룩한' 것이고, 눈에 보이지 않는 상처를 주지만, 그것은 또한 사랑의 상실이 의미하는 내면적인 변화를 가져온다. 왜냐하면 헤럴드 블룸이 지적한 바와 같이 화자는 '비끼는 햇살'이 '환희'에 가까운 '비밀스런 절망'과 '장엄한 고통'이라고 말하고 있기 때문이다. 그래서 마지막 연에서 화자는 삶이나 사랑의 현상처럼 찾아오고 사라지는 '햇살'에 대해 경건한 태도를 보인다. 그에게 고통을 주고 사라지는 '햇살'이 존재론적인 빛이든, 혹은 에로스를 상징하는 빛이든, 기울어진 햇살의 풍경 때문에 우수에 젖어 있다. 그러나 그 우수 속에는 침묵으로 말하는 변증법적인 숭고함이 잉태되어 있다.

이렇게 자기 자신의 힘에 의존하는 남다른 견인력에서 느끼는 미학적 경험을 우수가 깃든 언어 속에 담은 것은 우리의 시의 경우에도 없지 않다. 유치환의 〈바위〉는 그 자체가 하나의 슬픔이지만 이것에 대한 하나의 예가 될 수 있다.

> 내 죽으면 한 개 바위가 되리라
> 아예 애련(哀憐)에 물들지 않고
> 희노(喜怒)에 움직이지 않고
> 비와 바람에 깎이는 대로
> 억년(億年) 비정(非情)의 함묵(緘黙)에
> 안으로 안으로만 채찍질하여
> 드디어 생명도 망각하고
> 흐르는 구름
> 머언 원뢰(遠雷)
> 꿈꾸어도 노래하지 않고
> 두 쪽으로 깨뜨려져도
> 소리하지 않는 바위가 되리라

대부분의 우리는 무심히 스치고 지나가지만 우수에 찬 눈매를 가진 얼굴만큼 인간의 깊은 고뇌와 의지를 함께 담은 표정도 없다. 그늘 진 우수에 찬 얼굴은 철학적이라고 할 만큼 내면적으로 어두운 힘과 싸우면서 무엇을 깊이 생각하며 탐색하고 있는 것을 나타내고 있는 표정이 아니고 무엇이랴. 철학자의 파안대소(破顔大笑)도 내면적인 고뇌를 해결 한 후에 나타나듯이 환한 웃음도 우수에 찼던 얼굴에서 피어날 때 더욱 아름답게 빛난다.

우수에 찬 표정은 어둡지만, 가벼운 웃음보다 더욱 깊은 빛을 우리들 마음에 남기고 스쳐간다. 우수에 찬 얼굴은 고뇌의 아픔과 슬픔, 그리고 인간적인 시련과 싸우는 진실을 나타내는 '흐리고 애처로운 거울'이다. 내가 어느 누구의 우수에 찬 얼굴의 눈망울에 저항 할 수 없이 이끌리는 것은 그것이 내게 무엇을 호소하기보다 내 마음의 진실을 비쳐주기 때문이다.

침묵의 의미

나는 무슨 까닭에서였는지 모르지만 어린 시절에는 말이 없고 조용한 것이 무섭고 싫었다. 항상 미소를 짓던 할아버지도 말씀이 없으시면 무서웠고, 사랑만 하시던 어머니도 말이 없이 주무시기만 하시면 싫고 두려웠다. 비록 잠재의식이었지만 그때 소리가 없는 침묵을 나는 무서운 죽음이라 생각했기 때문이었는지도 모른다.

유년 시절을 산촌에서 보냈던 나는 밤이 무서웠다. 밤은 어둡기도 했지만 주위가 죽은 듯이 고요하면 유령이 나타난다고 생각했기 때문이다. 그래서인지 집에서 십리나 떨어져 있는 초등학교에 다녔던 나는 하굣길이 대낮에도 묘지처럼 조용하면, 돌무덤이 있는 산모퉁이를 돌아가기가 무서웠다. 머리 위로 바윗돌들이 무너져 내릴 것만 같은 그곳에는 우리 집에서 붙잡혀 가다가 총살당한 여자 빨치산이 묻혀 있었기 때문이다.

도시로 나온 소년이 되었을 때도 마찬가지였다. 중학교 시절 D시에서 막차를 타고 낙동강 지류에 있는 어느 강변에 있는 간이역(簡易驛)에 내려 집을 향해 십리가 넘는 밤길을 걸어가야만 했을 때, 죽은 듯이 고요한 밤이 너무나 무서워 내가 걷는 발자국 소리를 누군가 내 뒤를 쫓아오는 소리로 듣고 식은땀이 흘렀다. 그리고 상여집이 있는 어두운 밤나무 숲을 지날 때는 멀리 떨어진 강변에서 고기잡이를 하는 사람들의 횃불이 움직이는 것을 호랑이 불로 착각해 현기증을 느낄 정도로 무서움에 떨었다.

영국 낭만주의 시인 워즈워스는 이러한 경험을 자연 신(神)이 존재하기 때문이라 생각하고 그것을 바탕으로 《서곡》과 같은 불멸의 서사시를 썼지만, 유년 시절의 나는 그렇지 못하고 침묵 속에 묻혀 있는 산촌의 고요함이 권태롭고 싫었다.

그래서 나는 어둠 속의 침묵과 죽은 것 같이 무겁게 늘어져 있는 대낮의 정적보다 새벽닭이 우는 소리와 산촌의 정적을 깨는 대장간의 망치 소리를 더 좋아했다. 신들이 주사위를 굴리는 소리와 같은 천둥소리는 무서웠지만 지루한 고요함 보다 시원해서 좋았다. 또 가을이면 공비토벌을 나온 백골부대 군인들이 쪽빛 하늘을 향해 대포를 쏘아 산울림 소리를 내는 것이 듣고 싶었고, 황혼이 불타는 저녁에 멀리서 들려오는 주둔병 나팔 소리는 물론 어느 산모퉁이에서 침묵을 깨고 들려오는 기적 소리는 고요한 여름 밤 지루했던 나에게 더 없이 경이로웠고 행복한 것이었다.

내가 어른이 되어 작은 골방에서 글을 쓸 때에도 늘 라디오에서 들려오는 음악과 같이 하는 것은 어렸을 때부터 죽음과 같은 침묵과 정적에 대해 가졌던 두려움 때문이었는지도 모른다. 나는 정적을 요구한다는 서재(書齋)에서 책을 읽을 때나 글을 쓰는 작업을 할 때에도 음악 소리가 들리지 않으면 시계의 태엽과 나사가 빠진 듯이 긴장이 풀려 죽음의 수렁으로 빠져 들어가는 듯한 느낌에서 벗어 날 수가 없다.

그러나 헤겔이 어두워져야만 미네르바의 부엉이가 비상(飛上)을 시작한다고 말한 것처럼, 해질녘에 찾아오는 인식론적인 깨달음 때문인지 나는 뒤 늦게 침묵의 세계가 죽음 그 자체가 아니라는 것을 알게 되었다. 이것은 불면증이 밤의 신비가 지닌 무서움을 깨뜨려버린 결과인지도 모른다. 밤새 눈을 뜨고 있다 창밖이 밝아오는 순간 잠을 자는 버릇이 나로 하여금 밤의 정적이 죽음 그 자체가 아니라 침묵으로 말을 하며 무엇인가 만들어

가는 과정이라는 사실을 직감적으로 느끼게 했다. 이것은 마치 호수 같이 잔잔한 바다도 자세히 들여다 보면 수많은 잔물결로 움직이고 있으며, 그 푸른 수면 아래 깊은 곳에는 수많은 보석들이 찬란한 빛을 발하고, 조용히 먹이를 찾아 헤엄쳐 다니는 물고기들은 해초 사이에 알을 낳아 새끼를 키우는 일에 바쁘리라. 나는 그동안 침묵을 침묵으로만 알았지, 침묵, 그 속에 지니고 있는 내면의 소리에 귀 기울일 줄 몰랐다. 생명의 잉태는 물론 신비스런 모든 것은 소리 없이 숨은 곳에서 이루어지는 것이 아닌가. 윌리엄 포크너는 "소를 따라 언덕을 너머로 달려가는 백치"를 봄날의 풍경 속에서 보고 그를 동물 신(神)으로 묘사했고, 안톤 체홉은 왜 "행복과 고뇌에 대한 최고의 표현은 침묵이다"라고 말했을까. 그는 "연인들이 침묵을 지킬 때 서로를 가장 잘 이해하고, 무덤가에서 고함을 지르며 말을 하는 것은 국외자인 조문객들에게 영향을 줄지 모르지만, 미망인과 어린이들에게는 차갑고 사소한 일로 들릴 뿐"이라고 말했다. 마르셀 프루스트는 조용한 밤이 오면 기억의 날개를 펴고 어둠 속에 묻혀 있는 잃어버린 과거의 삶을 현재로 가져왔다. 위대한 과학자나 예술가들 가운데 밤의 시간을 이용하지 않은 사람이 얼마나 있을까. 빛과 소리도 어둠과 정적이 있기 때문에 그 찬란함과 울림이 있다는 것을 나는 왜 모르고 있었던가. 내가 침묵과 정적을 죽음과 같다고 무서워했지만, 그 시간이 없었으면 나는 깊은 사색의 깊은 샘을 팔수도 없었고, 아무런 창조적인 일도 하지 못했을 것이다.

침묵과 정적의 시간이 유년 시절부터 나에게 죽음과도 같이 공포에 가까운 두려움을 준 것은 그것이 소리가 지니고 있는 것 보다 더 깊고 무거운 가치의 신비를 지니고 있었기 때문이었는지도 모른다. "침묵은 금이고 말은 은이다"라는 금언과 같이 내가 할아버지의 침묵을 무서워했던 것은 그것이 말보다 더 깊고 무거운 의미와 위엄을 지니고 있었기 때문이 아니었던가. 실로 침묵이 지니고 있는 삶의 몫은 그 어떤 영웅적인 목소리보다 더 크고 무거운 것이다. 그래도 나 같이 아둔한 사람이 사무엘 베케트가 침묵의 언어를 "끊어질 줄 모르는 말과 눈물의 강물"과 같다고 표현한 것이 진실이란 것을 이렇게 늦게라도 발견한 것은 실로 다행스런 일이 아닐 수 없다.

그림자와 거울 속의 얼룩

　내가 그림자의 모습을 처음 보게 된 것은 유년 시절 아버지가 울고 있는 나를 달래기 위해 등잔불 앞에서 손과 손가락을 움직여 벽장문 위에 여러 가지 짐승 모양의 그림자를 만들었을 때였다. 그때 나는 울음을 멈추고 벽지 위에 만들어진 이상하게 생긴 그림자 형상을 유심히 바라보았다. 그것이 흥미롭기도 했지만 너무나 무서웠기 때문이었다.

　내가 초등학교에 들어가서 아침에 학교 운동장을 걷고 있을 때면 내 그림자가 나를 뒤 따라 오고 저녁에 교문을 나서면 그것이 앞에서 나를 만나러 오고 있었다. 그때 나는 왜 그 그림자가 그렇게 움직이고 있었던 가에 대해 아무런 생각을 하지 않고 그것과 더불어 놀고만 싶었다. 또 그때 그 무렵 어느 해질녘 나는 시골집 앞으로 흐르는 샛강에서 세수를 하고 일어나 고개를 들었을 때, 산 그림자가 멀리 보이는 자줏빛 산등성이 아래로 비끼며 스쳐가는 것을 보고, 황홀한 아름다움의 신비감을 느꼈다. 내가 이렇게 그림자를 만난 경험 때문에, 그 후 다른 사람들이 그림자를 유령이라고 말해도 나는 그것을 믿지 않았다. 물론 이것은 어렸을 때 유령에는 그림자가 없다는 말을 들었기 때문이기도 하다.

　그런데 우리가 그림자를 이야기 할 때, 그것을 물체가 빛을 차단한 모양으로만 보지 않고, 거울 속의 얼룩처럼 사람의 얼굴이나 표정에 묻어 있는 우수(憂愁)에 찬 빛을 말하기도 한다. 그렇다면 얼굴에 드리워진 그림자는 어디에서 오는 것일까. 그것은 말할 것도 없이 내면의 아픔이 얼룩처럼 밖으로 나타난 것이다. 그렇지만 과거의 그림자에 대한 기억 때문인지, 나는 환하게 웃는 얼굴 못지않게 우울한 얼굴에 드리워진 그림자에 대해 이상하게 마음이 이끌림을 느낀다. 그것은 아마도 내가 가끔 다른 사람의 웃는 얼굴에도 어두운 그림자가 스쳐간다고 느낄 때처럼 나 역시 속에 아픔을 느끼게 하는 지울 수 없는 그림자가 있다는 것을 무의식적으로 느끼기 때문이리라.

이것을 보다 철학적으로 말하면, 우리 얼굴에 나타난 우울한 그림자는 초월적인 현전(現前)의 세계에 묻혀 있는 존재의 뿌리에서 오거나 아니면 원죄(原罪)의 자국이라고 말할 수 있으리라. 우리 마음속의 그림자는 나르시스의 신화에서처럼 사물의 그림자와는 달리 지울 수도 없고 잡을 수도 없기 때문이다. 그러나 불행하게도 인간은 운명적으로 그것을 잡으려고 할 뿐만 아니라 그것을 지우거나 아니면 그것과 일체가 되려고 하는 욕망을 버릴 수 없다. 그래서 어떻게 생각하면 우리의 삶도 그 그림자를 추적하거나 그것에 도달하고자 하는 순례(巡禮)와도 같은 것이다. 인간의 근원적인 슬픔은 마음속에 묻어 있는 얼룩과도 같은 그림자를 결코 잡을 수 없는 데서 오는 것이 아닐까. 그러나 마음속의 얼룩을 지우고 그림자를 잡으려는 슬픈 움직임 속에서 역설적인 기쁨이 있고 자아발견이라는 인식적인 깨달음이 있다. 그래서 얼굴에 아무런 슬픈 그림자가 없는 것 같은 사람은 겉으로는 행복해 보일지 모르겠지만 느낌이 없는 백치 인형이나 다름없을 수도 있다.

순수하기만 했던 유년시절 내가 그림자를 무서워하면서도 그 아름다운 신비에 마력을 느꼈던 것은 그것이 바로 슬프고 아름다운 우리의 삶을 투영시킨 빛의 자화상이기 때문은 아니었을까. 나는 오늘도 종이 창문에 햇살이 비치면 그것이 지우는 창틀의 그림자에 시선을 던지는 일을 잊지 않는다. 빛이 없으면 그림자가 없다. 그렇지만 그림자가 없으면 빛의 의미가 없지 않을까. 천국은 빛으로 가득 찼겠지만, 그곳에는 그림자가 없기 때문에 웃음과 눈물이 만들어 내는 유머도 없을 것이다. 나는 밝은 세계를 좋아하지만, 그림자 없는 세계도 좋아하지 않을 것처럼 생각한다.

그래서 나는 그림자 없이 밝기만 한 찬란한 천국의 궁전보다, 바람 불고 비 내리지만 그림자 스쳐가는 들판과 함께 쉬며 웃을 수 있는 짙은 나무 그늘이 있고 저녁연기 피어오르는 사람의 마을을 더욱 좋아한다.

작은 곱사등이

독일의 유명한 민요집 《소년의 마적》에는 카프카가 즐겨 읽었다는 다음 과 같은 민요가 있다.

내가 지하실에 내려가
포도주를 좀 꺼내려 할 때,
작은 곱사등이 거기 있어
나의 술 항아리를 가로채네.

내가 부엌에 들어가
수프를 만들려 할 때,
작은 곱사등이 거기 있어
나의 작은 그릇을 깨뜨렸네.

내가 방에 들어가
잠자리를 만들려 할 때,
작은 곱사등이 그곳에 있네

온몸을 흔들며 웃고 있네.

내가 걸상 위에 무릎을 꿇고
기도를 올리려 할 때,
곱사등이 사나이가 방안에 있네
귀여운 아이야, 네게 간청하노니
작은 곱사등이를 위해서도 기도해 주렴.

　이상한 내용을 담은 이 독일 민요는 망각 속에 묻혀 있는 인간 심리의 움직임이 취하고 있는 부조리한 양상을 우화적인 인물을 통해 탁월하게 형상화하고 있는 듯하다. 여기서 지하실과 방은 인간의 내면세계이고 '작은 곱사등이' 사내는 저주받은 듯한 인간이 지닌 악마적인 요소를 나타내는 상징적인 이미지로 읽을 수 있기 때문이다.

　이 독일 민요가 형상화하고 있는 우리의 내면세계는 지극히 어둡고 우울하다. 그러나 우리가 이 민요에 대해 저항할 수 없을 정도로 마음이 끌리는 것은 그것이 진실이기 때문은 아닐까.

　어렸을 때 우리는 이러한 어두운 현상을 외면 세계에 있는 어떤 힘으로 막연히 생각하고 두려워만 했지만, 그것은 외면 세계뿐만 아니라 우리의 내면세계에도 있다.

　오늘날 과학이 아무리 발전하였다고 하더라도 천둥과 번개, 대홍수와 불타는 가뭄 같은 자연적 현상을 정복하지 못하는 것처럼, 인간의 내면세계에도 완전히 억제할 수 없는 무서운 힘이 있다. 그 힘은 개인적인 영역에 있는 것 같지만, 개인의 의지 밖에 있는 것 같다. 이를테면, 카인이 동생인 아벨을 죽였다든지 혹은 맥베스가 던컨 왕을 살해한 행위, 또 로미오와 줄리엣을 죽음으로 몰아넣은 것은 모두다 인간이 이해할 수 없는 어떤 힘이 작용한 것이 아닌가. 많은 신학자와 철학자 그리고 시인들은 이러한 무서운 힘을 에덴동산에서 추방된 사탄의 힘과 관련지어서 생각한다.

이러한 측면에서 볼 때, 이 독일 민요에서 기도하는 사람은 '작은 곱사등이'와 별개의 존재로 생각되지만 상호 밀접한 관계가 있다고 말 할 수 있다. 민요 속의 주인공이 아름답고 경건한 모습으로 기도를 하게 되는 것도 그의 마음속에 '작은 곱사등이'가 상징하고 있는 것이 존재하기 때문이다. 이러한 현실은 역사적인 풍경 속에서 언제나 나타나고 있다. 사람이 태어나서 일정한 시간을 살다가 죽고, 또 태양이 아침에 찬란하게 솟아올랐다가 지는 일을 끝없이 반복하는 것은 신이 만든 우주 가운데에 '곱사등이'와 같은 불완전한 존재가 있기 때문이 아닐까.

우리는 저주받은 듯한 '작은 곱사등이'를 보면 싫어한다. 그러나 만일 이 우주나 인간 가운데 '곱사등이' 같은 존재나 현실이 없다면 어떻게 될까. 우리는 햇빛 찬란한 아침과 붉게 물드는 아름다운 석양도 보지 못할 것이다. 또 신에게 경건한 마음으로 기도하는 사람의 아름다운 모습도 보지 못할 것이다. 우리가 불완전하기 때문에 날이면 날마다 잘못을 저지르고 기도하면서 반성하는 생활을 하는 것도 모두 다 '곱사등이' 같은 존재 때문이리라. 여기서 '작은 곱사등이'가 우리의 일을 방해하지만, 자기 자신에 대해 기도를 드려달라고 하는 것은 저주만을 받을 악마가 아니고, 역사적 현실처럼 착하고 선한 존재로 발전할 수 있는 가능성을 가지고 있기 때문인 듯하다. 위선적인 사람들은 자신들의 내면세계에 '작은 곱사등이'와 같은 존재가 없다고 하며 외부적으로 나타난 불완전한 형태나 모양을 저주하며 그것으로부터 멀리 떨어져 있고 싶어 한다. 그러나 이러한 사람들은 그들의 내면에서 언제나 '작은 곱사등이'를 만나게 될 것이다. 인간의 외면세계와 내면세계에서 '작은 곱사등이'를 만나 그것에 아무런 관심을 보이지 않고 자기 자신은 물론 그들에게 아무런 도움을 주지 못하거나 기도를 드리지 못하면, 그는 인간이라고 결코 말할 수 없다. 인간은 불완전하기 때문에 인간이다. 불완전한 존재로서 반성하고 용서를 받기 위해 기도를 드리지 않는 사람은 참다운 사람이라고 말 할 수 없다.

참다운 인간은 자신의 불완전함을 언제나 솔직히 받아들이고 겸허한 자세로 '작은 곱사등이'에게서처럼 자기 자신에게 기도를 드려야만 된다. 사실 투명하게 생각해 보면, 다른 생명의 시체로 만든 음식을 먹는 것도 죄이고 죽음을 전제로 하고 있는 생명을 탄생시키는 것도 죄이다. 그러나 우리는 엄격한 의미에서 죄를 짓지 않으면, 인간은 결코 존재할 수 없으리라. 불완전한 죄나 혹은 신으로부터의 억압은 모순된 것으로 생각되지만, 그것은 사람의 조건이고 인간 조건이다. 불완전함이라는 모순은 분명히 부조리한 것이지만, 파스칼의 주장처럼 그것을 원죄(原罪)로서 받아들이고 인간만이 지닌 귀중한 재산이라고 생각하는 겸허한 자세가 필요하다. 완전한 것을 사랑하는 것은 쉽지만, 불완전 것을 사랑하는 것은 어렵다. 그러나 불완전한 것을 사랑하고 그것을 보다 나은 모습으로 만들기 위해서 기도 드릴 때, 우리는 그곳에서 참다운 인간 가치를 발견할 수 있다. 인간 스스로는 불완전하기 때문에, 자신이 불완전하다는 것을 받아들이지 않으려고 한다. 그러나 누구나 자신이 불완전하다는 것을 느끼고 인식한다면 불완전한 것을 받아들일 수 있는 가능성이 열려 있게 된다. 어떻게 생각하면 우리가 일하는 것은 이러한 가능성을 실천하는 길이고 방법이다. 언제나 우리의 내면과 우리의 주변을 돌아보고 완전하고 아름다운 것보다 누추하고 불완전한 것에 시선을 주고 그것을 사랑하며, 그것을 위해 기도하자. 그것은 신의 길이 아닐지라도 인간의 참된 길임을 우리는 알아야만 하고 또 받아들여야만 한다.

이 독일 민요 속의 아이에게 누추하게만 보이는 '작은 곱사등이'가 '온몸을 흔들고 웃고' 있는 것은 자신에 대한 자조의 웃음인가 아니면 아이의 기도와 더불어 그의 곱사등이 펼 수 있다는 희망 때문일까. 어떠한 경우라도 좋다. 다만 우리가 해야 할 것은 그 '작은 곱사등이'를 위해 경건하게 기도하는 것이다.

고독에 대하여

　이 세상의 모든 현상은 겉으로 나타나 보이는 것과 실체적 현실이 다른 경우가 너무나 많다. 이것은 우주의 복잡하고 불가해한 신비스러운 구조 때문인지 모르지만, 인간의 삶에 있어서도 어디에서나 쉽게 찾아 볼 수 있다. 우리가 생을 살아가면서 느끼는 고독도 마찬가지다.

　일반적으로 고독은 사회와의 단절을 의미하기 때문에 부정적인 뜻으로 사용된다. 그러나 우리가 고독을 즐긴다고 말할 때, 그것은 조용한 시간을 홀로 갖는다는 긍정적인 의미를 지닌다. 그래서 마치 빛은 실체가 분명히 존재함에도 불구하고 그것이 비치는 대상에 따라 다양한 모습으로 나타나 보이듯이, 고독은 홀로 있는 것을 의미하지만, 그것을 느끼는 사람의 성격이나 상황에 따라 각각 다른 형태로 나타난다. 이것은 인간이 이 세상의 다른 존재들과는 달리 고독을 의식하는 존재이기 때문이다. 그래서 생텍쥐페리가 《인간의 대지》에서 다음과 같이 썼다. "생명과 생명이 그렇게 잘 합쳐지고, 바람이 몰아치는 가운데서도 꽃들과 꽃들이 섞이고 백조가 다른 백조들을 아는 이 세상에서 사람들만이 그들과 고독을 함께 한다."

　실제로 정도의 차이는 있지만, 우리가 삶을 살아가면서 느끼는 고독은 피할 수 없는 인간조건이다. 그래서 J. P. 야콥센은 "사람은 누구나 자기 혼자서 생애를 살고 자기 혼자의 죽음을 죽는다"라고 했고, 안톤 체호프는 "절대 고독, 그것이 인간의 운명"이기 때문에, "당신이 고독을 무서워한다면, 결혼해서는 안된다"라고까지 말했다. 이것뿐만 아니다. 헨리 데이비드 소로는 이 문제를 보다 구체적으로 얘기하고 있다. "남과 함께 있으면 설사 미인 중의 미인이라도, 군자 중에 군자일지라도 곧 싫증이 나고 정신이 산만해진다. 사랑할 것은 고독이다. 고독만큼 친하기 쉬운 친구는 없다." 감각적인 데이터에 의존해서 생각하는 물질주의자들의 경우는 다를 수도 있겠지만, 감각이 우주내지 존재의 근원에 있는 그 무엇인가를 나타내는 것이라고 생각하는 의식적인 이상주의자들에게는 고독이란 거울 속의 얼룩과도 같이 피할 수 없는 심리적 갈구이자 아픔이다.

왜 인간은 홀로 있을 때뿐만 아니라 다른 집단 속에 있을 때도 고독을 느끼며 "참된 행복도 고독 없이는 있을 수 없도록" 만들어졌을까. 이것은 아마도 인간이 고독해야만 나를 타인이나 세계에 의해 송두리째 빼앗기지 않고 주체성을 가지고 자아발견(自我發見)을 하는 창조의 기쁨을 자유로이 누릴 수 있기 때문일지도 모른다. 우리가 감각적인 물질세계에만 머물지 않고 인간과 우주와의 관계에 대해 사색하며 아리스토텔레스가 말한 변화를 추구하는 움직임을 통해 자아를 확인하기를 원한다면, 스스로 독립성을 가지고 자유롭게 생각할 수 있도록 하는 고독이 절대적으로 필요하다.

자아발견은 경험을 통한 인식과정과 밀접한 관계가 있다. 생의 경험 역시 마음이 독립적으로 자유로이 움직일 수 있는 고독의 상태를 요구한다. '인생은 지나고 보면, 그것 자체의 색으로 세상을 물들이는 많은 색채의 렌즈'로 입증되는, '유리구슬 같은 여러 가지 무드로 이루어진 열차'와 같다.*1 그래서 우리가 조용하고 평화로운 '무드'로 사색의 대상을 집중해서 바라보지 않으면, 그것의 실체를 깊이 있게 이해할 수 없다. 석양은 언제나 존

＊1 Stephen E. Whicher, ed., *Selections From Ralph Waldo Emerson* (Boston : Houghton Mifflin Co., 1960), p. 257.

재하지만, 그것의 참된 아름다움을 볼 수 있는 시간은 불과 몇 시간 밖에 없지 않는가. 우리의 마음이 외부적인 압력을 받아 중심을 잃고 흩어질 때, 사물을 있는 그대로는 물론 그것이 이면(裏面)에 숨기고 있는 지혜의 의미를 읽을 수 없다. 이양하 교수가 나무에서 삶의 지혜와 위엄을 읽어낼 수 있었던 것은 나무를 두고 고독한 사색을 할 수 있었기 때문이다.

이러한 측면에서 고독은 모든 외부 세계와의 완전한 단절과 같은 죽음의 시간을 의미하는 것이 아니라, 우리들로 하여금 주체성을 가지고 물질적 차원에서는 물론 형이상학적인 차원에서 능동적으로 사색의 지평을 넓히기 위한 무거운 침묵의 시간과도 같은 것이다. 에머슨은 다음과 같이 말했다.

고독의 세계로 들어가기 위해서 사람은 사회에서 물러나는 것만큼 자기 방에서 벗어날 필요가 있다. 아무도 내 곁에 없지만, 책을 읽고 글을 쓰는 동안 나는 외롭지 않다. 그러나 만일 어떤 사람이 혼자 있기를 원한다면, 별들을 바라보게 하라. 하늘에서 내려오는 별빛은 그를 그가 접촉하는 것들과 단절시킬 것이다. 그래서 하늘에 있는 별들에게서 숭엄함이 영원히 존재한다는 것을 인간에게 알려주도록 만든 디자인이 투명하게 나타나 있는 분위기를 느낄 수 있다고 그는 생각할 수 있게 된다. 도시의 거리에서 본다면, 이것들은 얼마나 위대한가![*2]

의식적인 인간이 혼자만의 시간, 즉 '고독의 향연' 가운데서 스스로를 즐기며 추구하는 일은 자연과의 교감을 통해 우주의 진리를 깨닫는 즐거움만이 아닐 것이다. 그는 고독 속에서 책을 읽고 영감을 얻어 무엇인가 창조적인 일을 할 수 있는 꿈을 꾼다. 사람은 도시의 소음과 군중들의 아우성 속에서는 인간의 존엄을 지키며 사색과 창조의 꿈을 통한 자아 발견의 기

---

*2 앞 책, p. 23.

쁨을 누릴 수 없다.

물론 사회학적 차원에서 보면, 마르크스가 지적한 것처럼, 인간이 사회 속에서 다른 사람들과 함께 하는 즐거움과 현실적 위안은, 자유롭지만 홀로 위엄을 지키며 허무를 이겨내는 어려움 때문에 고독 속에서 느끼는 형이상학적 기쁨과는 현실적으로 비교할 수 없을 것이다. 또 어렵고 창조적인 일을 하는 과정에서도 혼자보다 다른 사람과 함께 하는 것이 더 좋은 결과를 얻을 수도 있다.

그러나 고고한 사색과 창조의 꿈은 소란하고 시끄러운 거리의 군중 속에서 보다 마음과 정신이 다른 것에 빼앗기지 않고 집중할 수 있는 고독 속에서 이루어지는 것만은 틀림이 없다. 인간은 사회적인 동물이기 때문에 집단 속에서 살아가지 않을 수 없고, 또 집단 속에서 자기 발전을 하게 되는 경우가 많다. 그러나 혼자만의 시간, 즉 고독의 시간을 갖지 않으면, 존재의 본질, 즉 위엄 있는 자아발견의 즐거움과 함께 하는 숭고한 아름다움을 느낄 수 없다.

인간은 왜 사색하는 존재인가

왜 인간은 사색하는 존재인가. 이것은 아무도 모른다. 그러나 신이 인간을 그렇게 만들었다는 것은 확실하다. 그렇다면 왜 신은 인간을 사색하는 존재로 만들었을까. 성서적(聖書的)인 해석에 따르면, 그것은 아마도 인간의 조상인 아담과 이브가 금지된 지식의 나무 열매를 따먹고 타락하는 것을 보고 신이 그들을 에덴동산에서 추방하면서도 인간에게 은혜로 베푼 것이다. 하나님은 그들에게 지은 죄에 대한 형벌로 노역(勞役)을 하도록 만들었지만, 사색을 통해 '잃어버린 낙원'을 복원할 가능성을 발견할 수 있도록 만들었을지도 모른다. 악몽과도 같은 험난한 역사 속에서 인간이 사색과 상상력을 통해서 창조한 문화가 유토피아에 대한 꿈과 함께하고 있기 때문이다.

그렇다면 문화란 무엇인가. 그것에 대한 정의는 그렇게 간단하지 않다. 그것은 달무리와도 같이 명백하게 눈에 보이지 않는 여러 가지 내면적인 요소를 지니고 있기 때문이다. 그러나 한 마디로 짧게 말하면, 문화는 신이 불완전하게 만든 세상을 인간의 힘으로 완성하려는 노력 가운데서 얻어진 결과이자 그 빛이라고 이야기 할 수 있다. 르네상스 시대의 크리스토퍼 말로는 문화의 가장 중심적인 위치에 있는 "예술은 저항에서부터 시작되었다"고 주장했고, 매튜 아놀드는 "문화의 기원은 호기심에 있는 것이 아니라, 완전한 것에 대한 사랑에 있다"고 말했다. 미국 시인 윌리스 스티븐스는 거칠고 황량한 세계를 상상력에 바탕을 둔 인간 의지를 통해서 완전한 것으로 만들고자 하는 욕망으로 시를 썼다. 그의 시에 의지의 표상이라고 할 수 있는 유난히 찬란한 색채와 이국적인 언어들이 현란하게 그러나 조용히 빛을 발하고 있는 것은 이러한 이유 때문이다. 〈어둠의 저주〉라는 시편에서 다음과 같이 노래한 것은 불완전한 자연을 극복하려는 인간의지를 은유적으로 나타내기 위함이었다.

> 내 그것들의 울음소리를 들었지—그 공작새들의 울음을,
> 그것은 황혼을 슬퍼하는 울음이었던가.
> 아니면 나뭇잎들이
> 불꽃 속에서처럼
> 바람에 휘날려 떨어지는 것을
> 슬퍼하는 울음이었던가

시인이 여기서 대낮에만 그 아름다운 날개를 펴는 공작새를 어둠과 싸우는 것으로 묘사한 것은 불완전한 자연과 싸우는 인간의지를 은유적으로 나타내고 있다는 것임을 새삼스럽게 밝힐 필요가 없겠다.

아무튼 인간이 불완전한 자연을 완전한 것으로 만들 수 있다고 생각하는 것은 사색에서 비롯된 비전 때문이다. 인간은 신이 부여한 사색의 힘을 통해 인간의 존재 의미를 탐색하고 그것과 함께 하는 진실한 삶을 살아가는 방법을 인식론적으로 터득해 그것을 역사적으로 발전시킴으로써 잃어버린 낙원에 비유할 수 있는 유토피아 건설의 가능성에 대한 희망을 갖는다. 인간이 어려움을 극복하고 새로운 어떤 것을 창조하거나 발견할 때 느끼는 절대적으로 순수한 기쁨은 이러한 가정을 증명해 주고 있는 심리적이

면서도 존재론적인 단서이다. 그래서 우리가 사색을 통해서 발견하는 것은 철학적인 진실뿐만이 아니다. 그것은 회상을 통해 잃어버린 시간을 찾아갈 때도 짙은 향수 속에 순간적이지만 순진무구한 절대적 기쁨을 갖게 한다. 또 사색은 상상력과 함께 우리가 살고 있는 거친 세상을 '낙원'으로 만들어 갈 수 있는 모든 인간적 노력의 근원적인 에너지는 물론 바탕을 제공한다.

많은 사람들이 사색은 철학과 같은 인문학에서만 필요하다고 말할지 모르지만, 그것은 또한 인간 문명을 이룩하는 데 필수적인 과학적 발견을 가져오는 데 결정적인 역할을 한다. 이를테면, 케플러는 플라톤이 사색을 통해 우주에 존재하는 것으로 상상한 다섯 개의 규칙적인 입체에 대한 가설을 바탕으로 태양계의 운행 법칙을 발견했다. 원자탄의 아버지인 오펜하이머가 탁월한 과학적인 업적을 성취할 수 있었던 것은 그가 물리학자가 되기 이전에 고전문학자로서 많은 사색을 했던 것이 큰 도움이 되었다고 한다. 사실, 과학자들은 깊은 사색을 통해서 얻은 가설 없이 과학적인 발견이나 발명을 할 수 없다. 실험은 사색을 통한 상상력으로 세운 가설을 현실적으로 증명하는 작업 과정이다. 불완전한 자연과는 다른 세계, 즉 인간이 상상력으로 발견해서 창조한 과학 세계 및 예술 세계는 모두 사색에서 출발해서 이룩한 인간의식의 영역이다.

그렇지만 인간이 사색과 직관적인 힘으로 발견한 세계는 물론 상상력으로 창조한 현실 세계는 절대적으로 완전한 것이 되지 못하고 언제나 그것보다 나은 것에 의해 대체될 수 있는 여백의 운명을 지니고 있다. 아리스토텔레스가 우주의 모든 현상은 변화 속에서 움직인다고 말한 것처럼, 인간이 창조한 문명과 문화의 세계 역시 최종적으로 완전한 것이 되지 못하고 변화하거나 또 다른 새로운 것에 의해 대체하게 될 운명에 놓여 있기 때문이다. 사색의 결과로 얻는 철학적 혹은 과학적인 발견, 그리고 예술적 성취가 박물관의 유물처럼 시간의 잔해(殘骸)로 머물지 않고 새로운 발견을 위한 사색의 촉매제가 되고 있다는 것은 대단히 중요한 것이다. 과학자들이 연구를 통한 발견에서 얻은 '결론'을 새로운 프로젝트의 '가설'로 삼는다는 것은 이러한 사실을 분명히 말해주고 있다. 문학 작품의 경우도 마찬가지다. 호머의 《오디세이》와 셰익스피어의 〈햄릿〉이 있었기 때문에 제임스 조이스는 이들 작품에 대한 사색의 영감을 받아 그의 위대한 작품 《율리시즈》를 쓸 수 있었다.

우리는 사색의 결과로서 얻은 모든 지식을 담은 책은 '지식의 나무'처럼 잃어버린 낙원과 같은 새로운 세계를 건설할 수 있는 비전을 담고 있다고 말 할 수 있다. 그래서 책에 대한 우리의 강한 유혹은 신으로 부터 부여받은 사색과 상상력을 통하여 우리가 만날 수 있는 미지의 세계를 개척하게 되면, 그것이 유토피아에 도달할 수 있다는 가능성에 대한 해답을 제공해주기 때문이 아닐까. 사색을 통해 숨어 있는 새로운 현상과 지식을 발견하는 과정에서 느끼는 순수한 기쁨은 사색의 힘을 통해 인간이 잃어버린 낙원을 되찾을 수 있다는 것을 보여주는 신비 때문이리라. 아담과 이브는 신처럼 되기 위해 금지된 지식의 열매를 따먹고 타락을 해서 낙원을 상실했지만, 인간은 사색을 통해서 지식을 습득함으로서 유토피아를 찾을 수 있을 것이라는 희망을 가지고 오늘을 살아가지 않는가. 독일의 극작가 하인리히 클라이스트(Heinrich Kleist)가 "지식의 나무를 두 번째 먹음으로써만 우리는 낙원을 되찾을 수 있다"고 말한 것은 이것을 뒷받침 해 주고 있다. 신이 인간을 사색하는 존재로 만든 것은 결국 사색하는 존재로 태어난 인간이 사색의 힘으로 불완전한 세상을 역사적인 시간 속에서 완전한 것으로 만들기 위함이라고 상상할 수 있겠다.

한 달 간의 불편한 동거

지난해 늦봄, 그러니까 모란이 피는 오월 어느 날 아내는 식탁에서 그녀가 나가는 의과대학 생화학 교실 주임 교수가 종자가 좋은 강아지 한 마리를 주려고 하는데 어떻게 생각하느냐고 물었다. 우리 집은 조그마한 뜨락이 있을 정도의 공간이 있는 집인 데다 낮 시간에는 가족들이 모두 밖으로 나가기 때문에, 집에 혼자 계시는 이모는 오래전부터 사납고 잘 짖는 개 한 마리 키웠으면 하는 말을 소원처럼 해왔던 터라 아이들은 물론 모두 다 좋다고 했다.

나는 김 교수댁에서 왜 갑자기 값비싼 강아지를 우리에게 주려고 했느냐고 물었다. 아내는 김 교수의 개가 이웃집의 도베르만이라는 독일 애완견과 교미를 해서 강아지를 두 마리 낳았는데 젖이 떨어지자마자 우리에게 주려한다고 했다. 내가 강아지에 대해 자꾸 캐묻자, 아내는 우리에게 준다는 그 강아지가 그 집 마당에 잔디밭을 자꾸만 파는 나쁜 버릇이 있다는 말을 했다. 그렇지만 김 교수 내외분은 그 강아지를 아끼는 마음에 다른 집에 주는 것보다는 우리에게 주는 것이 강아지를 더 잘 키워 줄 수 있을 것 같아 주려는 것이라고 했다.

이튿날 아내는 그 집으로 가서 벌집처럼 구멍이 뚫린 상자에 강아지를 담아 차에 싣고 왔다. 반갑고 궁금해서 설레는 마음으로 상자 뚜껑을 열어 보았더니, 까만 몸에 목과 다리 끝에 자줏빛 털이 난 미끈하게 잘생긴 강아지가 작은 방울이 달린 목걸이를 걸고 있었다.

아직 어리기는 하지만 그놈은 갖추어야 할 모든 것을 갖추고 있었다. 그러나 이상하게도 귀가 똑바로 서지 않았다. 그렇다고 완전히 축 처진 것도 아니었다. 눈은 영롱하게 빛을 발하기보다는 슬픔이 가득 차 보였다. 나는 그놈의 슬픔이 목에 드리워진 사슬에 대한 분노 때문이라 생각해, 곧 목에서 사슬을 풀어 주었다. 그러자 아이들이 그놈을 욕실로 데려가서 목욕을 시켜 주었고, 가게로 달려가 우유를 사다 주었다.

우리는 웬만하면 실내에서 키워 볼 생각이었다. 그러나 그놈은 쉴 새 없이 아래 위층으로 뛰어 다녔다. 그놈은 내가 글을 쓰는 책상 위에 뛰어올라 필갑을 넘어뜨리고 잉크병을 방바닥에 떨어뜨릴 정도로 소란을 떨었다. 무덤덤하게 사람을 좋아하면 좋으련만 달려들어 혀로 몸을 핥으며 심하게 소란을 떨었다. 게다가 마룻바닥을 변으로 더럽히기까지 해 몹시 곤란했다. 가족들은 그놈을 교육시키면 변을 가릴 수 있을 것으로 기대하고 약 일주일 동안 노력했으나 그놈의 태도에는 조금도 변함이 없었다. 그래서 그놈의 열기를 잠재우기 위해 며칠 동안 욕실에 가두어 두기로 했다.

이틀 동안 그놈은 욕실 안에서 밥을 먹고 잠을 잤다. 그러나 사흘째 되던 날 유난히 동물을 좋아하는 딸아이가 학교에서 돌아와 욕실로 들어가서 그놈을 풀어 주었다. 그놈은 욕실에서 풀려난 해방감 때문인지 이전보다 더욱 심하게 날뛰었다. 김 교수 사모님은 그 개가 가끔 땅을 파지만 어미 성격으로 봐서 길만 잘 들이면 온순해질 것이라고 말했지만, 우리는 참으로 성가시기 짝이 없고 견디기 어려웠다. 그래서 아내는 그놈을 밖으로 내 놓았다. 마당의 잔디밭이 그리 넓지는 않지만, 어찌 좁은 실내 공간에 비할 수 있으랴.

그놈은 자유롭게 움직일 공간을 갖게 되었다. 그래도 아이들은 개집을 만들어 주기 전까지 욕실에서 잠을 자게 했다. 놈은 푸른 잔디가 있는 넓은 공간을 가진 것으로도 부족했는지 잔디밭을 심하게 파기 시작했다. 내가 소중하게 가꾸어 놓은 잔디밭을 파헤친 것을 보았을 때는 마음이 몹시 아팠다. 그러나 몇 번 야단을 치면 땅 파는 버릇을 고칠 수 있을 것이라 생각하고 참았지만, 미운 생각이 들어서 그놈을 욕실에서 재우지 않고 그냥 밖에서 재웠다.

그러나 다음 날 새벽에 현관문을 열고 밖으로 나오자, 그놈은 누구를 물으려는 듯 잔디밭 기슭을 묘지처럼 파놓았다. 나는 치솟는 화를 억 누르며 잔디가 죽을까 염려스러워 흙을 다시 묻고, 손을 씻기 위해 잔디밭 옆으로 돌아 수도꼭지가 있는 곳으로 갔다. 그런데 거기에 그놈이 파 놓은 구덩이가 또 하나 있었다. 나는 더 이상 분노를 참을 수가 없었다. 개가 땅을 파면 좋지 않다고 하신 어머니 말씀이 생각났던 것이다.

나는 그길로 철물점으로 달려가 목걸이가 달린 쇠사슬을 사 가지고 와서 그놈을 대문 옆에 세워 놓은 낡고 무거운 참나무 수레바퀴에다 매두었다. 그러자 그놈은 시끄럽게 짖고 울어 댔다. 아이들은 그놈이 울 때마다 풀어 주자고 아우성이었다. 그러나 나는 며칠 동안은 괴롭겠지만 곧 익숙해지기라 믿고 그대로 두었다. 아내와 아이들은 그놈이 나무 밑 차가운 돌 위에서 잠자는 것을 안타까워했고, 나 역시 내심 몹시 안쓰러운 마음이 들었다.

그러던 어느 날 방학을 맞은 큰아이가 친구와 함께 새로 집을 짓고 있는 뒷집 공사장에서 질 좋은 나뭇조각들을 얻어다 익숙하지 않은 솜씨였지만 그럴듯하게 개집을 지어 주었다. 개의 작은 몸집에 비해 큰 집이었다. 큰아이 덕분에 강아지는 밤에도 이슬을 맞지 않고 잠을 잘 수 있었다. 또 아이들은 그놈을 동물병원으로 데려가 전염병 예방접종을 시키는가 하면 두 번씩이나 광견병 예방주사를 놓아 주었다. 큰 아이는 마지막 예방접종을 마치고 나서 군에 입대했다. 우리는 그놈을 며칠 동안 집에 묶어 두었다가 낮에는 풀어 주고 밤에는 다시 개집 앞에 묶어 두면서, 버릇을 고쳐 주려고 무척 애썼다.

그러나 땅을 파는 버릇은 고쳐지지 않고 점점 심해졌다. 풀어 주었다가 다시 묶어 두면 심하게 울어대기까지 했다. 우리는 그놈이 겪는 만큼의 고통을 함께 겪으며, 그 녀석을 하나의 소중한 생명이라는 생각에 애정을 버리지 않았다. 그렇지만 오랜 시간을 두고 가꾸어 온 잔디밭을 더 이상 상하게 할 수도 없고, 어머님의 불길한 말씀이 자꾸 생각나 그놈을 영영 묶어 두지 않을 수 없었다.

아이 이모와 딸아이기 개집으로 내려가서 가죽 끈에 묶인 개의 목을 쓰다듬어 주며 안타까워하는 모습을 서재의 창문으로 바라볼 때면 내 마음도 몹시 괴로웠다. 우리는 그렇게 10여 일을 보냈다. 그동안 아이 이모와 딸아이, 그리고 나는 묶여 있는 그놈을 두고 숨바꼭질을 했다.

마침 일요일 이어서 아내와 나는 개집을 청소하기로 했다. 개집 주변을 물로 닦았지만 깨끗해지지 않고 심한 악취가 나서, 다시 소독을 하고 비누로 깨끗이 닦아 주기로 했다. 청소할 동안 풀어 놓았더니 자유롭게 된 그놈은 잔디밭을 신나게 뛰어 다녔다. 그러나 사슬에 묶여 있기 때문에 앞발로 사슬을 밟을 때면 목이 심하게 죄는 것이 안쓰러워 그놈의 목에서 가죽 끈을 풀어 주었다. 얼마나 자유로웠는지 그놈은 정말 좋아 날뛰었다.

그렇지만 우리 집에 온 지도 한 달이 훨씬 넘었기 때문에 밖으로 나갈 것이라고는 전혀 생각지 않았다. 아내가 개집 앞바닥 닦는 물을 밖으로 버리기 위해서 대문을 열자, 마침 마당에서 뛰놀던 그놈이 그 틈을 타 대문 밖으로 나가 버렸다 우리는 대수롭지 않게 생각하고 곧 집으로 돌아올 것이라 믿었다.

그러나 그놈은 한참이 지나도 돌아오지 않았다. 그날도, 그 다음 날도 돌아오지 않았다. 그래서 나는 그놈이 거리를 돌아다니는 개장수에게 끌려가 보신탕집으로 팔려 가지 않고, 다른 집으로 들어가 착한 사람을 만나 며칠 지내다가 다시 돌아오기를 빌며 막연하게 기다렸다. 그놈의 행실로 봐서는 다른 어느 집에서도 머물 것 같지 않았지만, 그래도 대문을 열어 두고 가끔 밖으로 나가 보았다. 그러나 골목길은 마치 묘지처럼 조용했고, 그놈의 그림자는 어디에도 보이지 않았다. 아마 십중팔구 보신탕집으로 끌려가 참혹한 죽음을 당했으리라 생각했다. 그래도 그놈이 집을 나간 후 며칠 동안은 가끔 그놈을 찾으며 골목 언덕길을 오르내렸다. 그러나 번번이 혼자 지쳐 돌아오며 중얼거리곤 했다.

"그놈이 사람이 아니라 개였기 때문에, 절대적인 자유란 현실세계에는 없다는 것을 몰랐겠지. 조그마한 부자유와 불편은 참았어야지. 쯧쯧……그것이 제 삶의 조건인데, 쯧쯧…… 이 세상의 어디 완전한 자유가 있겠는가? 불쌍한 것, 쯧쯧……"

생의 신비로움은 베일인가 길잡인가

사람은 누구나 태어나는 순간부터 시간 속으로 던져져 요람에서 무덤까지 뻗어 있는 신비에 싸인 길을 걷게 된다. 처음 출발할 때는 꽃이 피어 있는 산책길처럼 상쾌하고 아름답지만, 저물어 가는 황혼에 걷는 길은 어둡고 고적하다. 그러나 우리가 가는 길에 고통만 있는 것이 아니다. 때때로 우리들은 가파르고 험난한 길을 고뇌 속에서 땀 흘리며 걸어가기도 하지만, 들국화가 피어 있는 아름다운 길을 '구름에 달 가듯이' 지나기도 한다.

그런데 우리는 이 길 위에서 상쾌함과 우울함, 기쁨과 슬픔, 사랑과 미움과 같은 명암이 교차하는 신비스러움 가운데 무엇인가 찬란한 빛이 숨어 있는 것을 느낀다. 그래서 우리는 의식 또는 무의식적으로 행복이란 이름으로 그것을 포착하려는 욕망을 갖게 된다. 인간이 내일을 믿고 오늘을 살아가는 것은 이러한 신비스런 베일 속에 숨어 있는 것만 같은 비밀을 찾을 수 있을 것이라는 희미한 희망과 절실한 기대감 때문이다.

그래서 만일 오늘의 삶의 종말의 순간처럼 신비로움이 완전히 상실되고 무(無)의 상태로 투명하게 된다면 오늘을 살아가는 인내와 용기를 잃게 될 것이다. 우리가 일생을 두고 살아가는 길이 얼마나 아름답고 신비로운 것인가는 유년의 뜰에서는 물론 젊은 시절 청춘의 경험과 기억이 충분히 말해 주고 있다. 유년시절에 우리가 보는 세상은 무지갯빛처럼 아름답고 경이롭다. 젊은 시절 그들이 생의 길 위에 나타난 신비로운 현상을 감각으로 느끼며 황홀해 한다. 아침에 일어나 창문을 열고 깊은 호흡을 하며 들어 마시는 신선한 공기, 들창문에 비치는 밝은 햇살, 4월에 피는 라일락과 아네모네 꽃향기, 귀밑머리 처녀들에게서 풍기는 나무냄새, 어둠이 내릴 때 피어오르는 저녁연기 냄새, 그리고 멀리 바라다 보이는 종루에서 은은히 들려오는 저녁 종소리는 얼마나 감미롭고 아름다운가. 이러한 아름다움과 함께하는 신비로움은 우리를 즐겁게 할 뿐만 아니라 감각적인 희열을 통해 미지의 세계로 향한 문을 열고 나아가게 한다.

그러나 비극적인 것은 순례자인 인간이 이러한 삶의 행로에서 감각적으로 발견한 아름다움을 포착해서 영원히 소유하며 절대적인 만족을 얻지 못하도록 운명 지어져 있다는 것이다.

버지니아 울프는 〈존재의 순간들〉이란 작품에서 "별과 해와 달, 들에 핀 국화꽃, 타는 불꽃, 그리고 유리창에 내린 서리"의 아름다움은 붉은 카네이션을 꺾을 때처럼, 마치 움켜쥐려 하면 영원한 좌절만 남을 뿐이라고 했다. 헤밍웨이가 《태양은 다시 떠오른다》에서 감각적인 쾌락이 가져오는 허무를 이야기한 것도 이것과 같은 뜻을 지닌다.

카뮈의 《이방인》의 경우도 마찬가지다. 이 작품이 보여주고 있는 것은 아름다운 지중해 해변의 뜨겁고 행복한 자유로운 세계다. 카뮈가 알제리에서 처음 태어나 경험한 세계는 바로 이 강렬한 태양과 활짝 열린 바다이다. 주인공 뫼르소가 세 번이나 바닷물에 몸을 던지고 수영을 하는데, 이것은 자연인으로서의 인간과 대자연의 행복한 포옹 내지 '결혼'에 대한 가장 직접적이고 신화적인 표현이라 할 수 있다. 그러나 자유분방한 행복만이 카뮈가 말하는 삶의 전부가 아니다. 이 작품의 뒷부분은 앞에서 말한 뫼르소의 자유로운 행복과 대조를 이루며 죽음이 지배한다. 우리의 행복한 삶의 끝에는 죽음이 반드시 찾아온다는 사실을 얘기하고 있다. 그러나 중요한 것은 죽음 때문에 삶이 무의미하게 되는 것이 아니라, 오히려 더욱 치열하고 밀도 짙게 된다는 것이다. 이 세상 모든 것의 종말인 죽음이 찾아오기 전에 인간에게 허용된 것은 이 짧은 삶이기 때문에, 그 만큼 인간의 생은 소중한 것이다. 물론 《이방인》은 죽음에 저항하는 행복한 젊은이의 '뜨거운 절규'라고 읽을 수 있다. 주인공 뫼르소가 젊은 여인과 결혼을 하고 자연과 행복이 충만한 뜨거운 포옹을 한 다음에 죽음을 맞이해야만 하는 것은 부조리한 비극적 현상이라 하지 않을 수 없다.

그러나 순수한 사랑은 어디까지나 인간적인 것으로서 이렇게 부조리하고 비극적인 삶의 현실에서 우리가 유일하게 추구할 수 있는 값지고 가치 있는 것이 아닐까. 버트런드 러셀은 "사랑의 열락과 즐거움은 너무나 황홀하고 큰 것이기 때문에 그것이 주는 즐거움을 위해 남은 인생 진부를 희생했던 적이 있다"고 말했다. 그의 말에 따르면, "사랑은 우리의 의식이 세상의 끝자락을 넘어, 바닥이 보이지 않는 죽음의 심연을 들여다 볼 때 느끼게 되는 외로움"을 말해주기 때문이다. 발터 벤야민은 《독일 비극의 근원》이란 책에서 "모든 감정은 각기 하나의 선험적인 대상과 결합되어 있다. 따라서 전자는 후자의 현상학이다"라고 지적한 것도 이러한 사실과 무관하지 않는 것 같다.

하지만 만일 사랑이 이기적인 것이 되면 죄의식은 물론 후회와 허무감이 뒤따를 뿐이다. 사랑이 현실적인 감각 세계에서 사라지더라도 아름다운 그리움으로 머물게 하기 위해서는 이기적인 자기 몰입과 탐닉에서 벗어나 시간을 초월하는 인간애와 같이 보편적이고 희생적인 것으로 만들어야한다. 사랑이 보다 넓은 지혜와 지식의 습득을 통해 자기중심적인 닫힌 세계에서 벗어나 타인의 아픔과 같이 하며 연민의 정을 느낄 정도로 확대되어 나타날 때, 존재의 벽을 넘어 우리의 기억 속에 아름다운 기쁨으로 영원히 남을 것이다.

해후와 연민의 정

　감정이 있는 의식적인 사람이면 누구나 느끼겠지만, 우리의 생은 많은 부분 슬픔으로 가득 차 있다. 이렇게 생은 슬프지만 또 다른 한편 유리창에 부서지는 하얀 빛과 정원에 피는 카네이션이나 국화꽃만큼이나 슬프고 아름답다. 버지니아 울프가 비록 강물에 몸을 던졌지만, 그가 누구 보다 생을 사랑 했던 것은 삶의 슬픔 속에 담겨진 아름다움 때문이었으리라.

　생의 여정에서 사랑했던 사람을 잃어버렸다가 우연히 다시 만나는 해후(邂逅)만큼이나 아름답지만 슬픈 경험이 또 있을까. 울프의 대표작인 《댈러웨이 부인》 가운데서 잊히지 않고 기억에 감동적으로 남아 있는 부분은 클라리사 댈러웨이 부인이 젊은 시절 사랑했지만 경제적인 이유로 헤어져야만 했던 피터 월시를 오랜 시간이 지난 후 우연히 다시 만나는 슬픈 장면이다. 고관대작의 부인이 된 클라리사 댈러웨이가 저녁에 있을 파티를 위해 상쾌한 아침에 거리로 나가 꽃집에서 꽃을 한 아름 사서 안고 돌아와 초록색 드레스를 손질하고 있을 때, 5년 전에 인도로 떠나갔던 옛 애인 피터가 뜻하지 않게 찾아온다. 사랑했던 피터를 버리고 사회적으로 지위가 높은 현재의 남편 리차드와 결혼했지만, 애인과 헤어진 경험 때문에 클라리사는 안정된 생활 속에서 슬픔과 고뇌를 '가슴에 꽂힌 화살'처럼 지니고 살고 있었다. 그래서 그녀는 피터를 다시 보게 되자 옛 추억을 더듬으며 서로가 변한 모습에 당황하며 눈물을 흘린다.

"어떻게 지냈어요?" 피터 월시는 그녀의 손을 잡고 양손에 입을 맞추면서 떨리는 목소리로 말했다. 클라리사도 늙었구나하고 생각했다. 그러나 그는 그것을 나타내지 않기로 결심했다.

클라리사가 정말 늙어 보였다. 그는 클라리사가 자신을 처다보는 눈길에 갑작스러운 당혹감이 밀려옴을 느꼈다.

피터가 지금은 남의 부인이 된 옛 애인, 클라리사에게 인도에서 주둔군 소령의 아내를 사랑하고 있다고 말하면서, 남편인 리처드와 행복하냐고 물었을 때, 그녀의 딸 엘리자베스가 방문을 열고 들어오는 것을 보게 된다. 그래서 그는 갑자기 시계탑 빅벤에서 30분을 알리는 종소리가 하늘에 울려 퍼지는 가운데 거실에서 나가 계단을 바삐 내려와 현관문을 열었다. 그녀는 빅벤 종소리에 파묻혀, 문을 닫고 나가는 피터를 보고 뒤에서 그의 이름을 계속 부르고 있었다.

제임스 조이스 역시 고전인 《율리시즈》에서 해후의 장면을 연민의 시각으로 그리고 있다. 여기서 그가 인간적인 측면에서 햄릿과는 다른 현대판 오디세우스로 그린 레오폴드 블룸이 더블린 도서관으로 가는 거리에서 그를 버리고 다른 사람과 결혼한 브린 부인을 우연히 만난다. 그래서 블룸은 옛 애인인 그녀의 초라한 모습에 연민의 시선을 보이며 다음과 같이 혼잣말을 한다.

2년 전에 입었던 것과 똑 같은 푸른 사지 드레스. 하얗게 바랜 보풀.
옛날에는 참 멋있는 옷이었지. 그녀의 두 귀 위의 성긴 머리카락, 그리고 초라한 테 없는 모자. 흉해 뵈지 않도록 가짜 포도 알 세 개를.

초라하지만 점잖아, 그 전에 참 품위 있는 차림새였지. 그녀의 입가에 주름살이. [아내] 몰리보다 한두 살 더 먹었지.

해후는 누구에게나 그리움의 실체를 뜻하지 않게 만나게 하는 놀라움의 기쁨으로 다가온다. 그러나 그것이 지난 시간적 거리 때문에 옛 애인들로 하여금 서로간의 참 모습을 거울에서처럼 객관적으로 볼 수 있게 되어 시간 속에서 변한 슬픈 모습에 아픔을 느끼게 된다. 이러한 정서적 문제 때문인지 데비트 린은 보리스 파스테르나크의 《의사 지바고》(필름)의 마지막 장면에서 주인공 유리 지바고가 혁명과 전쟁의 소용돌이에서 만나 사랑했지만 잃어버렸던 라라를 다시 만나는 해후의 기쁨을 누리지 못하고 갑작스런 죽음으로 끝나도록 만들어 안타까움 속에 우리를 슬프게 한다.

모스크바에서 전차를 타고 가는 도중, 유리가 차창을 통해 어느 여인이 지나가는 것을 보았다. 그는 그녀가 그렇게 찾아 헤맸던 라라가 걸어간다고 생각했다. 전차 안에서 그녀를 부를 수 없어 몸부림치며 황급히 다음 정거장에서 내린다. 그러나 그는 그녀에게 달려가 자기란 것을 알리기도 전에 심장 마비로 쓰러져버린다. 라라는 유리가 거기에 쓰러져 있다는 것도 모르고 모퉁이를 돌아 사라져 버린다.

역설적이지만 이것은 작가와 영화감독이 유리 지바고가 사랑과 눈물, 절망과 좌절을 느끼게 하는 라라와의 해후보다 그리움의 대상인 그녀를 영원히 만나지 못하고 마음속에 묻어두고 지나가는 자세가 보다 이성적이고 낭만적이라 생각했기 때문일지도 모른다. 옛 연인을 다시 만나 세월에 상처 입은 모습을 보고 절망하는 것보다 처음 만났을 때의 그 풋풋한 아름다운 모습을 있는 그대로 마음속에 간직하고 살아가는 자세가 '슬픔의 위엄'을 유지할 수 있기 때문에 한결 우아하고 보다 바람직한 것이 될 수도 있으리라.

그러나 비록 해후의 순간에 놀라움과 함께하는 낯설음에 절망할 수 있지만, 상처 입어 변한 모습에 묻혀 있는 희미한 옛 그림자를 찾아 도덕적으로 연민의 정을 느끼며 옛 애인과 함께하는 경험은 이상적이지만 창백한 그림자만을 안고 가는 것 것보다 아름다울 수도 있다.

우리는 "옛 연인을 만나지 마라. 만나면 그 모습은 누더기 같다"고 말들 하지만, 블룸처럼 해후의 만남에서 겸손하고 도덕적인 연민의 정을 보이는 것이 보다 따뜻한 인간적인 자세라고 생각할 수도 있다. 연민의 정을 느끼게 하는 해후는 슬프다. 그러나 거기에는 우리가 살고 있는 이 세상처럼 슬프지만, 짙은 국화꽃 향기처럼 명암이 교차하는 가운데 안으로 스며드는 비극적인 아름다움이 있다. 버지니아 울프는 "삶이 없으면 다른 어떤 것도 가치가 없다"고 말했다.

부케의 향기

지난 해 늦은 여름 나는 수석(水石)을 채집하는 동료들을 따라 산 그림자가 드리워진 강변으로 갔다. 맑고 깨끗한 푸른 강물은 조용히 흐르고 강가에 흩어져 있는 조약돌과 표석(漂石)들은 빗물에 씻기고 태양에 흰빛이 되어 건너편 자줏빛 산과 아름다운 풍경을 이루고 있었다. 나는 주변의 신비스러운 자연의 신비스러운 조화에 놀라 걸으며 줄무늬가 있는 검은색 조약돌 몇 개를 집었다.

집으로 돌아온 나는 그 돌들을 마치 무슨 보석이나 되는 것처럼 책상 가장자리와 시선이 항상 머무는 선반 위에 올려놓았다. 그러나 그 순간 돌들이 강변에서 보았던 아름다운 빛을 잃고 있다는 것을 발견했다. 수석들이 집에서와는 달리 강변에서 그렇게 아름답고 신비스럽게 보였던 것은 강변에 있는 다른 조약돌들은 물론 흐르는 강물과 산과 유기적인 조화를 이루고 있었기 때문이다.

꽃의 경우도 마찬가지다. 정원에 핀 장미가 너무나 아름다워 몇 송이 꺾어 식탁 위의 물병에 꽂아 두었다. 그러나 그것은 정원에 있을 때와는 달리 아름다운 빛을 잃고 곧 시들어 버리는 슬픔을 보였다.

그러나 나는 꽃과 돌이 다르다는 것을 발견할 경우가 없지 않았다. 꽃은 그것이 머물던 꽃에서 꺾어져 나와 사람의 손에 놓이거나 혹은 꽃병에 꽂혀 있는 동안, 비록 짧은 시간 동안 돌에 비유할 수 없는 아름다움을 유지하고 있었다. 그것은 꽃이 돌과는 달리 시들 때까지만이라도 유기체로서 다른 것과 조화를 이루며 아름다운 모양과 빛의 색채를 유지하고 있기 때문이다.

세상에 시들지 않은 꽃보다도 더 아름다움 것이 어디 있을까. 화가들이 붓으로 그린 꽃이 그렇게 아름답게 보이는 것은 그것이 정지 상태에 있고 또 자연적인 의미에서의 생명은 없지만, 화폭 속에서 다른 물체와 유기적인 관계를 이루며 살아 있는 존재로 나타나 보이기 때문이다. 클로드 모네가 그린 〈국화꽃을 가진 여인〉과 〈해바라기〉 그리고 〈수련〉 등이 자연 상태에 머물고 있을 때보다 더 아름답게 보이는 것은 비록 정물이지만 화가의 미학적 감각이 물감과 유기적으로 하나가 되어 숨 쉬듯이 나타나 보이기 때문이다.

보고 느끼는 경우에 따라 다르겠지만, 의식 있는 사람들에게 꽃은 들판이나 정원에 있을 때보다 꺾이거나 잘려 있다고 하더라도 사람과 유기적인 관계를 맺을 순간만은 아름답게 보일 수 있다. 백만 송이 꽃다발이 아니라도 좋다. 가난한 청년이 연인에게 건네주는 한 송이 붉은 장미가 들에 핀 장미보다 더 아름답게 보일 수도 있다. 또 웨딩드레스를 입은 신부의 흰 장갑 낀 손에 쥐어져 있는 부케가 들에 핀 꽃들보다 한결 더 아름답게 보일 수 있다. 꽃피는 처녀들의 머리에 쓴 화환도 자연에 있을 때보다 더 아름답게 보일 수 있다. 꽃과 사람 사이에 맺어지는 유기적인 관계의 정(情)이 자연보다 더 아름다울 수 있기 때문이다.

시인 김춘수가 〈꽃〉을 노래한 것도 사물에 대한 인식론적 추구를 의미하는 듯하지만, 자연 가운데 있는 꽃이 인간적인 의미와 함께 할 때, 진정한 의미의 꽃으로 새롭게 탄생한다는 뜻으로 읽을 수 있다.

내가 비록 그의 이름을 불러주기 전에는

그는 다만

하나의 들꽃에 지나지 않았다.

내가 그의 이름을 불러주었을 때

그는 나에게로 와서

꽃이 되었다.

　버지니아 울프가 그의 대표작 《댈러웨이 부인》에서 꽃을 가장 중요한 모티프로 사용한 것도 이러한 이유 때문인 것 같다. 이 작품의 주인공 댈러웨이 부인은 뿔뿔이 헤어져 있고 떨어져 있는 사람들을 하나로 모으기 위한 파티를 열기 위해 아침부터 꽃집을 찾는가 하면 그의 남편 역시 거리감을 느낄 때마다 부인에게 꽃을 사 가지고 집으로 간다. 이 작품의 또 다른 인물, 부조리한 현실에 대한 반항으로 자살을 하겠다고 외치는 전상자 셉티머스의 아내 레지아 역시 거리의 불쌍한 사람들에게 장미를 사다 주어야만 된다고 말하며, 비록 곧 시들어 버릴 것이지만 런던의 리젠트 공원 건너편 전철역에 앉아 있는 노파에게 그녀가 건네주는 붉은 장미 한 송이는 들판이나 정원에 피어 있는 꽃보다 더 아름답게 보인다.

　이러한 의미의 꽃이 아름다움의 절정을 이루며 나타난 곳은 아마도 플로베르의 작품 《감정교육》에 나오는 절친한 친구사이였던 프레데릭과 데스로리라는 두 작중 인물들의 대화 중에 있다. 그들은 이 책 마지막 장면에서 고통 받고 비참한 생활을 하는 창녀들에게 부케를 만들어 주었다는 다음과 같은 도덕적인 사건에 얽힌 우정을 회상한다.

　어느 날 그들은 고향에 있는 매춘부 집에 남의 눈을 피하여 겁에 질린 채
나타난다. 그들은 자기 정원에서 꺾은 꽃으로 부케를 만들어 손님임을 나타내

고 전해 줄 뿐 아무 일도 하지 않는다. 이 이야기를 3년이 지난 후에도 여전히 같이 나누었다. 그들은 서로서로 자세하게 상대방의 회상을 보충해 가며 이야기 했다. 그들이 이 이야기를 나누었을 때 프레데릭은 "그 일이 우리 생애에 제일 좋은 일이었을 거야."라고 말했다. "그래, 네 말이 맞아. 그 일이 우리 생애에 제일 좋은 일이었을 거야."라고 데스로리도 맞장구쳤다.

비록 찰나적이지만 꽃이 사랑과 연민, 이해와 용서 같은 인간애의 표상으로 인간과 유기적인 관계를 맺을 때, 비록 순간적이지만 그것은 자연에서보다 더욱 아름답게 보일 수 있다. 인간에게 연민과 사랑을 보이는 꽃이 인간의 고통과 슬픈 운명에 무관심한 자연 속에 서 있는 꽃보다 더 아름답게 보이는 것은 그만큼 자기희생적인 도덕성이 크기 때문은 아닐까.

멋의 아름다움과 그 내면적 진실

우리는 가끔 어떤 훌륭한 사람의 모습을 보았을 때, 그 사람을 존경하게 되고 다음에는 참 멋있는 사람이라고 생각한다. 또 어느 유명한 음악가가 명연주를 끝내고, 구름같이 모인 청중들로부터 우레와 같은 박수갈채를 받은 후 정중한 인사를 할 때나, 어떤 사람이 뛰어난 유머로 좌중을 허식이 없는 웃음의 바다로 만들 때도, 그 사람을 멋있는 사람이라고 생각한다. 그러나 우리가 '멋'의 진정한 의미를 모르고 일반적으로 즐겨 사용하는 것은 어떤 사람이 그의 개성에 맞는 독특한 옷차림을 하고 있는 것을 볼 때이다.

그러나 우리가 주의 깊게 살펴보면, 멋이란 아름다움을 추구하려는 인간의지가 담겨 있는 우리 주변의 어떤 것에서나 발견 될 수 있다. 그래서 그것은 우리 생활의 중요한 일부인 동시에 많은 부분이 될 수 있는 것이다. 멋이란 다층적인 의미를 지니고 있는 어휘지만, 그것의 많은 부분은 미에 대한 의식을 담고 있으며 실제로 멋은 아름다움이 있는 어느 곳에서나 생겨날 수 있다.

19세기 유명한 낭만주의 시인 존 키츠는 "미란 진실이고 진실은 또한 미"

라고 말했다. 또 토마스 아퀴나스는 멋의 근원인 미를 '성실함', '선', '명징함', 그리고 '조화'와 깊은 관련이 있는 것으로 생각했다. 플라톤이 "미는 진리의 빛이다"라고 말한 것처럼, 멋은 진실을 떠나서는 생각할 수 없다. 다시 말하면, 미는 램프의 불빛처럼, 진실을 밖으로 비춰주거나, 또는 그것과 내면적 조화가 있는 곳에서 발견될 수 있는 것이다.

가을 들판에 피는 들국화가 그렇게 우아하고 아름다워 보이는 것도 유기적인 자연을 배경으로 달님모양의 꽃술과 별 모양의 꽃잎이 탁월한 조화를 이루고 있기 때문이다. 또 그것은 하나의 들꽃에 지나지 않지만, 아름다운 생명체로 숨은 신의 뜻을 순수하게 나타내주고 있기 때문이다. 우리가 어떤 사람의 멋있는 모습이나 그것과 함께하는 옷도 자세히 살펴보면, 그것들이 그 사람의 용모는 물론 인품과 탁월한 조화를 이루고 있음을 발견 할 수 있을 것이다.

이렇게 생각하면, 우리가 그렇게 부러워하면서도 쉽게 얻을 수 있다고 생각하는 멋은 생각만큼 쉽게 없을 수 없다는 결론이 나온다. 우선 멋을 구하려면, 그것의 아우라인 빛의 모체이자 선행조건인 진실과 선이 마음속 깊이 자리 잡고 있어야만 한다. 우리가 어떤 사람에게서 느끼는 품위라는 것은 멋과 같은 의미를 담고 있다. 그래서 마음이 진실하고 선하지 못하면, 겉치레가 아무리 훌륭하다 해도 내면의 세계가 외면의 세계와 조화를 이루지 못하기 때문에, 베르그송이 말한 것처럼, 아름다운 생명력이 넘치는 격조 높은 멋은커녕, 조화를 잃은 기계적인 움직임으로 희극적인 웃음의 대상으로 나타나 보일 수 있다. 비단 장수가 아무리 찬란한 비단 옷을 몸에 두른다 해도, 마음이 가난한 사람이 평범하고 소박한 옷을 입고 있는 것보다 멋이 없고, 오히려 화려함 속에 젖어드는 누추하고 저속한 인상만을 주게 된다는 것도 이와 같은 이유 때문이다. 이것에 대한 또 하나의 예는 경건한 마음으로 수도 생활을 하는 신부님이 검은 사제복을 입고 있을 때, 그리고 구름 한 점 없이 맑은 마음의 수녀가 검소한 수녀 복을 입고 있을 때, 우리들은 그들에게서 진실 되고 순결한 아름다운 멋을 발견한다. 속세를 초월한 구도자의 경우가 아니라도 좋다. 마음이 혼탁하지 않고 깨끗하여 수양의 덕을 쌓은 사람, 끊임없이 자신의 마음에 밭을 가는 사람은 수수한 옷을 입고 낡은 안경을 쓴다 해도 멋이 있고 우아해 보인다.

대학에서 철학을 강의하시던 어느 노교수 한 분은 십년 전에 유행을 한 깃이 넓은 양복을 항상 즐겨 입고 다니셨다. 그러나 그 양복은 그에게 조금도 어색하지 않고 어울렸으며, 그에게서 울어나 오는 독특한 품위와 함께 나의 시선을 끄는 매력으로 깊은 멋까지 느끼게 했다. 그 구식 양복을 그분이 아닌 다른 사람이 입었을 때, 그가 만들어 내고 있었던 멋과 똑 같은 멋을 풍길 수 있었을까. 아무래도 불가능 했으리라.

그래서 나는 교양과 인품을 포함한 여러 가지 지적 요소가 조화를 이루어 유기적으로 나타내는 미의 표현 양식 가운데 하나인 멋의 근원은 물질적인 외면 세계에만 있는 것이 아니라, 정신적인 내면세계에 있다는 것을 되풀이해서 말 하고 싶다. 그래서 얼마간의 경제력만 있으면, 어렵지 않게 얻을 수 있는 외형적인 화려함은 구하기가 그렇게 어렵지 않지만, 내면적인 멋을 일구어내기란 그렇게 쉽지 만은 않다. 정말 참된 멋이라는 이름의 아름다운 품위를 얻고자 하는 사람은 내면세계의 밭을 쉬지 않고 갈아야 한다. 쉬지 않는 독서와 거기에서 오는 인간의식으로의 자아발견과 깨달음은 짙은 화장과는 다른 숨은 비밀의 멋을 제공해 준다는 것을 잊지 말아야 한다.

적지 않은 사람들이 그렇게 부러워하며 갖고 싶어 하는 멋은 표피적인 의상에서 오는 것이 아니라, 그 사람의 품격 있는 언행과 몸가짐에서 나온다. 사람의 몸가짐과 언행은 기계적으로 반복되는 단순한 운동이 아니라 시시각각으로 변하는 정신세계의 신비로운 움직임을 반영시켜주는 지침과도 같은 것이다. 내면의 정신세계가 맑고 투명하면, 그것이 밖으로 표출되어, 그 만큼 우리들의 몸가짐도 멋있게 보일 수 있기 때문이다.

멋이 지니고 있는 미감(美感)은 이렇게 진리와 선, 그리고 균형과 조화 및 순결함으로 구성되어 있기 때문에 우리는 거울 속에서 생물학적인 피부의 현상만을 찾을 것이 아니라, 진리의 빛을 찾아 우리의 내면세계를 들여다보기 위해 옷깃을 여며야 할 것이다.

기다림의 철학

만해 한용운은 그의 시 〈최초의 임〉에서 "……우리는 임을 대하여 만날 때에 이별을 염려하고, 이별할 때에 만남을 기약합니다"라고 노래했다. 이 말이 종교적인 색채를 띠고 있음에도 세속을 사는 우리들에게 적지 않은 울림을 주는 것은 순간적인 만남의 환희와 이별의 슬픔보다 기다림이 우리들 삶의 본질이라는 것을 시적으로 나타내고 있기 때문이다.

만해가 이렇게 우리들의 생을 환희와 슬픔이 교차하는 부조리한 기다림의 연속이라고 말한 것은 우리가 선명하게는 의식하지 못하지만, 삶 그것 자체가 기다림을 의미하기 때문이다. 만일 우리가 무엇인가 이루어질 것으로 생각되는 무의식적인 기다림이 없다면 내일을 믿고 오늘을 살아갈 수 있을까? 요람에서 무덤까지 매 순간 무엇인가를 기다리며 살아가게 운명 지어 진 것은 무엇 때문일까. 그것은 인간이란 움직이지 않고 정체되어 있는 존재가 아니라, 끝없이 변모하는 존재이기 때문이리라. 아리스토텔레스는 우주의 모든 것이 단순히 존재하는 것이 아니라 영겁의 시간 속에서 무엇인가 완전한 것으로 이루어지는 과정에 있다고 말했다.

'기다림'은 움직임이 없기 때문에 수동적인 행동으로 생각할 수 있겠지만, 그것은 어떤 대상이나 목표를 향한 의식으로 가득 차 있다. 생은 영겁의 시간 속에서 보면 찰나와도 같은 짧은 순간이다. 그래서 개체가 우주적인 차원에서 의식적으로 추구하는 이상적 목표를 달성하기란 불가능하다고 생각하지 않을 수 없다. 그러나 완전한 것에 도달하거나 성취하려는 인간의지는 세대와 시대를 초월한 기다림 속에 지배적인 의식으로 나타나고 있다.

그래서 기다림은 인간에게 부조리한 조건이지만, 그것과 함께하는 의식은 진리의 추구는 물론 우리의 삶, 나아가서 역사와 사회 발전을 가져오게 하는 숨은 원동력이 된다. 현상학자 에드먼드 후설이 의식은 무엇인가 만들고 이룩하려하는 의지와 일치한다고 말한 것도 이와 같은 이유 때문이다. 그렇다면 기다림을 지배하고 있는 의식은 개인적인 것으로 느껴지지만, 동시에 그것은 인간이 공통적으로 추구하는 현상학적인 진리, 즉 어떤 이상(理想)을 성취하게 하는 인간의 모든 의지를 담고 있다고 생각할 수 있다.

표면적으로 나타나 보이지 않고 명확히 의식하지 못하지만, 만일 우리에게 기다림이 없다면, 우리의 삶은 한 순간도 지탱하기 어려울 것이다. 우리는 의식의 심층 아래 해저(海底)의 물결처럼 흐르는 기다림의 숨결을 모호하게 느껴지는 무의식적인 것으로 착각하지만, 그것은 크리스천들이 예수의 재림을 기다리는 것처럼, 운명적으로 무엇인가 성취되기를 기대하는 욕망의 심리적 집합이다. 인간은 아침이 되면, 저녁을 기다리고, 밤이 되면, 아침을 기다리며 살아간다.

알베르 카뮈가 그의 《비망록》에 "다시 기다림으로 지새는 이 생활, 나는 저녁 식사를 기다리고 잠자기를 기다린다. 막연히 희망을 안고 깨어날 때를 생각해본다. 무엇에 대한 희망인지 모르겠다. 아침잠에서 깨어나면, 또 점심식사를 기다린다"고 쓴 것은 결코 우연한 일이 아니다. 기다림이 인간이 추구하는 근원적인 문제와 깊은 관계가 있기 때문이다. 사실, 인간은 임종이 되어서도 기다림을 멈추지 않고 내세의 삶을 생각하지 않는가. 그래서 기다림은 우리에게 가시적으로 나타나지 않지만 삶의 과정에서 호흡만큼이나 절실한 숨은 의식적 행위다.

그러나 역설적으로 인간은 막연한 기다림만으로는 살아갈 수 없다. 셰익스피어가 〈햄릿〉에서 "풀이 자라는 동안 말이 죽는다"라고 말했던 것처럼, 끝없는 기다림은 절망과는 거리가 있다고 하더라도 어둡고 답답할 뿐만 아니라 우리를 지치게 만든다. 기다림에 뚜렷한 목표와 그것을 성취하기 위한 움직임이 수반되지 않으면, 기다림의 주체가 동력을 상실하게 되어 움직임과 함께 하는 즐거움이 없는 권태와 환멸의 늪에 빠지게 된다.

그러므로 우리는 "우주의 모든 변화 과정은 직선으로 움직이는 것이 아니라 주기적, 즉 원의 형태로 움직인다"는 조르다노 브루노의 주장을 기억할 필요가 있다. 우리는 끝없이 반복하고 재출발 하더라도 추상적이거나 막연하지 않고 현실적으로 가시(可視)거리에 있고 실현 가능한 범위 내에 있는 것을 기다림의 대상이나 목표로 삼아야한다. 이를테면, 우리가 만나고 싶어 하는 그리운 사람이나, 성취해야만 하는 목표와 이상을 접하거나 만날 때도 느끼는 기쁨과 환희는 너무나 찰나적이기 때문에, 새로운 시작과 기다림이 없으면, 암담한 허무와 절망에 빠지게 될 운명에 놓이게 된다.

그래서 농부들은 봄이 되면 밭을 갈아 씨를 뿌리고 결실의 가을이 올 때까지 기다려 추수를 하고 겨울을 보낸다. 그리고 이듬해 다시 밭을 갈아 씨를 뿌리고 그것이 자라 수확할 때까지 그날을 기다리며 살아간다. 과학자들의 삶도 마찬가지다 .그들은 가설을 세우고 그것을 증명하기 위해 수 없이 많은 실험을 거듭하며 결과를 기다린다. 그리고 결과를 성취한 후 또 새로운 일을 시작하며 기다림의 세월을 보내야한다. 건축가들 역시 아름다운 건물을 설계한 후 그것이 지어지기를 기다린다. 그것이 지어지면, 또 다른 설계를 하고 건물이 세워지는 것을 기다리는 즐거움을 갖는다. 작가나 예술가의 경우도 마찬가지다. 기다림은 삶 그 자체이다.

스피노자가 "지구가 내일 멸망하더라도 오늘 사과나무를 심는다"라고 말한 것은 인간에게 기다림이 없는 삶은 죽음과도 같은 절망밖에 없다는 것을 의미한다고 해석될 수 있다.

패터슨 교수님의 부음을 받고

그해 여름 장마가 오랫동안 계속되던 어느 날, 나는 우체부로부터 조금은 우울하고 경건해 보이는 흰 봉투 한 장을 받았다. 불길한 예감을 가지고 보낸 사람의 주소를 살펴보았다니 미국에 계신 옛 은사 패터슨 교수님의 부인으로 부터 온 서한이었다. 뜯어 보았더니 패터슨 교수님께서 돌아가셨다는 부음이었다. 그 순간 반가웠던 마음은 슬픔과 회한으로 변해 눈시울을 뜨겁게 했다.

패터슨 교수님은 외국인 스승이었지만, 지극히 어려웠던 시절 젊은 나를 어두운 방황의 미로에서 구해 학문하는 길로 인도하고 문학을 사랑하도록 하셨던 분이었다. 만일 그분의 손길이 아니었다면 지금 나는 어디에서 무엇을 하고 있을까.

내가 그분이 가셨다는 비보를 접하고 슬픔 못지않게 회오의 눈물을 흘려야 했던 것은 그분의 제자로서, 인간으로서의 도리를 한 번도 해드리지 못했기 때문이었다.

내가 십여 년 전에 하버드 대학에 객원 연구원으로 가면서, 패터슨 교수님이 계신 남부 채플 힐을 찾았으나, 늦깎이 철부지처럼 다른 벗들을 만나기에 바빠서 교수님을 모시고 충분한 시간을 보낼 수가 없었다.

나는 보스턴에 갔다가 다시 한 번 그곳 남부로 내려와서 교수님을 뵈려고 생각했다. 그러나 유럽을 다녀오면서도 차일피일 하다가 비자 만기일이란 구실로 다시 교수님이 계신 곳으로 내려가지 못하고 귀국 길에 올랐다.

내가 하버드 대학이 있는 케임브리지로 오는 길에 처음 남부로 내려갔던 그해 여름 교수님께서는 노구(老軀)를 이끌고 관절염을 심하게 앓고 계셨던 사모님과 함께 나를 차로 공항까지 데려다 주시고, 그 큰 손으로 나의 작은 손을 잡으시며 크리스마스에 꼭 내려오라고 말씀하셨는데. 그것이 내가 교수님을 뵌 마지막 모습이 될 줄 그 누가 알았으랴.

패터슨 교수님은 스승으로서, 그리고 교수님 자신의 은사에 대한 훌륭한 제자로서 사람의 도리를 다 하고 돌아가신 분이다. 1967년 12월에 나는 가난한 먼 나라에서 온 초라한 동양인의 모습으로 미국 남부 '학문의 메카'라는 유서 깊은 채플 힐에 도착해서 대학 기숙사에 들어갈 때까지 교수님 댁에서 며칠 동안 머물렀다. 교수님의 집은 송림 숲 속의 작은 단층집이었다.

그때 나는 그 집에서 깨끗하게 늙은 노파 한 분을 볼 수 있었다. 처음 나는 그 노파가 교수님의 어머님인 줄 알았다. 그러나 얼마쯤 시간이 지난 후, 나는 그분이 교수님의 어머님이 아니고, 교수님의 은사의 부인이라는 것을 알게 되었다. 선생님의 은사 되시는 분의 댁은 예일대학이 있는 뉴 헤이븐에 있었는데, 그분은 해마다 겨울이 되면 추위를 피해 남쪽으로 내려오셔서 죽은 남편의 제자의 집에서 머물다가 봄이 되면 북쪽으로 올라가셨다. 우연한 말씀 끝에 교수님은 그의 은사도 정년퇴임 후, 겨울이 되면 제자 패터슨 교수님이 계신 남부로 내려오셔서 봄까지 머무르시다가 꽃피는 사월이 되면 예일대 부근으로 돌아가시곤 하셨다고 했다.

패터슨 교수님의 그 은사님은 돌아가실 때도 겨울이라 남쪽으로 내려오셨다가 제자 곁에서 임종을 하셨다고 한다. 예일대 교수였던 그분은 돌아가시기 전에 남부에 있는 제자에게 오셔서 자기의 스승인 극작가 손턴 와

일더(Thorton Wilder)를 뵙고 싶어 하셨다고 한다. 그래서 패터슨 교수님도 《우리 읍내》의 작가로 유명한 와일드 선생님, 즉 그분의 은사의 은사를 꼭 한 번 뵙고 싶었다고 한다.

지성이면 감천이듯, 패터슨 교수님이 자기의 은사가 돌아가시게 되자, 입관을 한 후, 그분을 차에 모시고 그분의 고향인 북부 뉴 헤이븐으로 가는 도중, 어느 휴게소에서 쉬고 있는데, 바로 그때 손턴 와이드 선생님 역시 돌아가셔서 그의 시신을 싣고 가는 운구차와 상복을 입은 유가족을 만났다고 하셨다. 비록 두 분은 관 속에 있는 시신이었지만, 삼대(三代)의 스승과 제자가 우연히도 마지막 가는 길에서 묵묵히 만났다는 것이다.

패터슨 교수님은 자기 은사에게만 이렇게 잘해 드린 것이 아니라, 나라와 민족을 초월해서 인류애의 차원에서 제자들을 키우셨다. 1950년대와 1970년대 우리 연극계에서 크게 활약을 하셨던 극작가 이근삼 교수도 원래 그분이 키우신 제자였다. 1950년대 말 이근삼 교수님이 그곳에 유학 가셔서 쓴 희곡 작품이 영어는 서툴렀으나 위트와 유머는 물론 생각과 구성이 훌륭하다고 하시면서 본인이 그것을 다시 쓰게 하시다시피 하셔서 유명한 캐롤라이나 대학 무대에 올리게까지 하셨다.

그리고 서울대 미학과를 나온 이원복이라는 여자 제자 한 분을 두었는데, 그분은 당시 그곳에서 석사를 미치고 미시간 대학에서 박사과정에 있었다. 어느 해 겨울 내가 교수님 댁을 방문했다가 부엌 식탁에 놓인 메모지 위에 "미시간에는 눈이 너무 많이 내려 길이 막혀 원복이가 오지 못하는구나. 그립다. 원복아!"라고 쓰신 교수님의 낙서 글씨를 읽고 순간적으로 그녀에 대해 질투심까지 느끼고는 나 자신이 무척 부끄러웠던 적이 있었다.

그러나 패터슨 교수님 부처가 내게 베풀어주신 사랑과 깊은 관심은 누구 못지않은 극진한 것이었다. 내가 동양인으로서 당시 영문학 공부를 하다가 너무 힘에 겨워 좌절하곤 했을 때, 교수님은 언제나 내게 일어 설 수 있는 용기와 힘을 주는 정신적인 버팀목 지주가 되어주셨다. 내가 영문학 공부의 어려움과 장래에 대한 불안 때문에 전과(轉科)를 생각하고 있을 때, 교수님은 "자기가 좋아하는 일을 어렵다고 포기 하지 않고 그것에 열중하다보면, 끝에 가서 길이 열린다"고 하시며, 학문하는 데 있어서 지구력이 무엇인가를 가르쳐 주셨던 일을 잊을 수 없다.

내가 처음 3년 동안 미국에 머물고 돌아온 후에도 선생님은 한 번도 나를 잊지 않으시고 계절이 바뀔 때마다 긴 편지를 작은 글씨로 쓰셔서 삶이 무엇이며 어떻게 살아야만 된다는 것을 소리 없이 가르쳐 주셨다.

한번은 선생님의 얼굴에 짙어가는 주름살을 슬퍼하는 편지를 보내드렸더니, 선생님은 나를 꾸중하시며 그것은 〈삶의 전쟁에서 이긴 무사의 훈장〉과도 같은 것이라고 말씀하셨다. 또 나와 관련이 있는 책이 나오면 크리스마스 선물로 해마다 어김없이 보내주셨다. 나의 논문 지도교수가 쓴 책이 나왔을 때도 비싼 책이라 지도교수님도 보내주시지 않는데, 선뜻 구입하셔서 저자의 사인을 받아 항공우편으로 보내주셨다.

패터슨 선생님은 비교적 가난하신 분이었지만, 나에 대한 선생님의 사랑은 돌아가실 때까지 한 번도 변함이 없으셨다. 나는 선생님의 고귀하신 사랑을 받을 때마다 단 한번이라도 된 제자 노릇을 해야겠다고 다짐하곤 했었다.

그러나 선생님께서 이역만리 먼 곳에 계신 것이 원인이라고 하겠지만, 내가 살기에 바쁘다는 이유로 한 번도 선생님을 모셔 보지 못하고 세월을 보내다가 지난여름 갑자기 선생님이 돌아가셨다는 슬픈 소식을 접하게 되었다.

나의 이기심은 비단 패터슨 선생님께 대해서 뿐만이 아니었다. 대학 시절 나를 무척 아껴주시고, 어려웠던 시절에 두 번씩이나 크게 도와주셨던 은사 한 분이 암으로 돌아가셨을 때도 나는 당시 미국에 있었다는 이유로 문상조차 하지 못했다. 귀국을 해서 바로 선생님의 사모님을 찾아뵙는다는 것이 뜻대로 되지 않아 이제는 죄밑이 되어 다시는 찾아뵈올 수 없는 운명이 되었다.

스승에 대한 나의 배은망덕한 소행은 이것뿐만이 아니었다. 내가 어린 시절, 시골에서 초등학교에 다니다가 심한 병을 얻어 지게에 실려 어느 병원에 입원했을 때, 담임선생님께서는 몇몇 급우들을 데리고 멀리서 기차를 타고 올라오셔서 나의 병실을 찾아 주시기까지 하였다. 그러나 나는 퇴원을 한 후, 바로 대구로 전학을 오게 되고 이어서 한국전쟁이 터진 것이 이유지만, 그 담임 선생님께 그 후 인사 한번 못 드리고 지금은 선생님의 성함마저 기억하질 못하고 있다. 지금 내 나이 쉰이니 선생님께서는 이미 돌아가셨을 게다.

곰곰이 생각하면, 몸은 부모님으로부터 받은 것이지만 정신은 선생님들로부터 물려받은 것이다. 어찌 이것뿐이랴, 오늘날과 같이 각박하고 험난한 세상에서 내가 올바르게 살아갈 수 있는 터전을 마련해 주신 것도 선생님들의 은혜였다.

패터슨 선생님께서 살아 계셨을 때, 나는 기껏해야 일 년에 한 차례 편지를 드리면서 선생님의 은혜에 보답하는 길을 내 제자들을 훌륭히 키우는 일에서 찾겠다고 말씀 드리곤 했다. 그러나 나는 제자들에게 패터슨 선생님에 대한 이야기는 가끔 하면서도 그분이 내게 베풀어주신 정성의 십분의 일도 그들에게 베풀어주지를 못했다.

오늘날 세상은 많이 발전하고 편리해졌지만 정신적이고 도덕적인 면에 있어서 우리들은 퇴보하고 있는 것이 아닐까.

오늘 우리 주변에서 적지 않은 학생들이 비록 이데올로기 문제 때문이라고 하겠지만 스승에게 입에 담지 못할 말을 함부로 하고 스승과 평등한 입장을 주장하며 고함을 치고 생각할 수도 없는 짓을 서슴없이 하게 된 것은 모두 다 나와 같이 스승에게 끝없는 은혜를 입고도 그 은혜에 한 번도 갚지 못한 인격의 부족에서 온 것은 아닐까.

책갈피에 남겨 놓은 은사님의 노트

　근자에 어느 문예지 리뷰를 쓰는 데 필요한 지식을 얻기 위해 절박한 마음으로 미국 시카고 대학 웨인 부스(Wayn Booth)가 쓴《소설 수사학(The Rhetoric of Fiction)》이란 책을 펼쳤다. 이 책은 내가 50년 전 대학원 공부를 할 때 구입한 유명한 소설이론 비평서다. 그 당시 이 책은 내가 논문을 쓰기 위해 필요한 것이었지만, 너무 난해해서 완전히 읽지 못하고 서가(書架)에 꽂아두기만 했다. 그래서 나는 이 책에 대한 예측된 어려움 때문에 큰 기대를 갖지 않고 읽어 나갔다.

　그러나 다행히도 내가 생각했던 것과는 달리 이 책이 어렵지 않게 읽혀져서 새로운 지식은 물론 소설 미학의 진수(眞髓) 발견하는 지적 즐거움을 느낄 수 있게 되었다. 그래서 기억력은 연륜이 쌓임에 따라 감소하지만, 이해력은 넓어진다는 사실과 함께 독서 연령이 무엇을 의미하는 가를 경험하는 기회를 가졌다.

　그런데 이 책이 멀리서 들려오는 종소리처럼 내 마음에 깊은 울림을 일으키게 한 것은 소설이론에 관한 저자의 해박한 지식보다 나를 학문의 길로 이끌어 주셨던 벽안(碧眼)의 여교수 패터슨 선생님께서 붉은 줄을 긋고 책갈피에 남겨 놓은 여적(餘滴)이었다. 대학원 공부를 시작 할 무렵 내가 그 책 읽기가 어렵다고 말씀을 드렸을 때, 지금은 작고하신 그 선생님께서 내게 도움을 주기위해 직접 그 책을 읽기까지 하셨던 일이 생각났었기 때문이다.

나도 교직 생활을 하며 일생을 보냈지만, 피부색이 다른 낯선 학생 한 사람을 위해 부피가 있는 책까지 읽으며 정성을 보인다는 것은 쉽지 않은 일이다. 물론 선생님과 나의 관계는 특별한 것이었다. 1960년대 초 그분이 풀브라이트 교환 교수로 한국에 왔을 때, 나는 우연히 그분의 학생이 되었다. 그것이 인연이 되어 그 어려웠던 시절 미국 남부에 있는 노스캐롤라이나 대학(채플 힐) 대학원에 입학 허가를 얻어 유학길에 오를 수 있었다. 그러나 당시 나는 한국 대학에서 너무나 부실한 교육을 받았기 때문에, 현지에서 실시되고 있는 높은 수준의 문학 강의와 과제물을 소화하기가 어려웠다.

그래서 그 옛 은사의 도움과 헌신적인 사랑이 없었으면 나는 그 어려운 시련의 고비를 넘길 수 없었을 것이다. 그리고 내가 방대한 책 읽기에 좌절했을 때, 선생님은 언제나 옆에 계시면서 내가 쓴 페이퍼(과제물)를 연필로 새까맣게 고쳐주셨다. 또 1967년도 학기말 시험이 있던 어느 날은, 거의 잠을 자지 못하고 불안한 마음으로 교실로 가기 위해 기숙사 문을 열고 나왔을 때, 선생님께서는 새벽에 오셔서 격문을 쓴 쪽지를 방문 번호 명패 아래 핀으로 꽂아놓고 가시기도 했다. 나는 너무 고마워 여름에는 선생님 정원의 풀을 깎아드리기도 했고, 어머니가 돌아가셨을 때는 선생님을 뫼시고 교외에 살고 있는 흑인 장례사를 찾아가기도 했다.

1969년 크리스마스 무렵 천신만고(千辛萬苦) 끝에 내 학위 논문이 통과되었다는 소식을 들은 선생님은 포인세티아 화분과 함께 촛불을 켜고 파티까지 열어주셨다. 그때 선생님은 가까운 이웃들과 함께 붉은 조끼를 입으시고 일어나셔서 허공으로 팔을 높이 휘두르며 내게 "새로운 세상이 열린다!"라고 말씀 하시면서 기뻐하셨다. 나는 당시 선생님의 그 말씀이 "이제 고생이 끝났다"는 말로 들렸다. 어쨌든 나는 그 학위를 기초로 해서 대학에서 학생들에게 문학을 가르치며 공부하는 삶을 살게 되면서, 선생님의 그 말씀의 뜻과 진실을 또 다른 측면에서 경험으로 깨닫게 되었다.

책장에 꽂혀 있는 오래된 책들 가운데 어렵다고만 생각되어 읽지 않았던 웨인 부스의 책이 지금 이렇게 완전한 이해를 통해 지적인 즐거움을 주는 순간, 나는 이 모든 변신이 선생님의 헌신적인 사랑과 노력 때문이라는 생각이 산울림과 같이 말려 옴을 느꼈다. 내가 이 책을 '황소'라는 이름의 채플 힐 대학 서점에서 구입했을 때, 그 책을 읽고 이해할 수 없었던 것은 영어 실력이 모자랐기 때문이기도 했지만, 저자가 그 책에서 언급한 문학 이론과 수많은 고전 작품들에 대한 지식이 부족했기 때문이었다.

하지만 지금 내가 이 책을 이해할 수 있는 것은 그동안 이 책에서 언급한 중요한 고전들의 많은 부분을 읽었고 문학이론은 물론 소설 미학과 관련된 철학 서적을 적지 않게 탐독하여 문학 공부의 지평을 끊임없이 넓혀 왔기 때문이다. 이렇게 볼 때, "새로운 세상이 열린다!"라는 옛 은사의 말씀이 내 앞에 일상적인 삶과는 다른, 위대한 인간정신과 위엄 있는 삶의 의미를 탐색할 수 있는 넓은 문학의 바다가 펼쳐져 있다는 것을 의미한다고 생각하게 되었다.

오래 전 선생님을 처음 만났을 때, 나는 프랑스 작가 알퐁스 도데의 〈마지막 수업〉과 〈별〉의 영역본과 영미 단편소설 몇 편, 토마스 하디의 《테스》와 샬롯 브론테의 《제인 에어》, 그리고 제인 오스틴의 《오만과 편견》 등을 뜻도 모르고 읽었다. 그러나 지금 나는 언어로 그려진 상상력 세계의 순례자가 되어 셰익스피어, 밀턴, 스위프트, 휘트먼, 딕킨슨, 워드워즈, 예이츠, T. S. 엘리엇, 스티븐스, 조이스, 버지니아 울프, D. H. 로렌스, 포크너, 헤밍웨이 그리고 베케트 같은 고전적 영문학 작품뿐만 아니라, 호머와 단테를 비롯하여 몽테뉴, 라신, 플로베르, 프루스트, 톨스토이, 도스토옙스키, 체홉, 릴케, 카프카, 토마스 만, 그리고 솔제니친과 파스테르나크 그리고 마르케스 등과 같은 위대한 작가들의 아름답고 격조 높은 심오한 작품 세계를 광범위하게 탐색하며 비평적인 시각으로 그 문학적 가치를 이해하는 즐거움을 갖는다. 이 얼마나 축복받은 일인가.

지나간 세월 속에서, 아니 지금도 나는 세계문학 걸작들을 계속 읽고 그 속에 나타난 신비로운 삶의 의미와 진실, 그리고 희비극적인 삶의 아름다움을 새로이 발견하는 즐거움을 갖는다. 늦었지만 아직까지 읽지 못했던 고전을 찾아 읽고 울림은 물론 깨달음의 희열을 느낀다. 또 이미 읽었던 고전이라도 다시 읽고 그 속에서 언제나 새로운 의미를 발견하는 기쁨을 갖는다.

이렇게 내가 일상적인 삶을 살지 않고 위대한 문학 작품과 함께 하는 즐거움을 느낄 때마다 순간순간, 미로 속에서 길을 잃고 방황하고 있던 나를 문학 공부를 하는 길로 인도해 주셨던 그 선생님이 내게 "새로운 세계가 열린다!"라는 말씀과 함께 춤을 추듯 허공으로 팔을 휘두르며 좋아하셨던 모습이 물 위의 꽃잎처럼 떠오른다. 숨은 위대한 인격을 가진 교육자이자 휴머니스트였던 선생님께서 부싯돌로 불을 켜듯 내게 지핀 문학의 작은 불씨가 성숙한 불꽃이 되어 지금 내 마음의 방을 백야(白夜)처럼 이렇게 환하게 가득 비쳐주고 있기 때문이다.

어느 조각가의 장례식

성년이 되어 학교를 떠나 집필에만 몰두하며 일 년 가까운 세월을 보내고 있을 무렵이었다. 교육대학원에서 지난 해 최우수 강의 교수로 선정이 되었다는 소식이 내게 보내와 적지 않게 의아했다. 나는 교육대학원 전임교수가 아니었기 때문에 있을 수 없는 일이라 생각하고, 교학과에 문의를 했더니 내가 마지막 학기에 가르쳤던 '영문학 강독'이라는 강좌에서 나온 결과라고 했다. 나는 그 과목이 일반대학원의 전공과목이 아니라 교육대학원에서 제공하는 교양과목이었기에 특별히 준비를 하지 않았었고, 더욱이 나는 눌변이었기 때문에 최우수 교수로 선정될 이유가 없다고 생각했다.

그러다 잠깐 되돌아보았더니, 그것은 대부분 현직 교사들로 구성된 수강생들과 함께 읽은 미국의 현대 작가 윌라 캐더(Willa Cather)가 쓴 〈어느 조각가의 장례식〉이란 작품 때문이었다는 생각이 어렴풋이 떠올랐다. 목탄화(木炭畵)같이 짙은 문체로 밀도 짙게 그린 이 작품은 단편이지만, 무척 감동적이었다. 플롯은 문명국인 미국 동부의 스티븐스라는 이름의 젊은 예술가인 제자가 그를 가르쳤던 스승 조각가 하비 매릭이 죽자 그의 시신(屍身)을 안치한 관(棺)을 밤차에 싣고 동부에서 오지(奧地)인 서부에 있는 그의 고향으로 가서 장례식을 치른다. 그때 제자는 스승이 어릴 적 극도로 누추한 환경에서 자라왔음에도 온갖 어려움을 극복하고 인간승리의 월계관을 쓴 예술가라는 사실을 발견하게 된다는 얘기다.

당시 교육대학원에서 이 과목을 들었던 교사 수강생들이 나를 잊지 않고 기억해 주었던 것은 내 강의 내용이 영어라는 외국어 때문이 아니라 작품 〈어느 조각가의 장례식〉에 나타난, 사제(師弟)간에 나누었던 헌신적인 관계 때문이었을 것이다.

이 시점에서 생각해보니 스승은 교단에서 제자들에게 공부만이 아니라 인간의 품성과 생의 의미에 대한 탐색은 물론 바르게 살아가는 방식 및 태도가 무엇인가를 침묵으로 가르친다고 생각된다. 되돌아보니 모든 것이 부족하기만 한 내가 이렇게 추하고 험난한 세상에서 공부하며 글을 쓰고 살아가게 된 것은 모두 다 나를 가르치고 먼저 가신 스승들의 관대한 은혜 때문이었다.

내가 결코 잊을 수 없는 스승 두 분은 나를 영문학의 길로 인도한 벽안의 여인 메리 패터슨 교수이고, 다른 한 분은 인간의 품격과 살아가는 태도가 삶에 있어서 얼마나 소중한 것인가를 온몸으로 가르쳐 주신 고 김종운 서울대 교수이다.

척박한 환경 속에서 20대 후반을 힘겹고 불안한 마음으로 방황해야했던 내게 패터슨 교수의 손길은 축복 그 자체였다. 구원에 가까운 선생님의 인간애 넘친 지도가 없었다면 지금 난 어디서 무엇을 하고 있을까. 내가 패터슨 선생님께 드린 것이라고는 처음 도미(渡美)했을 당시 기념품으로 가져갔던 놋쇠로 만든 작은 종(鐘) 하나 밖에 없었다. 대학원 공부를 하며 좌절할 때마다 선생님께선 늘 내 옆에 계셔주셨다. 선생님이 내 논문들을 하나하나 고쳐 주실 때, 나는 선생님의 정원에 풀을 뽑아드렸고, 선생님의 어머님이 돌아가셔서 흑인 마을로 장의사를 데리러 갈 때 나를 옆에 태우고 가셨다. 작은 학위를 마쳤던 그해 겨울 크리스마스 때는 붉은 조끼를 입으시고 부군과 함께 축하 파티를 열어주시고 좋아하시며 눈물까지 흘리셨다. 그 후 10년 세월이 지난 어느 해 보스턴으로 가는 길에 선생님을 방문했을 때, 선생님은 나를 먼 나라 여행지에서 돌아온 자식처럼 끌어안으시고 선생님 댁에서 잠을 재우셨다. 다시 10년이 지나고 캘리포니아 팔로알토로 가는 길에 남부로 내려가서 선생님을 찾았을 때는 관절염을 앓고 계셨지만 주름진 얼굴에 상기된 표정까지 지으시며 반가워하셨다. 그리고 눈이 오는 일요일 오후 나를 공항까지 데려다 주시고 부둥켜안으시며 마지막 작별 인사를 해 주셨다. 그 후 무릎 수술을 받으시고 글씨를 쓰시지 못하실 때까지 많은 편지를 보내주셨으나 그 후 다시는 뵈올 수가 없었다. 50대를 넘기던 어느 비오는 월요일 선생님이 돌아가셨다는 부음을 하얀 봉투로 받고 말할 수 없는 충격을 받았으나 너무 멀고 바쁘다는 이유로 장례식에도 참석 못한 채 눈물만 머금어야만 했다.

내 학위 논문 지도 교수였던 김종운 선생님이 보여주신 인품 역시 내가 살아가면서 지켜야할 귀중한 정신적 자산이자 유산이었다. 선생님은 서울대 총장직에 계셨지만, 나를 데리고 관악산 캠퍼스 뒤에 있는 언덕으로 올라가셔서 햇빛에 은빛으로 빛나는 대학 건물 지붕들을 내려다보시며 삶의 고뇌를 말씀하시곤 하셨다. 변함없이 언제나 내게 베풀어 주신 사랑은 실로 진정성으로 가득 찬 선생님의 인품, 그 자체였다. 선생님은 누구보다 명석하시고 많은 학문적 업적을 쌓으신 분이었지만, 어느 누구 앞에서도 낮은 자세로 임하셨고, 세속적인 삶 속에서도 속세적인 온갖 몸짓, 자연적이고 본능적인 속된 마음의 자리에서 항상 자유로우셨다. 마지막 순간까지 그러셨다.

늘 누구보다 앞서 걸어가시던 김종운 선생님께서는 대학에서 은퇴하시고 맡게 되었던 모든 공직에서 물러나신 후, 갑자기 찾아든 병환으로 견디기 어려운 항암 치료를 받고 계셨다. 선생님은 생(生)과 사(死)의 갈림길에서 수술을 받기위해 수술실로 들어가시기 전에 내게 전화를 한 번 하실 때도 정작 선생님은 자신이 수술실로 들어가신다는 말씀은 하시지 않으셨다.

그래서 뒤늦게 선생님이 입원하시고 계시는 병실 문을 열고 들어서려고 했을 때는 마침 선생님께서 무언가 드시려고 하시다가 인기척이 나자 바쁘게 그것을 숨기셨다. 선생님은 병상에 앉아 식사하시는 모습을 남에게 보이고 싶지 않으셨기 때문이리라. 내가 침대 맞은편에 있는 간이의자로 가서 선생님과 마주하고 앉았을 때에도, 선생님은 하얀 시트위에서 가부좌로 정좌(定座)를 하시고 나를 대하셨다. 선생님의 단정한 모습에서는 큰 수술을 마치셨다는 것이 믿기지 않으실 정도로 병색이라고는 찾아볼 수가 없었다. 수염도 깨끗이 깎으셨고 머리는 반듯하게 빗질을 하시고 계셔서 여느 때와 조금도 다름이 없었다. 선생님은 인간의 위엄을 지키시면서 투병을 하시는 모습이 역력했다. 비록 그날 나는 선생님과 잠시 그 동안에 있었던 일들에 대해 담론을 나눈 후 병실을 나왔지만, 내 마음은 아쉬움과 슬픔으로 가득 차서 선생님의 아픔을 조금이라도 함께 나누고 싶은 마음뿐이었다.

그래서 며칠이 지난 후, 선생님께서 시간이 지루하실 때 보실 수 있도록 팔로알토에 있는 어느 헌책방에서 구입한 폴 고갱의 화첩(畵帖) 한권을 가지고 선생님의 병실을 다시 찾았다. 비록 그림이지만 선생님께서 열대의 나라 타히티 섬에 사는 원주민 처녀들의 생명력 넘치는 풍요로운 모습을 보시면, 죽음의 그림자를 쫓으실 수 있을 것이라는 생각 때문이었다. 내가 두 번째 병실을 찾았을 때, 선생님께서는 수술 뒤 계속되는 항암 치료를 위해 고통스러운 화학요법을 받아 탈모 현상이 심하셨고, 체중이 크게 줄어드신 모습이셨다. 그러나 병고에 시달리는 듯한 인상을 주지 않으시고 정좌를 하시기에 나는 오히려 민망스러워 황급히 선생님 곁을 떠났다.

그때 그 시절 그 교육대학원 교실에서 앞서 언급한 윌러 캐더의 〈어느 조각가의 장례식〉을 해석하면서 현직 교사 수강생들에게 다음과 같이 말했던 것을 지금도 나는 기억하고 있다.

"내가 만일 선생님보다 더 오래 살 수 있다면 그 작품의 등장인물처럼 선생님의 관을 메고 온갖 더러움으로 물든 마을을 지나서 무덤으로 가는 행렬의 맨 앞줄에 서 있을 것이다."

마지막 수업

누구에게나 어린 시절의 독서는 쉽게 잊을 수 없는 신비로운 경험이다. 고등학교 영어 교과서에 번역되어 실린 알퐁스 도데의 〈마지막 수업〉이란 작품을 읽고 느꼈던 감동은 기억 속에서 지워지지 않고 아직도 '어둠 속의 판화'처럼 선명하게 남아 있다.

프러시아군의 나팔 소리가 들려오고, 하멜 선생이 '프랑스 만세!'라고 쓴 칠판에 기대선 채 모두 돌아가라고 창백한 얼굴로 목이 메어 수업을 끝맺는 결말 부분을 읽었을 때, 내 가슴에 감동의 물결이 일어났던 일이 지금도 기억에 뚜렷하게 남아 있다. 그것은 우리 역시 한국어 사용이 금지되어 우리말을 제대로 배우지 못했던 식민지 시대를 경험했기 때문일까. 나도 내가 '마지막 수업'을 하게 될 줄은 꿈에도 생각지 못했다.

나는 대학에서 문학을 가르치며 40년 가까운 세월을 보내고 정년을 맞아 '마지막 수업'을 하게 되었다. 여기서 내가 말하는 '마지막 수업'은 자기의 학문 세계를 이야기하며 과거를 더듬는 흔히 자기를 위한 고별 강연이 아니라, 학생들을 위한 마지막 강의였다. 나는 마지막 강의 시간에도 나 자신의 개인적인 이야기는 하지 않고 배우던 책만 학생들에게 열심히 계속 읽어 주었다. 아직 학생들을 한 번 더 볼 수 있는 마지막 시험 시간이 남아 있었기 때문이다.

그래서 나에게 '마지막 수업'은 마지막 강의가 아니라 학기말 시험이었다. 창밖에 겨울눈이 내리던 날, 나는 마지막 시험지를 들고 발자국 소리를 내며 교실로 들어가 긴장하고 있는 학생들에게 시험지를 한 장 한 장 나누어 주었다. 그들은 그것을 숨죽이고 받아 들었다. 나는 교단으로 돌아와 칠판에 몸을 기대고 서서, 학생들이 순수한 두려움 속에서 시험지 위에 공부한 것을 열심히 쓰고 있는 모습을 지켜보았다.

그러다 나는 고개를 돌려 창밖에 내리는 눈발을 바라보았다. 다시 눈을 돌려 교탁 앞에서 시험 답안지에 정신을 집중시켜 공부한 것을 열심히 쓰고 있는 학생들의 표정을 보니 연약하고 소박하지만, 인간의 가장 아름다운 모습으로 다가왔다. 나는 그들을 가까이에서 접하고 싶어 교실 아래로 내려가 그들 사이를 소리 없이 걸어갔다. 빈자리 의자에 놓여 있는 학생들이 공부하며 까맣게 적어놓은 공책과 연습장이 아주 귀중한 문서처럼 느껴졌다. 나는 그것을 보고 또 보았다.

옛날에는 오만함에 눈이 멀어 그것을 게으른 학생들이 쓰다 버린 누추한 연습장쯤으로 외면하지 않았던가. 왜 나는 교수 생활의 마지막 순간에야 비로소 공부하는 아이들의 아름다운 모습과 그것의 가치를 발견하게 된 것일까? 내가 교실에서 추방되어 순수한 그들과 접촉할 수 있는 시간이 끝나기 때문일까? 소중한 것을 지니고 있을 때는 그것의 가치를 알지 못하다가 그것을 잃은 다음에야 그 사실을 깨닫는 이유가 무엇인가? 그것은 우리가 햇빛 속에 있을 때는 그것의 아름다운 가치를 모르지만, 어두워지면 그 진가를 알게 되는 것과 같은 이치 아닌가? 아니면 마지막 순간에는 마음을 비우기 때문일까?

이유가 무엇이라도 좋다. 나는 '마지막 강의'를 격식에 맞추어서 하며 사랑하는 학생들에게 흔히 하는 고별인사를 하지 않고 여느 때처럼 아무 일 없는 듯이 보냈다. 숨소리조차 느껴지지 않는 조용한 기말 시험장에서 학생들의 순수하고 진지한 모습을 직접 보았기 때문에 이와 같은 진실과 아름다움을 발견할 수 있었다.

늦게나마 침묵의 공간에 숨어 있는 생의 아름다운 진실을 발견하게 된 것은 적지 않은 행운이었다. 학기말 시험장에서 본 그들의 아름다운 모습에서 감동적으로 새로이 발견한 이 숭고한 가치의 정신 때문에, 나는 그렇게 오랜 세월 동안 아이들을 가르쳤던 강단을 떠나기가 '마지막 강의'를 할 때보다 더 어려웠다.

그러나 다음 순간 나는 강의를 하는 것 이외에도 그들과 교감하며 뜻을 나누는 방법이 있다고 생각했다. 그들의 참된 가치에 대한 새로운 인식을 토대로 해서 남은 시간 동안 부지런히 글을 쓰면 그것이 그들에게 더욱 깊은 의미로 전달될 수 있지 않을까? 우주의 질서는 부조리한 것 같지만, 개인적인 차원에서만 그렇게 보일 뿐이다.

겨울의 빛

경험과 풍요로운 삶

이탈리아 르네상스 철학자 조르다노 브루노는 무한한 원과 직선 사이에는 아무런 차이가 없다고 말하며 최소한의 열과 최소한의 차가움은 같다고 보았다. 그래서 그는 "최소함(minima)과 최소함(minima)은 같을 뿐만 아니라 최대와 최소는 변형 과정에서 같은 것이다"라고 주장하며 최대한 부패는 최소한의 생성, 즉 '부패는 생성'이라고 말했다. 브루노의 이러한 시각은 우주의 모든 변화 과정이 직선으로 진행되는 되는 듯이 보이기도 하지만 원형으로 움직인다는 것을 의미한다.

그렇기 때문인지 사람들은 직선으로 움직이는 시간 속에서도 해가 바뀌면 연륜(年輪)이란 말과 같이 새로운 원을 그리는 삶이 시작되는 것으로 생각하고 풍요로운 삶을 살기 위해 여러 가지 계획을 세운다. 이렇게 사람들이 새해를 맞이할 때마다 계획을 세우고 그것을 실천하기 위해 바쁘게 노력하는 것은 경험할 것은 많은데 비해 우리들에게 주어진 운명적인 시간이 지극히 제한되어 있기 때문이다. 그럼에도 유년시절에는 물론 청년시절에도 시간의 흐름을 그렇게 절실하게 의식하지 못한다. 그러나 나이가 들어 연륜이 쌓이면 누구나 시간을 의식하게 되어 세월의 흐름에 대해 강박관념을 가지지 않을 수 없게 된다.

우리가 짧은 삶을 얼마나 많은 경험을 어떻게 누리고 사느냐에 따라 우리 인생의 의미가 빈곤한 것이 될 수도 있고 풍요로운 것이 될 수도 있다. 다시 말하면, 삶이 아름답다고 느낄 수 있는 감동적인 경험이 많으면 많을수록 삶이 풍요롭다고 말할 수 있다. 사람들은 물질적인 풍요가 값지고 인간이 누릴 수 있는 최대의 행복이라고 생각한다. 그러나 그것만으로 충분하지 않다. 그들이 물질적인 풍요를 넘어 지적이고 정신적인 풍요를 경험하지 못한다면, 신이 우리들로 하여금 찾아서 즐기도록 숨겨둔 어쩌면 가장 귀중한 삶의 일부분을 버리고 가는 결과를 가져온다. 특히, 우리가 부(富)의 노예가 되면, 상대적으로 정신적인 빈곤과 함께 귀중한 삶에 대해 느끼는 권태가 따르기 때문이다. 닫혀진 공간에 육체적으로 느끼는 황홀한 경험은 자극적인 쾌감을 가져다주지만, 너무나 찰나적일 뿐만 아니라 숙취와 같은 죄의식의 그림자를 드리우게 한다.

그러나 방문을 열고 밖으로 나가 보라. 자연과 접하는 즐거움은 닫친 공간에서 느끼는 그것과는 차원이 다른 숭고하고 장엄한 아름다움을 느끼고 스스로 사색의 날개를 펼 수 있는 기쁨을 가질 수 있는 경험을 하게 된다. 에머슨은 밖으로 나와 언덕에 올라 "자연의 물상을 단순히 경험하는 것만으로도 기쁨을 느낄 수 있다"고 말하며, 다음과 같이 말했다.

정월, 마지막 저녁 석양의 매력은 오후의 나른함만 없다면, 다른 것 못 않게 훌륭한 것이었다. 서쪽 하늘의 구름들이 나누어지고 그것은 다시 말 할 수 없이 부드러운 엷은 색으로 변한 분홍색 조각들로 다시 나누어졌다. 공기는 너무나 상쾌하고 감미로워 실내로 들어오는 것이 고통스러웠다. 자연이 말하려고 하는 것이 무엇인가? 호머나 셰익스피어가 나를 위해 그것을 언어로 재현할 수 없었을까? 나목(裸木)은 푸른 동쪽 하늘을 배경으로 불꽃처럼 타오르는 석양의 첨탑(尖塔)이 된다.

나 역시 산책을 나가면 여명의 자줏빛 하늘에 떠도는 구름조각, 길섶에 피어 있는 눈물과도 같이 작은 푸른 풀꽃의 아름다움에도 신비감을 느끼며 적지 않은 기쁨을 느낀다.

　그러나 산책과 여행을 통해 얻게 되는 경험은 또한 어디까지나 제한적이다. 그렇다면 비록 간접적인 것이지만, 경험적인 측면에서 짧은 인생을 풍요롭게 사는 방법은 독서일 것이다. 치열한 독서를 통해 우리는 제한된 시간을 초월해서 물리적으로 체험할 수 없는 세상에 대한 진귀한 경험을 할 수 있다. 비록 우리가 자연과 같은 열린 공간이 아니라 골방과 같은 닫힌 공간에 있다고 하더라도 잠에 취해 있듯이 무기력한 상태에 빠져 있지 않고 깨어 있는 상태에서 책을 읽을 수 있다면, 그것을 통해 경험의 범위를 무한히 확대시킴과 동시에 지적인 즐거움을 가져다주는 인식론적인 힘을 증대시킬 수 있기 때문이다. 나는 바다와 먼 내륙(內陸)에서 태어나 산촌에서 자랐지만, 일찍이 데포의 《로빈슨 크루소》와 어빙의 《스케치 북》을 읽으면서 바다와 부두 풍경을 경험했고, 성인이 되어서는 조이스의 《율리시즈》에서 달의 인력으로 파도가 밀려왔다 밀려가는 아일랜드 해변의 모래 밭 풍경과 바다 밑 해초가 움직이는 신비로운 현상을 실제보다 더욱 생생하게 경험하며 달이 인력과 우주의 변화과정을 지각할 수 있었다. 또 20세기 초의 파리를 실제로 경험할 수 없었지만, 라이너 마리아 릴케의 《말테의 수기》 속에서 파리의 음울한 풍경을 접할 수 있었으며, 릴케와 함께 보통사람들이 경험할 수 없는 정숙한 파리 도서관의 침묵 속에서 시집을 읽는 즐거움이 무엇인가를 체험했다. 또 현실적으로는 불가능하겠지만, 책속에 나오는 어느 주인공의 "모자 차양 밑으로 공작새의 날개처럼 떨고 있는 속눈썹을 통해 남쪽으로 향하고 있는 태양을 주시하며 목신(牧神)의 오후"와 같은 아름다운 세계를 경험하는 기쁨마저 누렸다.

　브루노의 지적처럼, 시간의 흐름이란 직선으로 나타나 보이지만, 한 해한 해가 부패와 생성이 일치된 상태에서 교차하는 원, 즉 연륜(年輪)의 시작을 의미한다면, 새해의 새 출발은 생성을 위한 고급한 경험과 사색으로 가득 채워져야 할 것이다. 우리가 한해의 계획을 어떻게 세우고 어떠한 경험을 하느냐에 따라 우리의 삶도 달라질 것이기 때문이다.

일요일 아침

영국 시인 루이스 맥니스는 일요일을 '작은 영원'이라 노래했다. 그렇다. 어찌 생각하면 일요일은 시간 속에 있으면서 시간밖에 있는 것 같다. 빠르게 흘러가는 세월의 여울 속에서 잠시 동안 소리 없이 옆으로 피해 앉은 것 같은 일요일은 영겁의 시간 속 짧은 순간이지만 그 속에 '시간의 빈터'처럼 영원의 세계에서 찾을 수 있는 안식과 평화로운 사색, 그리고 꿈이 깃들어 있다.

그래서 우리들은 일요일 아침이면 무슨 '시간의 빈터'를 만난 것처럼 늦잠을 자고, 산책을 좋아하는 사람은 일찍 일어나 집을 나선다. 그렇지 않는 사람은 실내복 차림으로 햇빛 비치는 창가에 앉아 흐르는 음악과 함께 차(茶)를 마시며 황망한 시간 속에서 느끼지 못했던 삶의 아름다움에 잠겨들게 된다. 이때 나는 가끔 사월의 꽃이 핀 숲과 쏟아지는 여름 소나비, 그리고 겨울철 꿈을 꾸듯 내리는 눈을 생각하며 파라다이스가 천국에 있는 것이 아니고 이곳 지상(地上)에 있는 건 아닌가하고 반문한다. 그래서 금요일이 되면 일요일이 가까운 토요일이 초조하게 기다려지고, 토요일이 되면 일요일을 위한 축제 분위기에 휩싸인다. 맥니스가 일요일을 음악과 시가 있는 '운명의 큰 바자'가 있는 날과 같다고 노래한 것도 이와 같은 이유 때문이리라.

가을날 일요일이면 더욱더 그러하다. 햇살이 비끼는 한적한 일요일 오후, 대지(大地) 위로 붉게 물들어 우수수 떨어지는 낙엽과 더불어 찻잔을 기울이며 마르셀 프루스트가 말한 잃어버린 시간 속에 묻어버린 수많은 지문(指紋)들을 회상 속에서 되찾게 되면, 슬픈 감정이 밀려오지만 그것이 제공하는 마음의 풍경은 천상의 그것보다 다채롭고 아름답게 느껴진다.

일요일 아침 멀리 서 있는 교회의 첨탑에서 종소리가 들려오면 지금은 시들은 아네모네 꽃처럼 노파가 되신 고모님이 주일학교에 다니던 처녀시절의 아름다운 모습이 떠오르고, 소슬한 가을 밤 텅 빈 노천극장에서 지금은 멀리 떠나 있는 벗과 함께 듣던 그 둔탁한 저녁 종소리도 생각이 나고, 그 종소리에 부서진 수많은 이야기들이 흩어진 꽃잎들과 낙엽을 싣고 오는 바람 소리로 들린다. 또 창밖으로 보이는 뜰에 서 있는 가을꽃들이 내 시야에 들어오면, 그것은 침묵 속에서 나를 먼 과거로 싣고 간다.

청소년 시절 나는 집을 떠나 객지에 살면서 일요일이면 완행열차를 타고 두어 시간을 달려 어느 퇴락한 간이역에 내려 철길 침목의 콜타르 냄새가 짙게 묻은 자줏빛 국화꽃 향기를 숨 가쁘게 마시곤 했다. 서늘한 가을 밤 밤공기를 가르고 흐릿한 전등불이 켜져 있는 역사(驛舍)를 나와 굽이쳐 흐르는 강줄기를 따라 뻗어 있는 어두운 산길을 두려움 속에 달려가 도착한 곳은 지금은 낡고 허물어져 가는 와가(瓦家), 바로 우리 집이었다. 호롱불이 켜져 있는 영창문을 열고 들어가면 물레를 잣다 말고 맞아주시던 할머니—이 모든 것이 지나간 모습들이지만, 가을날 일요일이 되면 내 사색의 골짜기에서 물빛 속에 어리는 조용한 그림자처럼 떠오른다.

그러나 일요일 석양에 교회의 첨탑에서 들려오는 여러 개의 종소리는 잃어버린 시간을 회상하게 하는 것보다 '빅벤'처럼 '작은 영원'과도 같은 일요일의 시적 공간도 기계적이고 물리적인 일상적인 시간의 흐름에서 해방될 수 없다는 것을 알려주는 듯 허공 속으로 약하게 소멸되어 사라지곤함을 나는 느낀다. 이것은 아마도 일요일에 찾아오는 '시간의 빈터'가 잃어버린 환상을 쫓는 시간만이 아님을 의미하는지도 모른다. 그것은 밀물처럼 쉴 새 없이 달려온 길을 되돌아보고 앞으로 가야할 길을 생각하게끔 하는 시간의 여백이자 '갓길'과도 같은 것이다. 젊은이는 젊은이대로 지나온 삶을 반성하고 앞으로의 삶을 어떻게 살아야만 할 것인가를 생각하게 하며, 나이 든 사람은 그들대로의 삶의 마무리를 어떻게 지어야 할 것인가를 조용히 생각하게 하는 시간의 자리이다.

그러나 나는 일요일을 일요일답게 보내본 적이 별로 없다. 나는 주말이 아닌 주중의 일들을 곧잘 주말로 미루어 놓는다. 글 쓰는 사람의 일이란 언제나 고민스럽고 힘든 것이지만, 나처럼 일요일까지 일을 미루어 '황금시간'을 일도 아니고 쉬는 것도 아닌 불편한 하루로 지냈던 그간의 내 삶이 얼마나 황량했던가.

그러나 부활을 위한 '작은 영원'의 시간을 지나친 나태와 흥분 속에서 휴식만을 위한 휴식의 시간으로 보내는 것도 그렇게 뜻 있는 일이라고는 할 수 없다. 만일 어떤 사람이 일요일에 자신의 건강을 위해 맑은 공기를 호흡하고, 대자연과 만나기 위해서 등산만을 한다면, 그는 일요일이 주는 시간의 풍요로움을 절반밖에 누리지 못하는 것이라 하겠다. 일요일의 등산은 그 시간이 주는 의미와 산을 타는 의미를 동시에 생각하며 오를 때 비로소 완전한 것이 되리라. 막연한 혼돈 속에서 보내는 시간과 사색과 삶의 진수(眞髓)를 경험하는 감정이 묻어나는 시간은 같을 수 없기 때문이다.

그래서 일요일은 화려한 것보다 무겁고 우울한 것이 더 좋을 수 있다는 말이 생겨난 것 같다. 시인들과 사색하는 사람들이 화창한 봄날의 일요일보다 낙엽 지는 쓸쓸한 가을날의 일요일, 또는 비 오는 '글루미 선데이'를 노래한 것도 이와 같은 이유 때문이리라. 일요일이 되면 화사하지만 소란스러운 결혼식장을 즐겨 찾는 많은 사람과 달리 무겁고 경건한 슬픔의 휘장이 드리워진 장례식장을 찾는 일을 마다하지 않는 것도 이와 같은 이유 때문일까.

19세기 미국 작가 헨리 제임스가 영국에 머물고 있을 때 그와 지극히 사이가 나빴던 사람의 외아들 장례식에 참석하고 돌아와서 그의 하숙집 주인에게 "감정이 있는 곳에 내가 있다"고 뜻 깊게 말한 것이 생각난다.

뼈가 묻힌 무덤일지라도 달구지는 몰아야 한다

3월은 둔중한 겨울의 문을 닫고 초록빛 봄을 여는 달이다. 아직도 차가운 바람을 일으키는 '꽃샘추위'가 우리의 소매 깃을 스치지만, 그것은 부활의 봄을 맞이하기 위한 마지막 진통이다. 그렇게 매서운 북풍과 빙하시대 같은 빙벽을 뚫고 태양의 수레바퀴를 우리 가까이 끌어당기기가 어찌 쉽겠는가.

봄볕에 얼음이 녹는 개울에는 맑은 물이 소리를 내며 흐르고 탱자나무 숲이 있는 남쪽에서 불어오는 바람은 한결 부드럽고 훈훈하다. 오랫동안 닫아 두었던 들창문을 열고 밖을 내다보면, 겨우내 어두웠던 풍경은 사라지고 대지가 밝은 빛으로 변한다. 잎이 돋아나는 잔디밭 광장에는 분수가 솟아오르고 노루꼬리만큼이나 짧았던 대낮의 길이도 한결 길어진다.

밝고 찬란한 3월이 우리 눈앞에 이렇게 다가왔으니 우리는 그것이 '봄처녀'의 수레를 타고 쉽게 찾아왔으리라 생각한다. 그러나 이렇게 3월이 오기까지 봄의 신인 생명의 불꽃은 멀고도 험한 길을 돌아서 왔다.

이른 봄 산하를 붉게 물들이는 진달래와 검은 돌담 위의 눈부신 개나리와 구름처럼 피어나는 라일락을 볼 때마다, 그것들은 하나의 식물이라기보다 어두운 심연의 공간을 뚫고 솟아나온 처절한 삶의 불꽃처럼 보인다.

그래서 시인 김춘수는 〈꽃의 소묘〉에서 다음과 같이 노래했나 보다.

꽃이여, 내가 입김으로

대낮의 불을 밝히면

환히 금빛으로 열리는 가장자리,

빛깔이며 향기며

화분(花粉)이며……

먼 추억으로서만 온다.

어떤 사람은 가을꽃을 봄에 피는 꽃보다 더 좋아한다. 가을꽃은 무더위
와 천둥소리가 산울림을 일으키는 우계(雨季)가 있는 여름을 보내고 숙음
의 겨울을 기다리는 성숙한 모습을 보인다. 그러나 봄에 피는 꽃은 비록
연약해 보이지만, 얼어붙은 빙벽을 뚫고 솟아나온 부활의 생명을 대지 위
로 가져왔기에 그것이 지던 빛은 찬란하고 값지다.

그렇다. 봄이 오는 3월의 거리로 나가 보라. 수많은 사람들이 어디론가
가고 있다. 고독한 사람들은 고독한 대로, 행복한 사람들은 행복한 대로
어디론가 열심히 가고 있다. 그들은 틀림없이 어둡고 추운 겨울의 폐쇄된
공간을 벗어나 열린 공간 속으로 마음의 문을 열고 무엇인가 찾아 길을
떠난다. 봄맞이 길을 나선 거리의 사람들은 삶의 불길을 발견하고 새로운
출발에서 오는 지혜를 얻기 위해 발목이 시도록 걷는다.

우리는 3월을 출발의 계절이라고 말한다. 1월이 새로운 한 해의 시작이
지만, 우리의 실제적인 시작은 3월에 이루어진다. 어린이들이 학교 가는
골목길을 메우고, 엿장수의 가위 소리와 약장수의 북소리도 3월부터 들리
기 시작한다. 미국 시인 T.S. 엘리엇의 노래처럼 거리의 악기상(樂器商)에서
울려 퍼지는 피아노 소리가 지나가는 사람들이 갈망했던 것을 생각나게
하고, 수선화 화환을 머리에 쓴 처녀들이 사원의 담벼락에 앉아 봄볕을

쬐며 소리 없이 웅장하게 전원 교향악을 듣는 풍경도 3월부터 시작된다.

그러나 3월은 만남의 계절이자 출발의 계절이며 이별의 계절이다. 고향 마을 순이 아버지가 가난을 찢고 새로운 삶을 찾아 동해안으로 가서 고기잡이배를 탄 것도 3월이었다. 그 후 순이 아버지가 돈을 벌어 귀향했는지 어찌했는지는 모르지만, 그가 투전판에서의 싸움질을 벗어나 용감히 바다로 나가 새 출발을 했던 그해 3월을 잊을 수 없다. 하느님의 복음을 전하기 위해 아프리카 검은 대륙으로 떠난 어린 수녀님과의 작별도 어느 봄날 기차역에서 이루어졌다. 그러니까, 정든 땅 조국을 뒤에 두고 광대한 대륙의 황야에서 무더위 속 목마름과 싸우면서 흑인들에게 하느님의 말씀을 전하고 우리가 지은 죄를 사하기 위해 자신의 몸을 바치고 있는 그 수녀님의 거룩한 삶도 찬란한 어느 봄날에 시작되었다.

그 수녀님이 귀국해서 우연히 만난다면, 그동안 많이 늙어 주름진 얼굴을 맞이하게 될 것이다. 위대한 삶의 운명에 순종하는 성숙한 그 얼굴에 그려진 성스러운 상흔도 설렘과 두려움으로 그해 3월부터 시작한 변신하는 삶에서 얻은 훈장일 것이다.

보라. 춥고 힘들었던 겨울을 보냈기 때문에 봄이 그만큼 소중하고 반가운 것이다. 어두운 방문을 열고 잠을 깨는 아름다운 봄의 광장으로 나오라. 겨우내 나목(裸木)으로 서 있던 고목에도 속잎이 돋아나고 봄의 왈츠가 경쾌하게 들려온다. 우리는 차가운 겨울 동안 상처를 입고 적지 않은 고통을 겪었지만, 햇빛이 찾아드는 새 출발의 광장을 향해 지금까지 뛰어오지 않았던가. 우리네 삶이란 생각하면 생각할수록 허무하다. 봄의 문턱인 3월에 다시 밭을 갈고 내일을 위해 일하는 즐거움마저 없다면 얼마나 삭막하고 무미건조할까.

곡식을 모두 실어 가버린 황량한 들판에서 이삭을 줍듯 얻어지는 지혜와, 어둠 속에서도 우리의 의식을 깨어 있게 만들어 주는 아름다운 추억과 또다시 찾아오는 겨울을 위해 갈무리할 씨앗도 3월의 출발이 없으면 얻을 수 없다. 윌리엄 블레이크가 말한 것처럼, 햇빛 찬란한 봄날 아침에는 문을 열고 나와 "뼈가 묻힌 무덤일지라도 달구지를 몰아야 하고 쟁기로 밭을 갈아야 한다."

봄의 문턱에서
—막달리나 수녀를 생각하며

계절은 어김없이 바뀌었다. 어제는 눈이 온 누리를 하얗게 덮더니 오늘은 쪽빛 하늘 아래 봄눈을 녹이는 햇빛이 눈부시게 찬란하다. 그러나 처마 끝에서 떨어지는 낙숫물 소리는 눈 오는 날 초등학교 교정에서 들려오던 풍금소리만큼이나 슬프다.

봄은 만남의 계절이고 가을은 헤어짐의 계절이라고 하지만, 키 높이 처마 끝에서 떨어지는 낙숫물 소리는 나를 혼미하게 만들어 봄을 만남의 계절이 아니라 이별의 계절로 여기게 만든다. 하기야 만남은 이별을 낳고, 이별은 또한 새로운 만남을 약속한다지만 말이다.

봄의 문턱에서 계절의 잔인함을 이렇게 느끼는 것은 봄이 그 찬란함을 눈앞에 펼치기도 전에 내가 좋아하는 흰 눈을 슬프게 녹여버리기 때문이다. 또한 주변 사람들이 소리 없이 어디론가 멀리 길을 떠나기 때문이다.

봄의 문턱에서 이렇게 아쉬움을 느끼는 것은 내가 나가는 성당에서 가끔 신도들에게 '예수의 몸'이라고 말하면서 영성체 빵을 손바닥에 놓아주던 안경 쓴 수녀님 한 분이 내 시야에서 영영 사라져 버렸기 때문이다. 사순절이 있는 재(灰)의 수요일에 잔설(殘雪)을 보기 위해 전북 정읍에 있는 내장산을 다녀와 일요일 저녁 미사에 나갔더니 수녀님이 보이지 않았다. 미사가 끝난 후 수녀님이 어디에 계신가 하고 눈으로 찾자 신부님은 수녀님 두 분이 본당을 떠나 다른 성당으로 자리를 옮겨 갔으니 그분들이 새로운 곳에서 희망과 보람을 얻을 수 있도록 기도하자고 말씀하셨다. 나는 마음 한 구석을 스쳐가는 허전함을 지울 수가 없었다.

내가 나가는 대학의 성당에서 영세를 받고 이곳 동네 성당에 나온 지 1년이 지났지만 신부님은 물론 떠나간 수녀님과도 눈인사 한 번 나눈 적이 없었다. 검은 옷을 입은 수녀님은 미사가 끝나갈 무렵 신부님이 영성체를 나누어 주실 때면 제단 앞에서 절을 하고 영성체가 담겨 있는 그릇을 받아서 신도들에게 나누어 주었다. 그러나 나는 그 젊은 수녀님에게서 한 번도 영성체를 받아 본 적이 없다. 항상 일정한 거리를 두고 수녀님이 저만치 서 있는 것을 바라보았을 뿐이었다. 누구 수녀님을 쳐다본 적도 없느냐고 굳이 묻는다면, 수녀님이 제단 앞에서 걸어 나올 때 수녀님의 하얀 안경이 유난히 빛났다고 말 할 수 있으리라. 맑고 청순하며 이지적으로 보이던 수녀님의 모습이 미사를 보러 갈 때마다 내게 깊은 인상을 주었던 것은, 수녀님이 내가 젊었을 때 가르쳤던 막달라나 수녀의 모습과 포개졌기 때문이다.

30여 년 전 D시에 있는 어느 지방대학에 부임했을 때였다. 나는 젊은 전임강사였고, 그는 공부 잘 하는 여학생이었다. 수업 시간에 질문을 던지면, 그는 전혀 예측하지 못한 답으로 나를 놀라게 했다. 그것이 인연이 되어 그는 수업이 끝나고 조용한 시간이 되면 이따금씩 연구실로 나를 찾아와 문학과 인생에 대해서 좀 더 알고 싶어 했다.

그러나 나는 구변(口辯)이 좋지 못해 명확한 해답을 주지 못하고 "시간이 지나면 모든 것을 알게 될 것"이라고만 말해 주었다. 나 역시 그 당시에는 책을 그렇게 많이 읽지 못했고, 30대 초반의 젊은 나이라서 인생에 대해 깊은 경험도 부족했다. 그는 진리에 목마른 듯 초조한 모습을 보였지만,

언제나 웃으면서 방을 나갔다. 아마 지적으로 조숙했던 그는 나름대로 인간과 우주, 그리고 존재 문제에 대해 스스로 수없이 많은 물음을 던지고 있었던 것이다.

그의 물음에 확실한 해답을 주지 못하자 그는 나를 계속해서 찾아왔다. 내가 그의 질문에 답을 주었다면 그는 나를 찾아오지 않았으리라. 그러나 나는 끝내 그에게 해답을 줄 수 없는 바위 같은 존재로 실망의 대상이었고, 그는 나에게 바위에 부서지는 하얀 파도와도 같았다.

그의 질문은 강의실이나 연구실에서 그치지 않았다. 때로는 하굣길에서도 이어졌다. 어느 날 석양이 붉게 타오르는 저녁 무렵, 집으로 돌아가는 길이 같은 방향이어서 계산동 성당 부근에 있는 성직자들의 묘지 앞까지 간 일이 있다. 그때 그는 무덤가에 서 있는 철책 담에 기대어 죽음의 신비에 대해 묻기 시작했고, "왜 마리아상(像)이 성당 앞에 영검의 세월을 두고 저렇게 서 있는가?" 하고 조용히 집요하게 물었다. 이때도 나는 아무런 대답을 못하고 말없이 헤어졌다.

그 후 내가 의아스럽게 생각한 대로 그는 일반 학생이 아니라 수녀원에서 수녀가 되기 위해 수련을 밟는 노비스(novice)라는 것을 알게 되었다. 나는 그에게 만족할 만한 해답을 줄 수 없었지만, 그가 다시 질문을 던져주기를 기다렸다. 그가 웃으면서 다가와 다시 풀 수 없는 수수께끼를 던질 때면, 그가 〈라이언이 처녀〉(데이비드 린 감독의 1970년 영화)처럼 아름답다고 느꼈다. 단순한 여대생이 아니라, 수련 수녀라는 사실을 알았을 때는, 더욱 청초하고 아름다운 여인으로 느껴졌다.

막달리나 수련 수녀가 3학년이 되었을 때, 나는 서울로 학교를 옮겼다. 서울로 올라온 이후 살기에 바빠 지나간 일들을 생각할 겨를도 없이 세월을 보냈다. 내가 그 지방 대학을 떠난 지 10년 가까이 되는 어느 해 3월, 키가 작은 막달리나가 수녀님이 되어 검정 옷에 검정 구두를 신고 학교로 나를 찾아왔다. 나는 너무나 반가웠으나, 처음에는 막달리나 수녀의 얼굴을 쉽게 알아볼 수가 없었다. 화장하지 않은 얼굴에 묻은 세월의 상처가 그를 무척 낯설게 만들어 당혹스러웠다. 그러나 손에 들고 온 붉은 장미 몇 송이는 검은 수녀복 앞에서 너무나 아름다웠다.

막달리나 수녀는 아프리카로 가기 위해 프랑스를 배우려고 프랑스 파리로 간다면서 떠나기 전에 인사라도 하려고 찾아왔다며 웃었다. 막달리나 수녀의 가는 길이 바빠서 긴 이야기를 나눌 수 없었지만, 세월 탓인지 더 이상 옛날처럼 어려운 질문을 던지지도 않았다. 그날 무슨 이야기를 나누었는지 생각나지 않고, 다만 검은 수녀복을 입은 그가 지하철을 타고 떠나는 모습을 지켜보고 서 있었다는 기억만 남아 있을 뿐이다.

그 후 막달리나 수녀는 프랑스어 공부를 마치고 몇 개월 후면, 로마로 간다는 내용의 엽서 한 장을 보내왔다. 마침 그해 가을 프랑스에 갈 일이 있으니 만날 수 있을 것이라는 답장을 보냈다. 내 편지를 받은 막달리나 수녀는 프랑스에서 다시 만나게 될 것을 기뻐하며 '하느님의 섭리'라고까지 말했다. 그러나 막상 파리에 가서는 막달리나 수녀를 찾을 수 없었다. 전화를 여러 번 했으나, 수녀의 소재는 물론 소식마저 알 수 없었다. 그때 이후 아직까지 막달리나 수녀에게서 아무런 소식도 듣지 못하고 있다.

막달리나 수녀를 감감히 잊었다가도 일요일 저녁 미사를 올리기 위해 성당에 나가서 지금은 어디론가 자리를 옮겨 간 그 젊은 수녀님을 볼 때면 모래 바람이 부는 아프리카 어딘가에서 하느님 앞에 무릎을 꿇고 있는, 가난하고 고통 받는 사람들에게 '예수의 몸'인 빵을 나누어 주는 막달리나 수녀의 모습을 어김없이 떠올렸다.

만일 막달리나 수녀가 봄눈 녹는 이 계절에 나를 찾아와 그 옛날 나에게 수 없이 물었던 그 질문들을 다시금 던진다면, 나는 그에게 "만남은 새로운 이별을 낳고, 이별은 새로운 만남을 약속한다"라고 답해 줄 수 있으리라. 그러나 막달리나 수녀와 옛 모습 그대로 다시 만날 수는 결코 없으리라.

풍요로운 계절, 여름

    누가 내게 일 년 사계(四季) 중 어느 계절이 가장 좋으냐고 묻는다면, 나는 서슴없이 여름이라고 말할 것이다. 그렇다고 내가 봄, 가을, 겨울을 싫어하는 것은 아니다. 각 계절은 그것들 나름대로 독특한 아름다움과 꿈을 지니고 있다. 그럼에도 내가 이처럼 여름을 꼽는 것은 그것이 왕성한 성장의 계절이고, 다른 계절과는 달리 죽음의 그림자가 전혀 느껴지지 않는 생명력 넘치는 풍요로운 계절이기 때문이다.

    봄은 부활의 찬란함을 지니고 있지만, 아직도 소매 끝에 겨울의 잔재인 차가운 죽음을 느끼게 하고, 우수(憂愁)와 고독이 깃든 가을은 눈 내리는 겨울이 다가옴을 알리면서 우리들로 하여금 죽음의 그림자를 느끼게 한다.

    여름은 무덥다. 그러나 여름은 우리를 모든 것으로부터 자유롭게 만든다. 무더운 여름이 이렇게 풍요로운 자유를 느끼게 하는 것은 불타는 듯이 작열하는 뜨거운 태양 때문일지도 모른다. 그러나 여름의 불길은 태양에서만 발견할 수 있는 것이 아니다. 그것은 하늘 높이 타오르는 사이프러스 나무에도 있고, '소금을 들어 부운 듯한' 메밀꽃 들판에도 있다. 또 그것은 매미들의 시끄러운 울음소리에도 있고, 녹색 숲을 지나 먼 곳으로 뻗어 있는 황톳길 위에도 있다.

나는 어린 시절 미루나무 아래서 땀을 씻다가도 그 옆을 지나는 하얀 길 위에 햇빛이 쏟아지는 것을 보면, 귀를 자른 가난한 천재 화가 고호가 태양을 찾아 길을 떠났듯이 이글거리며 타는 여름의 불길 속으로 뛰어들고 싶었다. 풍요의 계절, 여름이 다른 계절과는 달리 나에게 죽음에 대한 예감이나 그리움보다는 진취적이고 도전적이며 정열적인 꿈을 가져다주었기 때문이었을지도 모른다.

어릴 때, 여름이면 검정 고무신 땀이 흘러 미끄러움을 느끼면서도, 뜨거운 햇빛 속에서 은빛 나는 굴렁쇠를 무척이나 많이 굴렸다. 지금 생각하면 그것은 아마 불타는 태양아래 빛을 발하며 굴러가는 굴렁쇠 바퀴가 지닌 신비스런 아름다움과 그것이 지닌 무한한 매력 때문이었으리라. 그때 나는 굴렁쇠 바퀴가 죽음의 벽을 넘어 회전하는 역사의 상징이고, 뜨거운 햇빛이 그것을 밀고 나아가는 정열을 지닌 강인한 생명력을 나타내는 줄을 몰랐다. 그러나 나는 그것이 지닌 의미와 아름다운 질서를 온 몸으로 느꼈던지 뜨거운 땀방울을 흘리면서 굴리고 또 굴렸다. 아마 나는 그때 무의식적으로나마 내가 굴리는 굴렁쇠가 가는 하얀 길이 인간이 꿈꾸는 낙원으로 향한 길이라는 것을 예감했기 때문에, 뜨거운 햇빛 속에서도 그처럼 바퀴를 굴렸나보다.

내가 여름을 좋아하는 것은 자줏빛으로 타는 태양빛과 굴렁쇠 바퀴에 대한 유년시절의 기억 때문만은 아니다. 그것은 여름 소나기의 정열 때문이기도 하다. 눈 내리는 겨울의 정취도 좋지만, 여름철 천둥소리와 함께 쏟아지는 소낙비는 힘이 있고, 시원하며 또한 자유로워 더욱 좋았다. 봄비는 경쾌하지만 가냘프고 연약하다. 또 가을밤 젖은 길 위에서 느끼는 감정은 시정(詩情) 넘치지만, 우울하고 스산하기까지 하다.

여름 소나기는 거세지만, 여름의 태양빛처럼 풍요롭고 따뜻하며 감미롭다. 어릴 적 십리 길을 걸어 학교 다녀오는 길에 먹구름이 싣고 온 소나기를 만나게 되면, 처음에는 몹시 두려웠다. 그러나 나는 굵은 빗줄기를 계속 맞아 옷이 흠씬 젖고 난 후에는 그 빗물에서 따뜻함과 감미로움마저 느꼈다. 여름의 빗줄기에서 생명력이 흐르는 것을 느꼈기 때문이었으리라.

회색빛 안개구름이 산마루까지 내려올 정도로 장마가 길어지면, 마당에 두꺼비들이 기어 나와 눈에 퍼런 불을 켤 정도로 습하고 갑갑하지만, 소나기가 한 번 지나가고 나면, 닫혀 있는 듯한 마음의 우울증을 말끔히 씻어주었다. 그런데 무엇보다 여름의 풍요로움을 가장 크게 느끼게 하는 것은 강물 속에 멱을 감을 때다. 불꽃처럼 뜨거운 태양이 내려 쪼일 때, 수면 아래로 헤엄쳐 들어가면, 강물이 차갑기 보다는 따뜻하게 느껴져서 물과 내가 하나가 됨을 느낄 수 있다.

여름의 풍요로움은 이렇게 자연과 함께 하는 데서 느낄 수 있다. 물론 이러한 현상은 강과 숲속에서만 일어나는 것은 아니다. 여름바닷가 모래밭에 누워 눈을 감으면, 우리는 마치 바다 위에 떠 있는 배와 같고, 파도가 밀려왔다 밀려가는 소리는 마치 누가 우리의 요람을 흔들며 부르는 노래 소리와도 같다. 여름철, 별이 쏟아지는 밤하늘은 유난히 깊고 푸르고, 우리들에게 무척이나 가까이 다가오고 있음을 느끼게 한다. 그리고 달이 없는 여름밤은 한 치 앞을 볼 수 없을 만큼 어둡다. 그러나 여름밤은 찔레꽃 향기를 맡을 수 있을 정도로 풍요롭다.

여름의 풍요로움 가운데 또 하나 빼 놓을 수 없는 것은 향기 짙은 풀냄새이다. 여름날, 건초를 만들기 위해 아이와 함께 작두칼로 풀을 자를 때나, 잔디를 깎을 때 나는 풀냄새는 낙엽을 태울 때의 그것과는 달리 말할 수 없으리만큼 싱그럽다. 그래서 서양의 어느 시인은 "유월이 오면 건초더미 속에서 풀냄새 맡으며, 애인과 함께 노래 부르리!"라고 노래했다. 태양과 바다, 불꽃처럼 타오르는 사이프러스 나뭇잎새들과 짙푸른 밤하늘의 별자리들, 풀내음, 그리고 느릅나무 아래의 오수(午睡)는 낭만적인 여름이 얼마나 풍요로운가를 말해주고도 남음이 있다.

그러나 풍요로운 여름은 낭만의 계절만은 아니다. 때때로 그것은 먹구름과 천둥소리 속에 무덥고 길게만 느껴질 수도 있다. 그러나 여름은 그 속에서 죽음의 그림자를 밀어낼 수 있는 수많은 전설을 잉태하고 있다. 이렇게 내가 여름을 유난히 좋아하는 것은 뭇 생명들을 무성하게 자라게 하고 삶의 수레바퀴를 움직이는 뜨거운 생명력이 이 계절에 불타고 있기 때문이다.

은빛 소나기

에머슨이 "인생은 일련의 놀라움이다"라고 말했던 것처럼, 우리는 계절이 바뀔 때마다 그것이 가져다주는 새로운 변화의 아름다움을 느낀다. 언제부터인지 모르지만, 나는 여름이 찾아오는 것을 다른 계절 못지않게 좋아한다. 내가 여름을 이렇게 좋아하는 것은 다른 무엇보다 여름이 지니고 있는 낭만과 무성한 변화, 그리고 풍요로움 때문이다.

일 년 사계(四季) 중에 낭만이 없는 계절이 있겠냐만, 여름은 그 어느 계절보다 여유롭고 풍요하다. 여름휴가를 얻어 방학을 한 아이들을 데리고 여행길에 오른 사람들의 마음은 물론, 솜처럼 피어오르는 뭉게구름을 바라보며 싱그러운 푸른 들판을 가로 질러 달리는 시냇물 소리를 듣는 사람들에게도 여유가 있다. 여름밤은 무덥지만, 모깃불을 피워 놓고 대나무 평상에 누워 검은 밤하늘을 바라다보며 눈물 흘리는 견우와 직녀의 별자리를 찾아보는 마음에도 낭만이 있다. 그러나 내가 여름을 좋아하는 것은 현실 세계를 떠난 낭만과 조종(弔鐘)처럼 울리는 둔탁한 벽시계 소리를 듣고 대낮처럼 밝은 꿈을 꾸며 낮잠을 즐길 수 있는 여유 때문이 아니라, 여름이 지니고 있는 풍요로운 낭만과 무성함 때문이다.

고흐는 여름날 태양과 들판을 찾아 걸어 다녔고, 고갱이 타히티 섬으로

간 것도 태양빛의 풍요로움과 그것이 가져다주는 생명력 넘치는 원시적인 매력 때문이었다. 나는 어린 시절을 전원에서 보내며 나무 그늘아래 머물다가도 햇빛 쏟아지는 하얀 길 위로 굴렁쇠를 굴리고 싶어 했고, 또 해변의 뜨거운 모래밭 위를 걷고 싶어 했던 것도 모두 태양이 불타는 정열의 마력 때문이 아니었을까. 그래서 어린 시절 나는 나무 그늘을 좋아했던 기억은 없다. 다만 강물 속으로 뛰어 헤엄쳐 들어갔다 나왔다 하면서 산 그림자가 드리울 때까지 청석 바위에 몸을 붙이고 햇볕에 등을 검게 태웠던 일, 그리고 삼베옷을 입으신 할머니를 따라 '헛바퀴 돌 듯한' 뜨거운 태양 아래 진외가로 가기 위해 흙먼지 나는 하얀 길 백리를 걸어갔던 기억만 있다.

그때 석양 무렵 수많은 조약돌이 널려진 상가에 도착해서 세수를 하고 긴 징검다리를 두개씩이나 건너 설레는 마음으로 진외가집을 찾아들었던 것보다는 매미가 시끄럽게 울고 왕거미 집을 짓던 그 뜨거운 황톳길을 걷던 일이 잊히지 않는 추억으로 남아 있다. 그 때 여름의 태양이 어린 나의 의식에다 화인(火印)과도 같은 깊은 인상을 새겨주었기 때문이다.

작열하게 불타는 태양과 함께 여름날의 풍요로움에서 빼놓을 수 없는 것은 잿빛하늘에서 쏟아지는 은빛 소나기다. 태양의 열기로 뜨거워진 들판에 쏟아지는 빗줄기는 여름날 파초 위에 떨어지는 물방울만큼이나 싱그럽다. 여름 장마 기간 동안 처마 끝에서 떨어지는 낙숫물 소리는 우리를 우울하게 하지만, 천둥소리와 함께 쏟아지는 소낙비는 음울한 마음을 시원하게 열어주고, 어두운 몽환 속의 잠에서 깨어나게 한다.

여름의 생명력과 풍요로움을 피부로 가장 잘 느낄 수 있게 하는 것은 갑자기 소나기를 만났을 때다. 초등학교 3학년 때였다. 나는 어느 토요일 십리 밖 읍내에 있는 학교에 갔다 돌아오는 길에 소나기를 만났다. 사과나무 과수원 옆에 있는 학교 문을 나설 때는 맑았던 하늘이 갑자기 납덩이 같은 검은 구름으로 어두워졌다. 나는 너무나 무서워 필통 속에 연필 구르는 소리가 나는 책 보따리를 어깨에 메고 징검다리를 건너 집으로 향해 산기슭으로 뻗어 있는 들길을 숨 가쁘게 뛰었다. 돌무덤이 있는 산모퉁이를 지나자 천둥소리와 함께 굵은 빗방울이 이마 위에 떨어지기 시작했다. 나는 길섶에 쌓아놓은 수숫대 속에 들어가 한참을 기다렸으나 장대비는 멈추지 않았다. 그래서 나는 빗속으로 걸어 나와야만 했다. 그러나 처음에 굵은 빗줄기를 맞았을 때는 차갑고 무서웠으나, 옷을 흠뻑 적시고 난 후, 이상하게도 빗방울이 따뜻하게 느껴졌다. 빗물이 검정 고무신 속으로 들어가 철벅거리며 걸어야만 했지만, 하늘에서 떨어지는 빗줄기는 감미로웠다. 빗물은 강가에서 미역을 감다가 동네 아이들과 물싸움을 할 때 맞았던 물줄기보다 더 부드럽고 따뜻했다. 자줏빛 입술을 하고 집에 돌아와 젖은 옷을 갈아입고 한숨을 자고 나서 미닫이를 열고 창밖을 내다보았더니 지붕 위로 무지개가 섰고, 비구름은 하얀 안개로 변해 산 너머로 달아나고 있었다. 옆으로 눈을 돌려 보았더니 오동나무 잎이 한결 더 풋풋하고 넓어져 있었다. 다음 순간 나 역시 소나기를 맞고 한 뼘이나 더 자란 것 같은 느낌이 들었다.

여름의 풍요로움은 육지에만 있는 것이 아니다. 여름의 저녁 바다는 환상적이리만큼 아름답고 풍요롭다. 석양의 해변 풍경은 무희(舞姬) 이사도라 던컨을 비극적 죽음으로 유혹할 만큼 낭만적이다. 그녀는 오색 등불이 켜진 해변의 테라스에서 밤늦게까지 춤을 추고 달빛 속에서 무개차를 타고 집으로 돌아오다 해풍에 나부끼던 그녀의 흰 머플러가 차바퀴에 걸려 죽었다.

여름바다의 힘과 아름다움은 요람처럼 흔들리는 파도에 있다. 쏴, 쏴 하고 밀려왔다 밀려가는 조수의 물결은 거대한 힘을 가졌다. 바람이 불지 않고 조용한 썰물일 때 파도는 은빛 고기 비늘과도 같지만, 파도가 밀물로 밀려올 때는 그것이 아무리 잔잔하더라도 어린이들이 해변에 지어놓은 모래성을 무너뜨리기에 충분하다. 거센 파도는 배만큼이나 큰 고목나무 둥치를 해안으로 실어다 놓는다. 아름다운 바다에서 이것을 보는 순간 나약함에 지쳐 있다가도 스스로 놀라움에 부끄러움을 느낀다.

바다 밑에는 해초가 춤을 추고 바다 위에는 물새들이 날은다. 또 갈매기 때들의 울음소리가 파도소리와 함께 아리아 음악처럼 들려오는 여름해변은 수많은 사람들로 뜨거운 광장을 이룬다. 주름살 짙은 어떤 할아버지가 모래에 몸을 묻고 있는가 하면, 어린이들이 옆에 앉아 아버지와 어머니를 위한 모래 무덤을 만든다. 그리고 저쪽에는 남녀 한 쌍이 비치파라솔 아래서 밀어를 나누고 있는데, 다른 한쪽에서는 젊은이 한사람이 슬픔에 젖어 그림처럼 외로이 앉아 수평선을 뚫어지게 바라보고 있다. 다른 몇몇 사람들은 외롭고 슬퍼 보이지만 여름 바다는 바닷가에 모인 수많은 사람들로 풍요롭고 생명력으로 활기에 넘친다.

여름날 햇빛 쏟아지는 하얀 길 위로, 은빛 소나기 빗줄기 속으로, 그리고 검푸른 바닷물 속으로 뛰어들고 싶은 욕망은 무엇일까. 그것은 그 속에 우리를 새롭게 변화시킬 수 있는 어떤 우주적인 힘이 깃들어 있기 때문이리라. 그래서 여름은 그렇게 풍요롭고 뜨거운가 보다.

결실의 계절, 가을

시간이라는 이름의 기차를 타고 긴 터널을 빠져 나오니 차창 밖으로 광활한 황금빛이 펼쳐지듯 무덥고 긴 여름이 지나가고 아름다운 결실의 계절이 찾아왔다. 하늘은 높고 푸르며 넓은 들판에 서 있는 곡식들은 금빛으로 익어가고 산자락 아래로 흐르는 강물은 맑고 깨끗하다. 초가 지붕 위에 누워 있는 흰 박은 따가운 햇볕에 속살이 여물어가고, 과수원의 능금나무들은 붉게 익은 사과들의 무게로 휘어져 있다. 열병을 서고 있는 셀비아 꽃들은 투명한 햇빛에 아름다움을 더 하고 있고, 노란 해바라기는 태양을 따라 담장 너머로 고개를 숙이고 있다. 간이역(簡易驛) 부근 콜타르 냄새로 코를 찌르는 철길을 따라 피어 있는 자줏빛 국화꽃들은 맑은공기 속으로 짙은 향기를 뿜고 있다.

가을이 깊어지면 붉게 물든 숲속의 낙엽들이 우수수 떨어지고 들판의 곡식들은 낫으로 베어져 누워 있다가 곡간으로 들어간다. "전설의 바다에 춤추는 밤물결 같은/검은 귀밑머리⋯⋯누이와 아무렇지도 않고 예쁠 것도 없는 아내"가 그루터기만 남은 들판에서 이삭 줍고 거울 같이 맑은 쪽빛 하늘에는 강남 가는 철새들이 지저귀며 모여든다. 땅거미가 내릴 무렵 줄무늬 구름이 하늘을 황혼으로 물들이는 석양이 지나가면 가을밤 하늘은 차갑게 빛난다.

　가을비가 내리면 사람들은 넘치는 감정으로 젖은 포도(鋪道)를 걷기도 하고, 책을 읽으며 창밖에서 바람에 떨어지는 낙엽지는 소리를 듣는다. 그리고 오랫동안 만나지 못한 옛 친구에게 긴 편지를 쓰고 기억 속을 더듬으며 떠나온 먼 길을 찾아 헤맨다. 그래서 마리아 릴케는 가을을 두고 다음과 같은 노래를 했나 보다.

　　주여, 때가 왔습니다. 여름은 참으로 위대했습니다.
　　당신의 그림자를 태양 시계 위에 던져주시고
　　들판에 바람을 풀어놓아 주소서

　　마지막 열매들이 탐스럽게 무르익도록 명해주시고
　　그들에게 이틀만 더 남국의 날들을 베풀어 주소서
　　열매들이 무르익도록 재촉해 주시고
　　무거운 포도송이에 마지막 감미로움이 깃들게 해 주소서

　　지금 집 없는 사람은 이제 집을 지을 수 없습니다
　　지금 집을 지을 수 없는 사람은 오래 오래 그러 할 것입니다
　　깨어서 책을 읽고 길고 긴 편지를 쓰고
　　나뭇잎이 굴러갈 때면 불안스레
　　가로수 길을 이리 저리 거닐 것입니다.
　　　　　　　　　　—라이너 마리아 릴케, 〈가을날〉 전문

　릴케가 여름을 "참으로 위대한 계절"이라고 노래한 것은 태양이 불타는 무덥고 긴 시간이 포도송이와 같은 풍요로운 결실을 가져 오고 들판에 시원한 바람을 불게 했기 때문이란 것은 새삼 밝힐 필요가 없을 것이다. 그

러나 이것은 계절의 변화가 신의 손끝에서 이루어진다는 것을 의미할 뿐만 아니라, 그것은 순환적인 구조로 이루어진 우주의 생성원리에 관한 질서를 말해 주고 있다는 것을 알아야만 밀레의 '만종(晩鐘)'에서처럼 신에게 기도 드리는 겸손한 마음을 가질 수 있을 것이다.

그런데 보다 중요한 것은 이렇게 아름다운 가을이 눈 내리는 겨울을 앞두고 있지만 죽음만을 안고 있다는 것이 아니라는 것이다. 결실의 계절인 가을의 아름다움이 성숙을 의미하는 죽음에 가깝다는 것을 나타내지만, 그것은 또한 새로운 삶의 시작을 의미한다. 물론 가을에는 봄의 노래가 없다. 그러나 아직까지 뜨거운 태양이 있고, 늦게 피는 꽃이 있으며, 바람에 낙엽지는 소리와 사라져가는 것에 대한 슬픔은 있지만, 새로운 출발을 하는 철새들이 푸른 하늘을 날으며 부르는 노래가 있다.

영국 시인 존 키츠 역시 그의 유명한 〈가을〉이란 시에서 풍요로운 가을에 죽음의 그림자가 드리워져 있다는 것을 감각적인 이미지로 그리면서도 낮이 지나간 가을 들판의 그루터기에서 따뜻함을 느낀다고 노래하지 않았던가. 그리고 그가 결실의 가을 풍경을 묘사한 후, 쟁기질을 한 밭 이랑에 묻은 씨앗에 대해 꿈을 꾸며, 남쪽으로 날아가기 위해 지저귀는 제비들을 노래한 것은 마음이 갈구하는 희망의 나라인 이상과 현실, 즉 낙원으로 가는 '과정'에서 다음 단계로 발전하기 위한 '정지 상태(stasis)'를 하나로 통일시키기 위함일 것이다. 이것은 이른바 DNA와 같이 정지 상태에 있는 근원적인 어떤 형태가 개체의 생성과정을 진화되어 나타난다는 아리스토텔레스의 형이상학과도 같은 것이다.

물론 가을은 아름답지만 이별의 시간이 다가오듯 바람이 불고 낙엽이 지기 때문에, 사람들은 내면적인 고독을 느낀다. 릴케가 가을이 와서 "집 없는 사람이 이제 집을 지을 수 없고/오래 오래 그럴 것이다"라고 말하는 것은 이러한 슬픈 사실 때문일지도 모른다. 그러나 이것은 우리가 새롭게 성장하기 위한 침잠의 준비 단계를 의미한 것은 아닐까. 그가 "깨어서 책을 읽고 길고 긴 편지를 쓰고/나뭇잎이 굴러갈 때면 불안스레/가로수 길을 이리 저리 거닐 것입니다"라고 표현한 것은 겉으로 보기에는 닫혀 있는 문에 부딪치며 바람에 뒹구는 낙엽과도 같이 정처 없이 방황하는 듯이 보이지만 내면적으로는 비록 불안 속에 있다고 하더라도 내일의 새로운 삶을 위한 길을 찾고 있는 움직임의 뜻도 담고 있으리라.

그래서 릴케가 "밤마다 무거운 대지가/모든 별들로 부터 고독 속으로 떨어진다"고 가을을 노래하고, 가을에 느끼는 고독을 "위대한 내면의 고독"과 일치시켜 말한 것, 또한 그 속에 또 한 번의 탄생을 위한 풍요로움이 잉태되고 있기 때문일지도 모른다.

가을의 슬픔

밤사이 내리던 비가 그치고 맑게 개였다. 창문을 열고 내다보니 정원이 가을빛으로 온통 짙게 물들었다. 노란 은행잎들은 잔디 위로 떨어지고 나무 밑에 무리지어 피어 있는 자줏빛 국화 향기가 바람에 실려 온다. 하얀 박이 속살을 들어내고 누워있는 건너편 초가지붕 위로 쏟아지는 햇볕은 따갑지만 맑고 투명하다. 철새 떼들이 남쪽으로 날아가는 하늘은 높고 푸르다. 가을은 이렇게 눈부시게 아름답고 풍요롭지만, 보이지 않는 슬픔이 젖어들고 있기 때문에 우리들로 짙은 향수를 느끼게 한다. 그래서 〈가을〉이란 시를 쓴 영국시인 키츠가 아름다운 가을에 느껴지는 죽음의 그림자가 성숙한 풍요로움 때문이라 생각하며 죽음을 '미의 극치'라고 노래했던가보다.

땅거미가 내리는 저녁 다시 창문을 닫으려고 할 때 군락을 이루며 줄지어 서 있는 사루비아 꽃들의 그림자가 시야를 스치고 지나갔다. 어둠 속으로 묻히는 꽃무리의 행렬이 너무 아름다우면서도 눈물겹다는 생각에 아내인 비극적인 천재 시인 실비아 플라스*를 떠나보낸 시인 테드 휴즈가

---

* 미국 천재 여류시인 실비아 플리스(Sylvia Plath, 1932~1963)는 영국 시인 테드 휴즈(Ted Hughes, 1930~1098)와 결혼해서 함께 잠간 살다가 비극적으로 생을 마감했다.

가을 풍경을 두고 〈일곱 가지 슬픔〉을 노래한 시편이 내 기억의 문을 다시 두드렸다.

　　가을의 첫 슬픔은
　　저녁에 너무나 오랫동안 서 있는 정원의 느린 작별인사—
　　갈색 양귀비 꽃대 머리
　　백합 줄기
　　그리고 갈 수 없는.

　　〈중략〉

　　그리고 일곱 번째 슬픔은
　　창문을 내다보는 주름진 얼굴의
　　느린 작별인사—
　　어린아이들을 찾아왔던
　　초라한 박람회처럼
　　세월이 짐을 쌀 때.

　키츠와 테드 휴즈가 이렇게 가을 풍경에 대해 서로 다른 시각을 보이는 것은 가을 풍경이 풍요로운 아름다움을 지니고 있으면서도 사멸하는 죽음의 그림자를 드리우고 있기 때문이다. 가을의 성숙한 아름다움이 슬픈 빛을 나타내는 이유는 무엇일까. 이것은 우리들이 숨 쉬고 호흡하는 가을이라는 시간과 공간에 우주론적인 변증법이 작용하고 있기 때문일는지도 모른다. 풍요로운 가을의 성숙한 아름다움이 인간의 눈에는 완전한 것으로 보이지만 우주적인 차원에서 그것이 불완전하기 때문은 아닐까. 찬란한 슬픔의 가을빛도 타는 저녁노을이나 자주색 강물처럼 어떤 존재의 완성을 의미하는 정지된 상태에서 오는 것이 아니라, 그것 자체가 지닌 내재적 모순 때문에 또 다른 하나의 새로운 삶을 창조하기 위한 변증법적 과정에서 나타나는 현상학적 계시(啓示)일지도 모르지 않는가.

우리는 작별의 가을이 찾아왔다고 해서 슬픔에 젖어 있거나 그 황홀한 아름다움에 넋을 잃고 앉아 황금빛 들판을 바라보며 절망적인 허무감에 빠져 슬픈 노래만 부를 수 없다. 저 넓은 들판에 서 있는 곡식과 과수원에 열려 있는 사과들이 붉게 익어가도록 하기 위해서는 아직도 뜨거운 햇살이 필요하듯이, 우리는 그동안 가꿔 놓은 곡식과 열매들을 잘 거두어들이고 다음 해를 준비하기 위해 열심히 땀 흘리지 않으면 안 된다.

익어가는 곡식들이 제대로 영글게 하기 위해 논에서 물을 빼 주어야 하고 황금들판으로 날아드는 새떼들을 쫓기 위해 허수아비를 세우고 바람을 타고 울리도록 새끼줄에 방울을 달아야만 한다. 또 무서리가 내리기 전 곡식을 곡간으로 거두어들이기 위해 숫돌에 낫을 열심히 갈아야만 한다. 여름내 열심히 가꾸어 온 곡식을 젖은 논바닥에 그대로 눕혀두면 낟알들이 썩어 좋은 결실을 거둘 수가 없다. 과수원의 경우도 마찬가지다. 사과를 따는 사람이 사다리를 타고 나무 위에 올라가서 붉게 익은 사과들을 하나씩 하나씩 따기 위해 흔들리는 나뭇가지에 몸을 싣고 따가운 햇살아래 땀 흘리지 않으면, 그것들은 바람에 의해 땅에 떨어져 시커멓게 멍이 들거나 깨어지고 만다.

그러나 우리는 겨우살이를 위한 '가을걷이' 일에만 만족할 수 없다. 다음 해 봄의 들판을 다시금 아름답고 푸르게 만들기 위해 밀 보리 씨앗을 뿌리고 묘목 나무들을 심을 준비를 해야만 한다.

우주의 자연 법칙이 그러하듯, 결실의 중요성은 가을 들판이나 과수원에서만 필요한 것이 아니라, 인간의 위엄 있는 삶에 있어서도 필요하다. 우리가 열심히 땀 흘려서 얻은 어떤 풍요로운 결실의 결과를 눈앞에 두고 있다고 하더라도, 그것을 더욱 무르익고 성숙하게 만들어 안전하게 거두어들이며 내일을 위한 준비를 게을리 한다면, 그때까지의 일들이 전부 무위(無爲)로 끝나버릴 위험성이 크다. 하루의 일도 오후에 끝난다고 생각되지만, 그 일이 성공적으로 마무리 되려면 밤늦게까지, 그리고 다음날까지 이어질 수 있다. 우리의 삶 역시 하루로 끝날 수 없다. 그것은 파편적인 것이 아니라, 연속적으로 이어져 있기 때문에 끝없는 인내와 노력이 필요하다. 인간의 역사는 한 세대에서 끝나지 않고 다음 세대로 계속해서 이어져야 하기 때문이다.

인간은 모든 일에 있어서 순간순간 운명적으로 단절이라는 좌절을 느껴야 하지만, 그것을 인간적인 위엄으로 극복하고 미래의 세계를 향해 나아가지 않으면, 지난날 힘겹게 쌓아올렸던 모든 노력이 허무의 강으로 침몰해버리는 비극을 맞게 된다. 우리는 시작도 중요하지만, 그것이 전부가 아닌 반이란 사실을 너무나 잘 안다. 농부가 긴 여름동안 아무리 열심히 일을 했다고 하더라도, 겨울을 지내고 찾아오는 봄을 준비하는 마음을 갖지 않고, 들판에 곡식을 그대로 놓아두고 허무의식에 젖어 겨울잠을 자는 꿈만 꾼다면, 영겁의 세월 속에서 한 해 일도 마무리 했다고 말할 수 없다.

우리가 밀레의 〈만종〉을 아끼고 사랑하는 것은 농부들이 황혼의 들녘에 서서 저녁 종소리와 함께 들으며 겨우살이는 물론 다음해 봄 다시 씨를 뿌리기 위해 추수한 곡식을 신에게 감사하는 경건한 모습을 담고 있기 때문이다. 자연 가운데서 일하는 노동의 아름다움을 누구보다 탁월하게 묘사했던 반 고흐는 성숙한 풍요로움으로 넘치는 황금빛 들판이 죽음의 그림자를 추방하는 것을 인상파 그림으로 나타내지 않았던가. 자살하기 얼마 전 고독 속에서 그린 그림 〈밀밭 위의 까마귀〉에서 고흐는 허무의 강을 건너기 위해 죽음을 상징하는 검은 새떼들도 찬란하게 빛나는 황금빛 가을 들판의 풍경 속에서 해체되어 보이지 않도록 직선으로 그렸다.

겨울의 빛

어느덧 또 한 해가 저물어 간다. 굳게 닫힌 들창문을 열고 봄의 교향악을 듣던 때가 어제 같은데 벌써 눈이 오는 겨울이 찾아왔다. 일 년 사계를 두고 생각하면 겨울은 죽음의 계절인 것처럼 느껴진다.

그러나 세월은 일 년으로 끝나지 않고 영원을 향해 지속적으로 흐르고 있다. 그래서 우리는 금년 한 해를 마감하는 겨울을 상징적으로라도 우리 삶의 끝을 장식하는 시간으로 생각할 수는 없다. 현상학자 에드먼드 후설에 따르면 자연적인 시간, 즉 '객관적인 시간'도 인간의식의 힘으로 우리가 목적으로 하는 의미 있는 '주관적인 시간'으로 만들 수 있고 또 그렇게 되어야만 하기 때문이다. 지나가는 금년 한 해는 성숙해 가는 우리의 삶에 또 하나의 나이테로 축적될 뿐이다.

그렇다. 보다 큰 우주적인 차원에서 보면 겨울은 죽음의 계절이 아니라 성숙의 계절이고 새로운 미래를 준비하는 휴면기(休眠期)다. 여름에 무성했던 나뭇잎들이 대지 위에 떨어져 이듬해 나무가 더욱 무성하게 자라도록 거대한 뿌리의 밑거름이 되는 것도 성숙을 의미한다.

겨울이 성숙의 계절인 것은 겨울의 빛에서도 잘 나타나고 있다. 겨울 풍경을 가장 잘 나타내는 차가운 동천(冬天)과 흰 눈은 미성숙한 것과는 거리가 멀다. 날씨 좋은 날의 코발트 빛 겨울 하늘은 창백한 거울보다 투명하며 높고 깊다. 겨울이 되어 하늘에서 내리는 하얀 눈은 빗물이 언 것이지만, 그것은 빗물처럼 애상에 젖지 않고 차갑다. 겨울이 지나 날씨가 풀리면 따뜻해서 좋다고 하지만, 처마 위의 눈이 녹아 흐르는 낙숫물 소리가 구성지게 들려 싫을 때도 없지 않다. 봄이 되어도 우리가 눈 덮인 북악산 산정(山頂)을 동경의 눈으로 바라보게 되는 것도 이러한 이유 때문이리라.

그러나 우리가 겨울에 오는 눈을 좋아하는 것은 그것이 눈부시게 희고 깨끗하기 때문만이 아니다. 차가우면서도 따스하고 부드러운 느낌을 가져다 주기 때문이기도 하다. 눈은 흰색이 지니는 스펙트럼을 가지고 모든 것을 감싸주는 따뜻하고 숭고한 아름다움을 지니고 있다. 농부들의 밑처럼 보리밭에 내리는 눈은 땅속에 묻혀 있는 봄의 씨앗인 밀알을 따뜻하게 온 몸으로 감싸주고 있다. 그래서인지 신세계를 꿈꾸는 것 같은 눈은 어디에서도 내린다. 멀리 바라다 보이는 교회 지붕 위에도 내리고 묘지 위에도 내리고 늪이 있는 갈대밭에도 내리고 얼어붙은 강물 위에도 내리고 파도 치는 겨울 바다에도 내리고 어렵게 살아가는 달동네 사람들의 지붕 위에도 내리고 실향민들의 고향인 북녘 땅에도 내린다.

또 겨울 하늘에서 꿈을 꾸듯 쏟아져 내리는 흰 눈은 이렇게 차가우면서도 따뜻한 느낌을 주고 있기 때문에 그리움이 짙게 묻어 있지만 절제 있는 사랑의 미학에 대한 이미지로 사용되어 우아한 아름다움을 창조한다. 그래서 시인 황동규는 다음과 같이 노래했다.

꿈을 꾸듯 꿈을 꾸듯 눈이 내린다.
바흐의 미뉴에트
얼굴 환한 이웃집 부인이 오르간을 치는 소리

그리하여 돌아갈 때는 되었다.
모퉁이에 서서 가만히 쌓인 눈을 털고
귀 기울이면 귀 기울이면
모든 것이 눈을 감고 눈을 받는 소리

—황동규의 〈엽서〉에서

　눈의 이미지는 시 속의 화자(話者)가 애처로운 마음의 풍경 속에서 욕망과 좌절이라는 양극적인 현상을 포괄적으로 나타내고 있기 때문에 눈 속을 걷는 그가 만나려는 여인을 만나지 못함을 오히려 진정한 사랑의 표현으로 생각하고 역설적인 만족을 구하고 있다. 누구를 사랑하는 그는 눈이 차갑지만 흰빛을 하고 부드럽게 내려 쌓이는 것을 사랑의 극대화에 대한 상징으로 생각하고 있다. 그래서 그는 눈이 내리는 것을 보고 꿈이 담겨 있는 사랑을 생각하고 그 속에서 안으로 펼쳐지는 우아하고 절제된 삶의 숨결을 풍금으로 치는 바흐의 조곡(組曲), 미뉴에트로 듣는다. 마치 죽음과도 같은 침묵의 시간 속에서 삶에 대한 사랑이 소리 없이 잉태하는 것을 느끼는 화자는 애인을 만나 뜨거운 사랑을 불태우지 못한다. 하지만 그것을 한이 담긴 슬픔으로 표현하지 않고, 차갑고 따스한 미학적 거리에서 자신의 감정을 눈 속에 해체시켜 인고에서 오는 보이지 않는 실존적인 빛과도 같은 즐거움마저 느낀다.

　이렇듯 겨울의 빛은 맑고 높은 차가운 겨울 하늘과 하얀 눈에만 있는 것은 아니다. 벽난로에서 타는 장작불과 검은 제복을 입은 구세군의 자선냄비 그리고 겨울에 빛을 발하는 포인세티아에도 있다. 태고(太古)의 전설을 전하는 듯한 매서운 바람소리와 노변(爐邊)의 정담 속에 타는 나무의 불꽃은 구세군의 자선냄비의 뜻과 포인세티아 꽃 모양처럼 이기적인 욕망이나 정념을 위한 것이 아니라 스스로를 태워 암흑과도 같은 어둠을 밝히기 위한 희생적인 불꽃이다.

　그러므로 겨울의 빛은 죽음의 빛이 아니라 지적인 성숙과 어둠을 이겨내고 지나간 시간 속에서 못다 이룬 미완성의 꿈을 실현하기 위해 차갑고 치열한 절제 속에 스스로 불태우는 백야(白夜)와도 같은 '아우라'의 빛이다.

눈 오는 아침에

　겨울 속의 봄날 같이 따뜻한 날이 며칠 계속되더니, 첫눈이 내린다. 불면증 때문에 잠이 오지를 않아 책상머리에 앉아 있다가 새벽에 겨우 잠이 들었다. 아침에 눈을 뜨고 창밖을 내다보니, 눈이 온 세상을 하얗게 덮고 있어서 어린아이처럼 기뻤다. 흰 눈은 벌써 정원에 서 있는 소나무는 물론 부챗살처럼 앙상한 나뭇가지를 펼치고 있는 나목 위와 담장 끝에 군락을 이루고 있는 청죽(靑竹) 위에도 내려 하얀 눈꽃을 피우고 있다.

　눈이 내린 세상은 너무나 맑고 깨끗해서 아무리 보아도 싫지 않다. 겨울이 가고 봄이 오면 따뜻해서 좋다고 하지만, 잔설이 녹아 처마 끝에서 낙숫물 소리가 구성지게 들려오는 것이 싫을 때도 있다. 그래서 나는 봄이 되어서도 북한산 산정(山頂)을 덮고 있는 잔설 바라다보기를 좋아한다.

　우리가 겨울에 오는 눈을 좋아하는 것은 그것이 눈부시게 희고 깨끗하기 때문만이 아니라, 차가우면서도 또 따스하고 깃털처럼 부드러운 느낌 때문이다. 그래서 영국 시인 T. S. 엘리엇은 눈을 죽음의 상징이라고 노래했지만, 그의 유명한 시 〈황무지〉의 화자(話者)가 유년 시절, 사촌 집에 머물고 있으면서 알프스 산 속에서 썰매를 타던 것을 잊지 못한다고 말하고 있는가 보다.

어린 시절, 우리가 사촌 집에

머물고 있었을 때

그는 나를 밖으로 데리고 나가

썰매를 태워주었지

그때 나는 정말 놀랐지,

그는 말했다. "마리, 마리, 꼭 잡아."

그리고 우리는 아래로 미끄러져 내려갔었지.

산 속에서 사람들은 마냥 자유롭기만 했지.

—T. S. 엘리엇, 〈황무지〉에서

엘리엇은 여기서 눈을 지나간 과거, 즉 죽음에 대한 상상석 이미지로 사용하고 있지만, 그것은 우리들에게 잊혀진 기억을 떠오르게 한다. 이것만이 아니다. 겨울에 내리는 눈은 우리가 잃어버렸던 태고(太古)의 전설을 들려주며, 우리들로 하여금 때가 묻은 현실 세계로부터 잠시 벗어나게 하기도 한다. 정말이지, 아무리 많은 죄를 짓고 마음이 어두운 사람이라도 하늘에서 목화송이 같은 눈발이 하얗게 내리는 것을 보면, 축복 받은 것과 같은 경이로움에 순간적으로 온갖 시름과 고뇌에서 벗어나 마음이 밝아오는 것을 느끼지 않을 수 없으리라. 그리고 참회의 눈물까지 흘릴 수 있으리라. 그래서 눈이 오는 밤은 여명처럼 결코 어둡지만은 않은가 보다.

또 하늘에서 내리는 눈은 혼탁한 사람의 마음을 맑게 해 주는 것에만 머물지 않는다. 흰 눈은 사랑하는 사람들을 만나면, 그들의 마음을 더욱더 따뜻하고 맑게 해 준다. 그들의 눈앞에 펼쳐지는 설경과 차가운 지성의 결정체와도 같은 눈송이들은 그들로 하여금 어둠에 싸인 마음을 밝게 해 줌은 물론 불꽃처럼 타오르는 정염을 억제하고 잠재워 절제의 미학을 잉태하게 한다. 그래서 연인들은 항상 눈길 걷기를 좋아한다. 하얀 눈길을 걸으면서, 그들은 그 어느 곳에서도 느낄 수 없는 순수하고 지고한 사랑을 느낄 수 있기 때문이다. 남녀 간의 숭고한 사랑도 야만적으로 충동적인 인간의 욕망을 억제하는 데서 온다. 어떻게 생각하면 사랑하면서도 그리움에만 머무는 것이 순결한 사랑 그 자체가 아닐까. 왜냐하면 그리움은 맹목적이고 이기적인 사랑에 대한 욕망을 억제하는 데서 승화되어 나타나는 침묵의 소리와도 같은 것이기 때문이다.

하늘에서 눈이 내릴 때 스스로 그 많은 아픔과 슬픔을 극복하기 위해 어떻게 자기 통제를 했던가는 빗물이 얼어 눈이 되었다는 사실은 물론 하얀 눈의 스펙트럼이 그 속에 얼마나 많은 색채를 담고 있으며, 또 그것이 만든 결정체의 구조가 얼마나 단단하고 아름다운가를 생각하면 알 수 있으리라. 겨울나무에 핀 눈꽃의 아름다움은 그것이 지닌 절제의 아름다움과 나목이 지닌 의미가 완전한 조화를 이룬 결과에서 빚어진 것이다.

그래서 눈은 많은 사람들이 죽음에 대한 상징적 이미지라고 노래하지만, 그것은 인간의 성숙한 지성미를 나타낸다고 말할 수 있다. 그래서 먼 하늘에서 내리는 눈은 인간이 이 험난한 세상을 살아가면서 자신의 위엄과 아름다운 모습을 유지하기 위해 가져야만 하는 견인력이 얼마나 값지고 소중한 것인가를 말없이 가르쳐 준다고 하겠다.

내가 아침에 일어나 눈이 오는 창밖을 내다보며 이와 같은 생각에 몰두해 꿈을 꾸고 있을 때, 세상은 어느새 하얗게 눈으로 덮여 신세계에 들어온 듯한 느낌을 주었다. 하늘에서 조용히 내리고 있는 눈이 눈 덮인 새 세상 못지않게 반갑고 고맙다. 쉴 새 없이 내리는 눈은 우리의 아픔과 슬픔을 위무하고, '가진 자와 못 가진 자'가 없는 맑고 아름다운 평화로운 세계를 만들어가고 있다는 느낌을 주기 때문이다.

언덕바지 위에 자리 잡고 있는 우리 집 창문을 통해 나는 온 세상을 덮어버릴 듯 내리는 눈을 끝없이 바라보며, '신세계'에 대한 꿈을 꾸듯 수많은 생각에 잠긴다. 눈은 멀리 바라다 보이는 교회의 종탑 위에도 내리고, 묘지 위에도, 늪이 있는 갈대밭에도, 얼어붙은 강물 위에도 내리고, 파도

치는 겨울바다 위에도 내리고, 힘겹게 살아가는 달동네 사람들의 판잣집 지붕 위에도 내리고, 그리움의 북녘 땅에도 내린다고 상상해 본다.

이렇게 하얗게 내리는 눈은 조국의 산하와 들을 하나로 덮어 비극적인 이 땅의 아픔을 잊게도 해주고, 신세계와도 같은 보다 성숙하고 평화로운 통일된 국가를 만들어가고 있다는 생각도 든다. 하얀 눈이 우리 집 뜨락의 나목 위에 눈꽃을 피우며 저렇게 내리고 있으니, 눈은 한라산에도 내리고, 금강산에도 내리고, 또 백두산에도 내릴 것이다.

12월의 풍경

　벌써 금년 한 해도 긴 그림자를 드리우고 저물어간다. 아무리 바쁘게 사는 사람이라도 달력 한 장이 마지막 잎새처럼 맥없이 벽에 걸려 있는 것을 보면 발걸음을 멈추고 지나간 세월을 되돌아보고 짙은 향수를 느낀다. 라이너 마리아 릴케가 〈듀이노의 비가(悲歌)〉에서 노래한 것처럼 '쏜살같이 지나가는 세상이 이상한 방법으로 우리를 계속 부르고 있기' 때문일까.

　12월은 1년 열두 달 가운데의 일부임에 틀림이 없지만, 축제 분위기 때문인지 '작은 영원처럼' 느껴진다. 12월의 겨울 풍경은 삭막하지만 맑고 투명하다. 그러나 저물어가는 해의 잿빛 하늘에서 내리는 눈발은 사라져가는 시간에 대한 그리움은 물론, 상처 입은 사람들에 대한 연민과 사랑을 묻어나게 하기 때문에, 다른 그 어느 계절보다 낭만적이다, 거리로 나가보라. 마치 '영원의 나라'에 온 것처럼, 영혼을 울리는 크리스마스 캐럴이 울려오고 검은 제복에 붉은 테를 두른 모자를 쓴 구세군들이 자선냄비를 세워 놓고 종을 울리며 자비를 구하는 모습을 볼 수 있고, 대리석 건물 유리벽 속에 놓여 있는 붉은 포인세티아와 별, 그리고 찬란하게 빛나는 아름다운 촛불들은 우리들로 하여금 잿빛 하늘 아래도 현실 세계와는 다른 영원의 세계로 들어왔다는 느낌을 갖도록 한다.

12월은 한해를 마감하는 시간의 끝자락이기 때문에, 아무리 가난하게 사는 사람들이라도 하던 일을 잠시 멈추고 고향을 찾는 경우가 많다. 그래서 그들은 자기가 태어난 곳에서 뿌리의 의미를 생각하고 부모 형제·자매는 물론 어린 시절 함께 놀던 죽마고우(竹馬故友)들을 찾아 변해가는 얼굴을 바라다보며 정담을 나누며 살아오면서 입어야 했던 숱한 상처를 어루만지고 위무한다.

눈은 겨우내 오겠지만, 겨울이 시작되는 12월에 내리는 눈을 바라보는 마음은 다른 여느 때와 다르다. 12월 아침, 창문을 열었을 때 흰 눈이 내려 온 세상을 덮고 있는 것을 보면 마음도 성스럽게 깨끗해진다. 눈이 교회 첨탑 위에도 내리고 묘지 위에도 내리고 산에도 들에도 내리는 것을 보면, '영원의 세계'에 들어온 것 같이 느껴지기 때문이다.

눈은 그 차가움 때문에 죽음을 나타내는 상징적 이미지로 사용된다. 그러나 눈이 차가운 죽음만을 의미하는 것은 아니다. 12월에 오는 눈은 차갑지만, 그것이 가져다주는 정서적인 풍경은 종말의 죽음이 아닌, 성숙의 절정을 의미하는 죽음, 아니 재생을 전제로 하는 죽음과도 같은 것이다. 눈이 내려 땅 위의 모든 더러움을 깨끗이 감추어 '신세계'를 만드는 것은 따뜻한 봄과 태양이 불타는 무더운 여름, 그리고 낙엽 지고 결실을 맺는 가을이 지난 후 찾아오는 성숙한 계절의 의미를 싣고 있기 때문이다. 보리밭을 가는 농부들의 말처럼, 겨우내 내려 들판에 쌓이는 눈은 겉으로 보기에는 차갑지만 땅속에 묻혀 있는 봄의 씨앗인 밀알을 온몸으로 따뜻하게 감싸준다.

눈이 결코 죽음만을 의미하지 않고, 죽음 가운데서 새로운 삶의 잉태를 의미한다는 것은 목을 잃은 유령이 말을 타고 달린다는 할로윈과 추수 감사절을 지나, 눈이 오는 차가운 12월에 예수가 탄생한 성탄절이 있다는 것으로도 알 수 있다.

그러나 12월의 풍경에는 눈 속에 있는 '시간의 빈터'에서만 볼 수 있는 축제일의 아름다움과 휴식의 공간에서 즐기는 춤과 노래만 있는 것이 아니다. 12월은 겉으로 종말의 시간처럼 보이고 또 그렇게 느껴지지만, 새로운 출발을 위한 휴면기(休眠期)다. 그래서 12월의 아름다움 속에는 내면으로 젖어드는 숭고한 아픔과 아쉬움으로 이루어진 말 못할 애절함이 있다.

12월 세밑, 고향으로 가는 막차를 타기 위해 기차역으로 달려가는 사람들의 모습에는 물론, 담배 연기 자욱한 주점에도 휴식을 위한 정지된 시간이 있지만, 거기에는 또한 상실과 후회, 낭만과 우수가 깃든 슬픔의 술잔이 있다. 그러나 그것은 다른 계절에서 볼 수 있는 권태와 좌절, 감상적인 눈물로 얼룩진 술잔이나 광란적인 분노의 고함 소리로 이루어진 미움과 저주의 글라스가 아니다. 오히려 그것은 반성과 죄의식에서 오는 슬픔과 미완성에 대한 아픔의 술잔이다.

하지만 12월이 부분적인 성숙을 의미하며 재생을 약속하는 '작은 영원'이 아니라 결코 현실로 돌아올 수 없는 기나긴 영겁의 '영원'이라면, 12월의 풍경은 그렇게 아름답지 못할 것이다. 꽃은 지기 때문에 아름답다고 말하지 않는가. 12월이 아름다운 것은 아마도 다시금 새로움을 약속하는 성숙함 속의 미성숙, 아니 완성 속의 미완성, 즐거움 속의 고뇌 때문이지도 모른다. 12월의 풍경이 지니는 아름다움의 정수는 미완성의 본질 그 자체다. 12월은 그것 자체의 시간으로 끝나는 것이 아니라 다음 해 1월로 이어지기 때문이다.

세밑 12월의 거리에 흐르는 우수에 찬 음악과 성당의 종소리 그리고 성당 지붕 위의 별들이 제야(除夜)의 종소리처럼 아름답고 긴 여운을 전해주는 것은 그것들이 종말을 의미하는 완성이 나타내는 축가(祝歌)만이 아니라 내일을 약속하는 미완성의 진혼곡과도 같기 때문이다.

낙원에서 추방되어 유형의 길을 걷고 있는 인간은 운명적으로 절대적인 완성 단계에는 도달할 수 없다. 그래서 인간은 항상 기쁨 속에서도 슬픔을 느끼고, 또 슬픔 속에서도 기쁨을 느끼는 역설적인 존재가 된다. 그러나 그 비극적인 운명 때문에 인간적인 삶의 풍경이 더욱더 아름답고 값지게 보일지도 모른다.

'시간의 빈터'이자 '작은 영원'과도 같이 느껴지는 12월의 풍경이 종말에 대한 감상적인 슬픔으로만 보이지 않고, 고요한 어둠 속에서 스스로 불태워서 주위를 밝히는 촛불처럼 아름다운 빛을 보이는 것은, 그것이 결코 영원한 죽음 그 자체를 의미하지 않고, 새로운 생명을 잉태하기 위해 어둠과 싸우는 비극적인 숭고함을 지니고 있기 때문이다.

도서관에서 시 읽는 즐거움

    실로 오랜만에 대학 도서관을 찾았다. 글을 쓰기 위해 젊의 시인들의 시집 몇 권을 대출받기 위해서였다. 어두운 서가(書架)에 불을 켜고 필요한 책을 찾아 열람실의 넓은 책상에 잠시 머물러 앉았다. 홀은 더 없이 넓었으나 너무나 조용해서 다른 어느 곳에서도 찾아볼 수 없는 정숙함 때문에 숭고한 느낌마저 들었다. 그래서 나는 라이너 마리아 릴케가 파리의 어느 도서관을 찾아 시집을 읽으며 주변을 돌아보고 느꼈던 경험을 기록한 《말테의 수기》의 다음과 같은 구절이 생각났다.

    나는 도서관에 앉아서 시인의 작품을 읽고 있었다. 홀에는 많은 사람들이 있었으나, 거의 그것을 느낄 수 없을 만큼 조용하다. 모두가 독서에 열중하고 있다. 이따금 여기저기에서 책장을 넘기는 사람이 꿈속에서 몸을 뒤치듯 몸을 움직일 뿐이다. 독서를 하고 있는 사람들 속에 있는 것은 참으로 기분 좋은 일이다. 왜 모든 사람들이 이처럼 조용하지 못할까. 누구에게 가까이 가서 그를 슬쩍 건드려도 그는 조금도 그것을 깨닫지 못한다. 일어날 때 옆 사람에게 가볍게 부딪쳐 그것을 사과하면, 그는 오직 목소리가 들린 쪽을 향해 고개를 끄덕이고 돌아보지만 눈은 아무것도 보지 않으며, 그 머리카락은 잠을 자고 있는 사람의 머리카락과 같다. 이것은 참으로 기분 좋은 일이다.

릴케가 조각가 로댕에 대해 글을 쓰기 위해 파리로 가서 불안한 생활을 하던 중 도서관을 찾아 시집을 읽으면서 느낀 심정을 적은 이 글은 얼핏 보면 조용한 독서 공간을 찾은 경험을 기록한 단순한 일기(日記)로 생각할 수도 있다. 그러나 이것은 단순히 릴케가 순간적으로 지나가는 생각의 편린을 적은 글이 아니다. 여기서 릴케는 도시의 소음에서 벗어나 도서관이라는 조용한 독서 공간에서 시에 담긴 삶의 정수(精髓)를 집중적으로 탐색하는 순간이 얼마나 행복한 것인가를 나타내 주고 있다. 그가 도서관에서 시를 읽고 있는 사람들이 옆에 다른 사람이 오는 것도 의식하지 못하고 시 읽기에 집중하고 있는 것을 보고 감탄을 한 것은 그 순간이 얼마나 순수하고 고귀하다는 것을 스스로 절감했기 때문이다. 당시 불안한 도시 생활을 하고 있었던 릴케에게 기쁨을 주는 창조적인 일을 하기 위해 필요했던 것은 소란스럽고 화려한 거리가 아니라, 순수한 삶의 숨은 진실과 접촉할 수 있도록 마음을 집중할 수 있는 적요(寂寥)한 삶의 공간임을 다시금 확인하는 의미를 지니고 있다.

위대한 시인 워즈워스도 이러한 경험을 했었다. 그는 대낮 산책을 나갔다 호숫가에서 끝없이 줄지어 피어 있는 수선화가 햇빛에 반짝이는 물결과 함께 춤을 추고 있는 광경을 보았다. 그가 집으로 돌아와 늦은 저녁 시간 긴 의자에 텅 빈 마음으로 누워 있을 때 낮에 보았던 수선화가 마음에 떠올라 은하수처럼 흐르는 것을 보고 그 유명한 〈수선화〉라는 시를 썼다. 워즈워스 역시 릴케가 말한 조용한 공간에서 시를 읽을 때와 같은 집중된 시간을 가질 수 있었기 때문이리라.

나 역시 그 도서관이라는 조용한 공간에서 삶의 진실과 생의 아름다움을 압축적으로 담고 있는 시를 읽을 때 느끼게 되는 기분이 어떠한 것인가를 순간적이지만 경험을 통해서 충분히 안다. 그것은 속세의 온갖 시름에서 벗어나 생의 본질과 접하게 될 때, 느끼는 순수한 기쁨과 같은 것으로서 생에 있어서 느끼는 다른 어떤 경험과 비교할 수 없을 정도로 맑고 깊다.

그러나 내게 있어서 아는 것과 실천은 다른 것이었다. 젊은 시절을 제외하고 도서관에서 정좌를 하고 앉아 시를 읽은 적이 거의 없다. 조용히 혼자 산책을 할 때 길섶에서 숨은 꽃을 발견하듯 순수한 삶의 진실을 깨닫는 순간도 이와 유사하다고 느꼈지만, 그것마저 나는 규칙적으로 하지 못하고 바람에 실려 가듯 방황하듯 지내왔다. 자신에게 주어진 순간에 완전히 몰입할 수 있는 기쁨과 함께 도서관에서 시를 읽는 즐거움이 무엇인가를 알면서도, 나는 왜 그렇게 쉽게 냉소와 권태, 무관심에 자기를 빼앗기며 그 많은 시간을 산 위에 떠도는 구름처럼 불안한 생활을 하며 생을 낭비했는가 하고 자책감에서 벗어날 수 없다.

내가 저문 강 언덕에 이렇게 서서 부끄러움을 무릅쓰고 허둥지둥 우물쭈물 덧없이 보낸 나의 삶에 대해 눈물어린 고백을 하며 라이너 마리아 릴케와 함께 도서관에서의 시 읽는 즐거움이 얼마나 크고 소중한 것인가를 다시금 이야기하는 것은 그것의 의미와 진실을 세상에 알리고 싶은 욕망이 그 만큼 크고 깊기 때문이다.

평화로운 마음

행복의 발견이란 쉽고도 어려운 일이다. 가까이서 쉽게 찾을 수 있는 작은 행복도 먼 곳에서 찾으려면 한 없이 어렵다. 언제 부터인지 나는 생에 있어서 행복의 경지는 그렇게 큰 것이 아니고 오히려 작은 것이며, 먼 곳에만 있지 않고 가까운 곳에 있다는 것을 경험으로 알게 되었다.

내가 이렇게 세상에 대한 인식을 새로이 하여 느낀 작은 행복은 이른 새벽 정원에서 발견하는 나무의 속잎처럼 예쁘게 자라나는 아이들의 성장 모습을 보는 것과 밤늦게까지 강의 준비를 하고 이튿날 아침 학교에 가 학생들을 가르치고 어둠과 함께 밤공기를 마시며 교정 언덕을 내려와 집으로 돌아오던 평범한 일과 속에서 느끼곤 했던 소박한 기쁨에서 비롯된다.

작은 것이지만 하루가 어떤 일에 성취감으로 가득 차오르면 더욱 행복하다. 학교 강의실에서 열심히 강의를 하고 돌아와 밀린 편지를 쓰고, 시 한편이라도 조용히 읽고 그 속에서 숨은 진리를 발견하게 되면 그날은 즐거움으로 만족스럽다. 밤늦게 음악이 흐르는 '시간의 빈터'에서 빛바랜 사진이나 묵은 수첩 뭉치를 뒤적이는 일 또한 짙은 향수를 느끼게 하지만, 지난 시절의 내 자화상을 보는 것과 같은 느낌 때문에 흐뭇한 감정이 깃든 행복감에 젖는다.

어찌 이것뿐이랴. 숙면을 하고 일어난 일요일 아침, 창밖의 푸른 하늘을 보았을 때, 햇빛 찬란한 가을, 낮 미사를 보기위해 찾아간 성당 돌계단위에 줄지어 놓여있는 향기 짙은 국화꽃 화분을 보았을 때, 그리고 먼 곳에 살고 있던 친구가 오랜만에 뜻하지 않게 찾아와 웃는 얼굴로 내집 문 앞에 서 있을 때도 행복했다. 또 방학이 되어 찾아간 퇴락한 시골집을 보는 것은 슬픈 일이지만, 거기서 프루스트처럼 아름다운 '유년의 뜰'을 기억 속에서 더듬는 일은 참으로 좋았다. 무더운 여름 천둥이 치고 소낙비가 쏟아지는 숲 속의 풍경에서 태고(太古)의 전설에 귀 기울이는 일과, 차가운 겨울, 창밖에 눈이 오는 것을 바라다보는 무드 또한 행복을 느끼게 했다. 태양이 작열하는 뜨거운 여름 햇볕에 젖은 나무판자가 뿜어내는 나무 냄새를 맡을 때는 물론, 낙엽을 태우는 냄새를 맡으며 서늘한 저녁 공기를 심호흡 하며 걸어 갈 때도 살아있는 것이 얼마나 행복한 순간들이란 것을 알았다. 옛날 내가 입었던 옷을 고쳐 입고 좋아하는 큰 사내아이의 웃음에서 유년의 내 모습을 발견하는 기쁨은 말 할 것도 없고 뒷산에 올라 잣나무 숲길을 외로이 걸으며 숨은 풀꽃을 찾으며 나무와 나누는 침묵의 대화 또한 작지만 다른 어떤 것에서도 쉽게 발견할 수 없는 행복을 느끼게 했다.

그러나 내가 발견한 이렇게 작은 행복들을 느끼는데도 조건이 있다는 것을 안다. 행복의 조건은 마음의 평화이다. 마음의 평화, 얼핏 생각하면, 그것은 대단히 쉬운 것 같지만, 그것을 얻기가 그렇게 쉬운 것만은 아니다.

원래 인간의 마음이란 끝없는 갈등이 계속되는 모순투성이기에 언제나 욕망의 물결에 흔들리고, '구름만 지나도 그림자 짓는 곳'이다. 금욕주의를 즐기는 수도승이나 성인(聖人)이 아닌 범속한 사람의 경우, 마음이란 비어 있으면 공허하고 채우려면 끝이 없다. 인간의 욕망을 그 누가 채워 줄 수 있을까. 가진 자는 더욱더 가져야만 되고, 하늘로 향하는 사다리를 높이 오른 자는 더욱더 높이 오르고 싶어 한다. '욕망이라는 이름의 전차'를 타고 보면, 황홀한 전율은 느낄 수 있지만, 결코 평화로운 마음속의 작은 행복이 가져다주는 맑고 우아한 기쁨을 느끼지는 못한다.

우리가 "신의 선물"이라고 말하는 생에 대해 고마움을 전혀 느끼지 못하고 생이 불행하다고 생각하고 햄릿처럼 가슴에 우울한 그림자를 던질 때는 마음이 평화롭지 못해 삶 속에 흩어져 있는 작은 행복을 발견하지도 못하고 느끼지도 못한다. 만일 마음에 우울한 그림자를 드리우고 있으면, 누구든지 그것을 망각의 강에 하루 속히 집어 던져 버려야 한다. 마음에 드리워진 그림자 때문에 우울한 시간을 보내며 생각하는 부끄러움이란 의도적으로 잘못한 일에서 오는 것이 아니라, 그 당시 자신도 모르게 저질렀거나 휘말렸던 일들에서 오는 것이기 때문이다.

물론 우리에게 부끄러운 일이 일어났을 당시에는 자신이 택한 것이 최선의 길이라고 생각이 되지만, 지나고 보면 도덕적으로 완전하지 못했다는 점을 얼마든지 발견할 수 있다. 인간은 불완전한 존재이기 때문에 인간적 현실과 도덕적 이상 사이에 언제나 존재하는 깊은 계곡과 같은 괴리가 있게 마련이기 때문이다. 그러나 이러한 현상은 또한 마치 벽에 걸려있는 그림을 더 잘 보기 위해 그림에서 한 걸음 뒤로 물러서게 만드는 미학적 거리처럼 자신의 참된 모습을 정확히 보고 자신이 미처 인식하지 못한 결함이나 잘못을 고쳐나가는 길을 찾게 할 수도 있다.

그러나 인간적 현실과 도덕적 이상 사이의 거리를 좁혀야만 하는 것이 인간의 운명적인 의무이다. 그래서인지, 요즘 나는 나이테가 두껍게 쌓여가는 징후인지, 가끔 불면증에 시달리며 숙면을 취하지 못하고 잠을 자다 말고 한 밤중에 일어나 별빛 찬란한 '하늘을 우러러 한 점 부끄러움' 없이 살아오지 못한 삶에 대한 후회와 뉘우침이 내 마음을 휘감곤 하는 것을 느낀다.

그래서 내가 이러한 어둠의 공간에 외로이 서게 되면, 안타깝게도 밤의 정적이 가져다주는 휴식은 물론 심원한 사색의 즐거움을 누릴 모든 기회를 상실하게 되는 것 같은 느낌을 갖는다. 마음이 혼미할 때, 나는 눈먼 자가 되어 생의 정원에 피어나는 꽃을 보고도 그 아름다운 빛을 느끼지 못한다. 그리고는 나는 거기에 흩어져 숨어 있는 진리의 보석을 찾아내는 고귀한 즐거움과 같은 행복한 순간을 발견할 수 없다는 것을 처절하게 절감한다.

남은 시간이라도 내 삶이 어둠으로 얼룩지거나 흙속에 묻혀버리지 않도록 부끄러움 없는 길을 걸어, 평범한 삶 속에 흩어져 있는 작은 행복이라도 빠짐없이 줍고 싶다.

책 읽기와 나의 삶

　어떤 의미에서 보나 나의 독서 편력은 나의 정신적인 삶의 편력과도 같다. 왜냐하면 나는 의식에 눈을 뜨고부터 독서를 하게 되었고, 또 그것에 의해 나의 정신적인 삶이 시작되고 형성되어 왔기 때문이다.

　내가 독서에 눈을 뜨기 시작한 것이 언제부터인지 정확히 모르지만 초등학교 시절 이전으로 거슬러 올라갈 수 있을 것 같다. 어릴 때 할아버지가 거처하시던 사랑방으로 가서 머리를 영창문 쪽으로 향하게 하고 똑바로 누우면 내 눈에는 언제나 병풍 모양으로 된 벽장문 위에 풀칠을 해서 붙여놓은 초서(草書)로 쓴 한시 한 구절이 눈에 들어왔다. 나는 그것에 대해 궁금증을 느낀 나머지 천자문을 배우다가 할아버지께 그 뜻이 무엇인지를 여쭈어 보았다. 할아버지께서는 그것이 송시열(宋時烈)의 글씨라고만 말씀하시고 침묵을 지키셨다. 그때부터 줄곧 그 글씨는 하나의 신비로움으로 내 마음에 지울 수 없는 자국을 남겼고, 나는 그 뜻을 해독하려고 했다. 내가 커서 그 벽장문 위에 씌어진 글씨가 지닌 가치의 소중함을 어렴풋이 깨닫고 그것을 찾으려고 했을 때, 그 시골집 사랑채는 벌써 다른 사람에게 팔려 헐려지고 없었다. 나는, 흘려 썼지만 힘이 있었던 그 한문 붓글씨가 내 마음에 새겨 놓은 인장(印章)의 숨은 뜻 때문인지 초등학교 때부터 책읽기를 무척이나 좋아했다.

지금은 아득하지만 초등학교에 입학했을 때 나는 산골 아이였다. 그때 나는 십리 길을 걸어서 읍내에 있는 학교에 다녔는데 해방 직후였기 때문인지 교과서가 바로 지급되지 않았다. 그러나 나는 D시에서 여학교를 다니는 작은고모로부터 《새나라》라는 소년잡지와 함께 국어책이 들어 있는 소포를 받는 행운을 가졌다. 그때 셀로판지에 싼 국어책이 나에게 그렇게 아름다울 수가 없었다. 나는 다시 만져보고 수없이 들여다보곤 했다. 지금 와서 되돌아보면, 내가 책을 사랑하고 독서의 즐거움으로 삶을 살아가게 된 것은 아마도 그때 객지에서 공부하고 있던 작은고모가 대숲머리 고향 집에 있는 어린 조카에게 보내준 그 책 때문인 것 같다.

　그 시절 나는 《새나라》 소년잡지를 읽고 독서의 세계가 지닌 경이로움에 매혹되어 엿새 만에 찾아오는 장날이 되면 집으로 돌아가는 것도 잊고 학교가 파하는 대로 시장의 차일을 친 책전 앞에서 서성이다가 해 저무는 줄을 몰랐다. 그래서 장날만 되면 나는 책전 앞에 넋을 잃고 서 있다가 날이 저물어서야 어두운 십리 산길을 두려움으로 떨며 뜀박질하듯 집을 향해 걸어가야만 했다.

　그런데 나의 독서 편력에 큰 획을 긋게 된 것은 학교 가는 십리 길을 단숨에 질주하듯 달리곤 하던 산골 아이였던 내가 신장염이 라는 병마의 덫에 걸려 1년 가까이 병원에서 입원 생활을 하고 있을 때이다, 이때 나는 초등학교 3학년이 있지만 만화는 읽지 않고 다니엘 디포의 《로빈슨 크루소》와 조나단 스위프트의 《걸리버 여행기》 그리고 《플루타르크 영웅전》을 비롯하여 뉴턴과 《퀴리부인》 등과 같은 수많은 위인전을 쉴 새 없이 읽었다. 나는 통증이 없는 우울하고 지루한 투병생활을 너무나 오랫동안 해야 했기 때문에 어머니는 낮시간 동안은 나를 병실에 혼자 두고 집에 가 계셔야만 했다. 커다란 병실에 혼자 남은 내가 할 수 있는 것이란 머리맡에 쌓아둔 책을 읽는 것 밖에 없었다. 더 읽을 책이 없으면, 어머니가 오실 때까지 천장과 벽지에 새겨져 있는 꽃무늬를 수없이 세면서 이미 읽었던 책 속으로 상상의 날개를 폈다.

　나는 큰 '약손'을 가지셨던 할머니와 어머니의 지극한 정성으로 건강을 다시 회복하게 되자 D시로 전학을 왔다. 그 당시 중학교 입시 공부 때문에 얼마 동안 책 읽기를 중단했지만, 중학교에 입학하고부터는 옛날부터 길러왔던 독서 벽을 버리지 못하고 학교가 파하면 이 서점에서 저 서점으로 옮겨 다니면서 한자리에서 책을 100여 페이지씩 읽는 버릇을 지녔다. 중학교 1학년 때 서점 주인들의 미움을 사면서 《삼국지》 여섯 권을 독파했던 기억이 지금도 새롭다. 그때 읽은 책 속의 유비와 제갈량의 관계는 어린 나의 가슴에 지울 수 없는 짙은 감동을 가져다주었다. 이 시절에 나는 이광수의 《흙》과 《사랑》 등이 좋아서 그의 작품을 모조리 탐독했던 기억이 난다. 김동인의 〈운현궁의 봄〉도 좋았지만, 이광수의 《단종애사》와 《이차돈의 사》 등이 좋아서 밤이 늦도록 등불을 밝혔다.

　중3이 되도록 책방에서 몇 시간씩을 보내는 버릇을 버리지 못했던 내가 어떻게 고등학교 입학시험을 낙방하지 않았는지 지금 생각하면 모를 일이다.

　나는 고등학교에 들어가자마자 번역판 세계문학전집으로 나의 관심을 옮겼다. 그래서 나는 학교 도서관에서 세계문학전집을 빌려서 하루에 한 권씩 독파하려는 계획을 세웠다. 학교에서는 여섯 시간 수업을 받아야만 했기 때문에 하루에 책 한 권 읽는다는 것은 쉽지가 않았다. 그래서 수업시간에 책상 아래 소설책을 숨겨놓고 그것을 읽을 때가 많았다. 지금은 그때 내가 투르게네프의 《부자(父子)》와 톨스토이의 《전쟁과 평화》 및 《안나 카레리나》 그리고 마가렛 미첼의 《바람과 함께 사라지다》 등을 수업시간에 읽으면서 마음 졸였던 기억이 새롭다. 아무튼 이때 나는 목조건물 이층에 있는 하얀 회칠을 한 도서실에서 어느 누구와 경쟁이라도 하듯 시간을 다투면서 책을 읽었다. 이때 책 읽는 즐거움마저 없었다면 몰락한 지주의 후예로서 내가 겪어야만 했던 생활의 어려움을 극복하기 어려웠을 것이다.

하루에 번역판 세계문학전집 한 권이라도 읽은 날이면 곰팡이가 필 만큼 습기 찬 자취방으로 찾아가는 황혼의 나의 발걸음도 그렇게 무겁지만은 않았다.

이 시절에 나의 독서열은 광란적이라고 할 만큼 다독(多讀)을 한 셈이지만 그것이 독서 연령 면에서 나를 조숙하게 만들었고 나로 하여금 미지의 나라에 대해 꿈을 꾸게 했다.

그래서 나는 매달 《사상계》가 나오면 D시의 책전 골목으로 찾아가서 장준하(張俊河)의 권두언부터 읽었다. 어찌 이것뿐이랴. 나는 그 책전 골목에만 들어서면 《사상계》와 함께 놓여 있는 《현대문학》에 눈을 주는 일을 잊지 않았다. 나는 잉크 냄새를 짙게 맡으며 새로 나온 문예지의 책장을 넘기면서 문학의 심원한 유곡(幽谷)으로 산책하는 일을 멈추지 않았다.

내가 문학에 대해 이렇게 눈뜨고 있을 무렵, 나의 독서 편력에는 새로운 변화가 일어났다. 고등학교 1학년 겨울 방학 때 나는 시골집에 머물다 사랑방 윗목에 육중하게 놓여 있던 책장 문을 할아버지 몰래 열었다, 그때 나의 시야에 들어온 것은 모두 다 일본어 책들이 있다. 내가 마르크스의 《자본론》이란 책이름을 처음 접하게 된 것도 이때였다. 그런데 나는 뜻하지 않게 그 먼지 냄새 나는 책장 속에 꽂혀 있던 일본판 세계문학전집에 속하는 몇 권의 책 옆에서 영어로 된 원서를 한 권 발견했다. 나는 짙은 호기심으로 말미암아 그것을 한번 조심스럽게 펼쳐보았다. 그것은 그 책장 속에 모아둔 다른 책들과는 달리 영어로 씌어 있었기 때문에 나의 접근을 어느 정도 허용했다. 나는 사전을 가지고 그것을 읽기 시작했는데 그 책은 19세기 프랑스의 유명한 시인 보들레르의 산문집이 있다. 나는 그 이전에 보들레르의 시를 접해 본 적은 없으나, 그가 훌륭한 시인이란 것을 여기저기서 들어서 익히 알고 있었다. 그래서 마침 그것이 비교적 쉬운 영어로 씌어졌고, 〈거지〉라는 짧은 한 작품을 읽었을 때 너무나 신비스럽고 감동적이어서 겨우내 사전을 가지고 그 작은 부피의 책을 모두 다 읽었다.

그 해 겨울에 읽은 이 영문판으로 된 보들레르 산문집과 교과서에 실려 있던 알퐁스 도데의 〈마지막 수업〉은 나의 독서 편력의 지침을 바꿔놓았다. 다시 말하면, 나는 외국문학에 대한 강렬한 이끌림 때문에 영어 공부를 정말 열심히 했다. 그 결과 나는 고등학교를 졸업할 때까지 워싱턴 어빙의 《스케치북》을 비롯하여 토마스 하디의 《테스》 그리고 샤롯 브론테의 《제인 에어》를 원서로 읽었고 토마스 그레이와 워즈워스가 쓴 영시 몇 편을 외우기까지 했다.

어려웠던 우리 집에서는 내가 의과대학으로 가서 의사가 되었으면 했다. 그러나 어릴 때부터 시작한 치열한 독서편력이 나의 운명에 어떤 피할 수 없는 힘을 작용했기 때문인지, 나는 대학에서 영문학을 전공하게 되었고, 책 읽기는 나의 삶과 떼어놓을 수 없는 것이 되었다.

그래서 대학에 와서 나는 학교에서 배우는 양의 독서에 만족하지 못했다. 대학에서 여러 가지 삶에 대한 좌절감을 맛보았지만 책을 읽으려고 노력했다. 남들에게 부끄러움이 없을 만큼 많은 책을 읽으려고 노력했다. 유난히도 무덥고 지루했던 어느 해 여름 커튼도 없는 도서관에서 책을 읽다가 시력을 잃었지만 나는 나의 독서량과 깊이를 줄이지 않았다. 그때 전공 서적 외에 영문으로 씌어진 《안데르센 동화》에 심취하기도 했고 백철의 《신한국현대문학사》를 읽으며 우리 문학작품 가운데 무엇이 중요한 것인가를 살펴보기도 했다.

그러나 나의 관심은 언제나 영문학 분야에 머물러야만 했다. 그래서 그 당시 많이 읽혔던 서머셋 모옴의 《인간의 굴레》를 비롯하여 제임스 조이스의 《젊은 예술가의 초상》과 D.H. 로렌스의 《무지개》 등을 깊은 문학적인 뜻도 모르고 읽었다. 셰익스피어를 읽다가 좌절한 나머지 문학 공부를 그만두고 행정고시를 치르겠다고 경제학에 관한 책을 열심히 읽었다. 지금 내가 케인스 이론과 슘페터 이론을 영문학 강의시간에 세상 살아가는 이야기를 하다가 갑자기 들먹이는 것도 그때 얻은 짧은 지식 때문이다.

그러나 나는 다시 마음을 바꾸어 취직보다는 대학원 공부를 하기 위해 미국으로 가겠다는 결심으로 영문학 서적을 항상 가까이 하고 있었다. 그래서 젊은 시절, 나의 초라한 하숙방에 들어가 보면, 방바닥에는 영영사전 한 권과 문고판(페이퍼백) 영문학 작품 몇 권이 항상 뒹굴고 있었다. 내가 병역 임무를 수행하기 위해 야전군에 근무하고 있을 때도 하숙방 머리맡에는 호손의 《주홍글씨》와 포개져 놓여 있는 책 위에 톰 소여와 허클베리 핀의 얼굴들이 항상 웃고 있었다.

그러나 내가 보다 체계적으로 책을 읽게 된 것은 1960년대 미국으로 가서 대학원 공부를 시작할 때부터였다. 즉 문학 작품을 읽을 때도 단순히 흥미 본위로만 읽지 않고 비평적인 시각으로 읽었다. 다시 말하면, 고전이 된 문학 작품을 읽을 때 그것이 왜 고전이 되었는가를 생각하면서, 그것이 담고 있는 숨은 의미를 문학사적인 문맥과 진실된 인간적인 삶의 문맥 속에 투영시키면서 읽었다. 문학 작품들은 이러한 시각에서 접근할 때는 그렇게 쉽지가 않았지만, 매우 보람 있고 흥미 있는 일이었다. 그래서 일정한 문학 작품을 올바르고 심도 있게 읽기 위해 많은 문학 비평서들을 시대에 뒤떨어지지 않게 읽었고, 그 비평과 사회학에 관한 서적들을 읽었다. 그러나 내가 문학 작품의 세계로 점점 침잠해 들어가면 들어갈수록 나의 독서 편력은 어느 한 곳에 한정될 수밖에 없었다. 비록 한때는 러시아 문학과 독일 문학이론 등에 관심을 가지고 그 분야에 관한 책들을 섭렵한 경험이 있었지만, 그것은 어디까지나 비교문학적인 차원에서였다.

나는 30대 초반에 조국으로 다시 돌아와서 몇 년 동안은 대학에서 영문학만을 가르쳤다. 그러나 나는 한국 사람으로서의 나를 영문학에만 묶어 둘 수가 없다고 생각했다. 나는 운명처럼 내가 태어난 나라의 언어와 문학을 사랑하고 있으며 그래서 그동안 내가 외국문학 공부에서 얻었던 문학적인 지식과 경험을 문학 비평에 접목시켜 보고 싶었다. 그래서 나는 근 40년 동안 한국현대문학사에 나오는 주요한 작품들을 읽으며 여러 가지

측면에서 분석하는 작업을 영문학 공부와 병행하고 있다. 어느 것 하나 제대로 하고 있지 못하지만, 이 두 가지 일은 나의 삶을 지탱하며 가게 해 주는 두 개의 수레바퀴와도 같은 것임에는 틀림이 없다. 그리고 시간적인 여유만 있으면 시대에 뒤떨어지지 않기 위해 새로운 이론을 담은 신간 서적들을 광범위하게 읽으려고 노력하고 있다.

이렇게 어릴 때부터 시작한 독서는 나에게 있어서 단순히 일반적인 의미로서의 독서가 아니라 나의 삶의 일부이자 전부라고 말할 수 있겠다.

특별한 오락도 없는 나에게 독서마저 없으면 나의 생활이 얼마나 무미건조하고 황량할 것인가 생각하며 나는 오늘도 책 읽기를 게을리 하지 않았다. 나는 하루라도 책을 읽지 않으면 마음에 긴장감이 사라져서 허무감의 늪에 빠지는 듯한 느낌을 가지게 된다. 그래서 독서는 나에게 죽음의 공포와 억압으로부터 나를 구해 주는 방파제 역할을 해주어서 나를 치열한 의식적인 삶 속에 머물도록 해준다.

이럴 때 할아버지 사랑방 벽장문에 족자처럼 붙여놓은 송시열의 한시 뜻을 알아보려는 호기심에서 시작된 나의 독서편력은 죽음의 순간까지 계속될 것이다.

이태동(李泰東)

칼럼니스트·문학평론가. 1939년 경북 청도 출생. 1965년 한국외국어대학교 영어과 졸업. 1970년 미국 노스캐롤라이나대 채플 힐 캠퍼스 대학원 영문학 석사. 1988년 서울대 대학원 영문학 박사학위 취득. 미국 하버드대학 옌칭연구소 초빙연구원 역임. 스탠퍼드 및 듀크대학교 플브라이트 교환교수를 지냈다. 1972~2004년 서강대 영문과 교수로 재직, 대학출판부장·문과대학장 등을 지냈다. 현재 서강대 명예교수. 1976년 《문학사상》에 평론으로 등단한 이후, 서울시문화상 문학부문, 김환태평론상, 조연현문학상, 이종구수필문학상 등을 수상했다. 평론집 《부조리와 인간의식》《한국문학의 현실과 이상》《현실과 문학적 상상력》《나목의 꿈》 그리고 《한국 현대시의 전통과 변혁》 수필집 《살아 있는 날의 축복》《마음의 섬》 엮은책 《아름다운 우리 수필》이 있다. 그 밖에 신문 칼럼집 《대통령의 눈물》 등이 있다.

묘지 위의 태양

이태동 지음

1판 1쇄 발행/2019. 1. 1

발행인 고정일

발행처 동서문화사

창업 1956. 12. 12. 등록 16-3799

서울 중구 다산로 12길 6(신당동 4층)

☎ 546-0331~6 Fax. 545-0331

www.dongsuhbook.com

✱

사업자등록번호 211-87-75330

ISBN 978-89-497-1698-5 03810